聖女、勇者パーティーから解雇されたのでギルドを作ったらアットホームな最強ギルドに育ちました。

2

白露雪音
Yukine Shiratsuyu

ILL. ICA

TOブックス

イラスト：ICA　デザイン：柊椋(I.S.W DESIGNING)

登場人物
レオルド
ルーク
シア
リーナ

各パラメーター一覧

シア

勇者パーティーから追放された聖女。人柄重視でギルド『暁の獅子』を結成し、世界一強くて優しいギルドを目指している。料理はうまいが、繊細さは皆無に等しい。

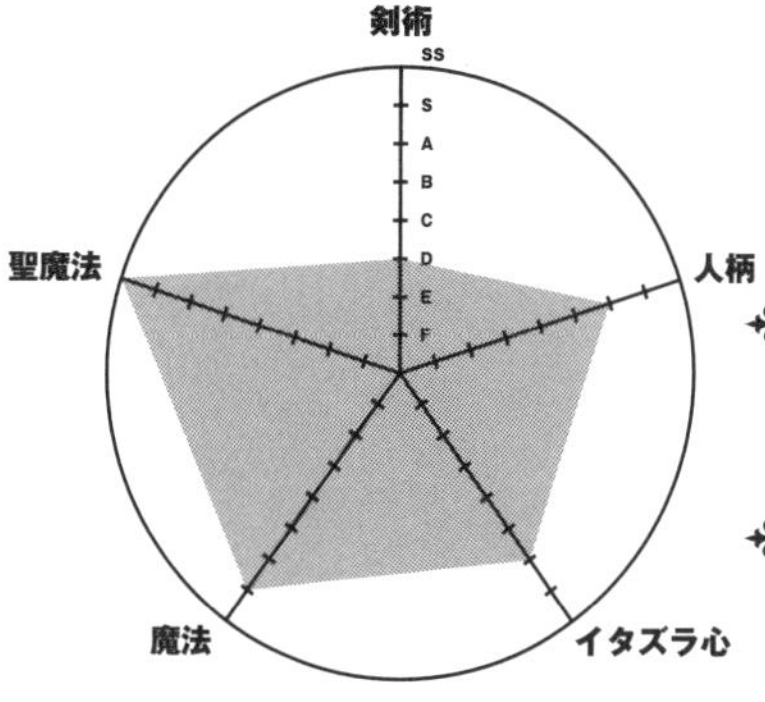

ルーク

面倒見のよい元浮浪者の青年剣士。シアに剣の才能を見抜かれギルドの一員となる。好きなものは「たらこパスタ」。手先が器用でDIYが得意。

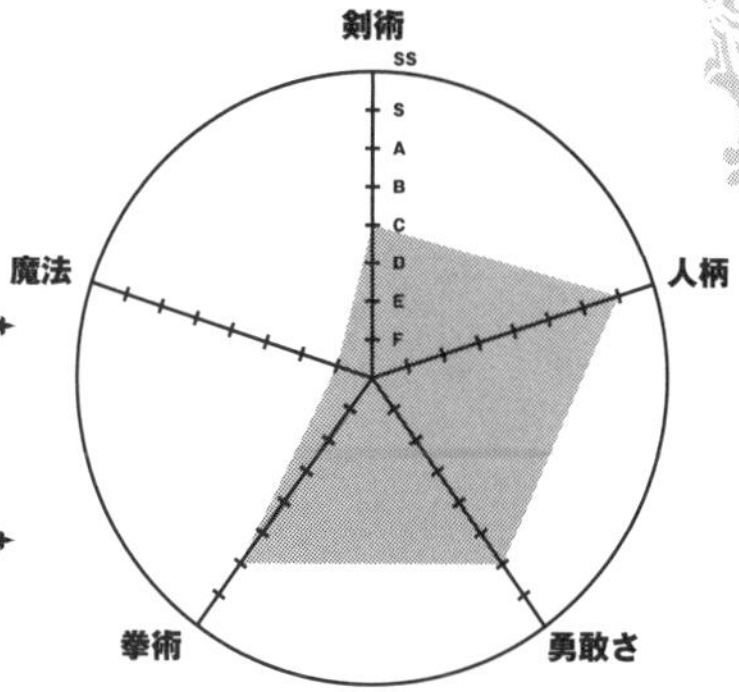

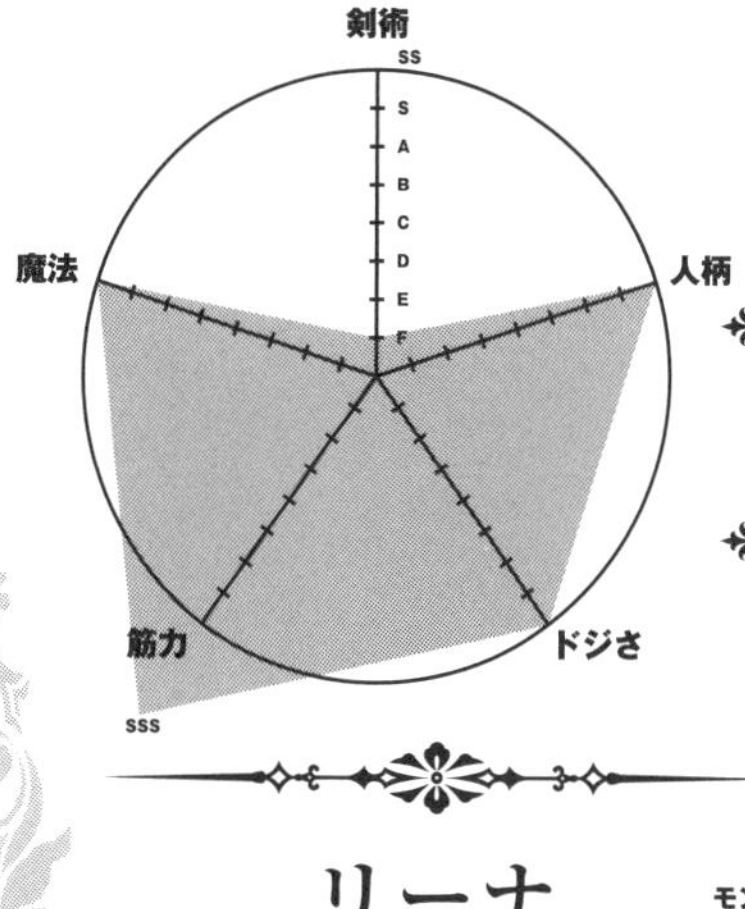

レオルド

ドジっ子属性のおっさん魔法使い。シアに魔法の才能を見抜かれギルドの一員となる。実は物凄くインテリ。趣味は筋トレ。

リーナ

父親捜しをするモンスターテイマーの幼女。シアに人柄の良さを買われ、ギルド《みんな》の妹分となる。特技は人のオーラが見えること。相棒はスライムの「のん」。

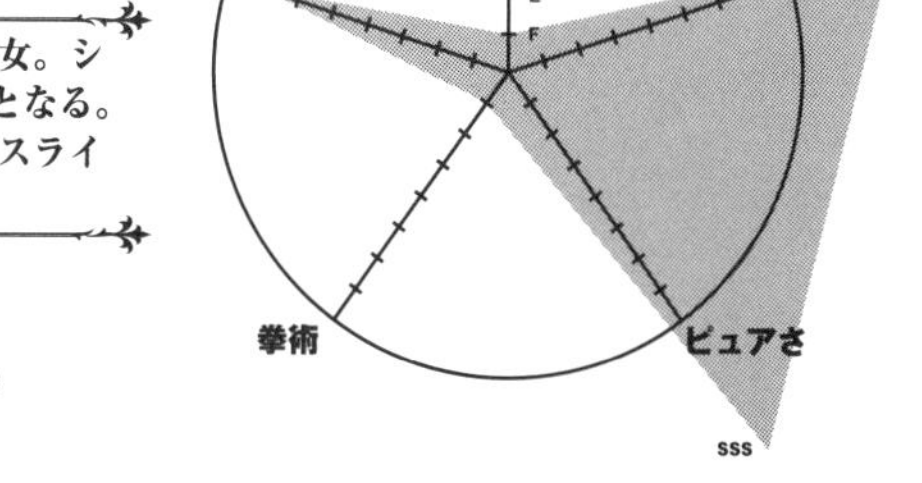

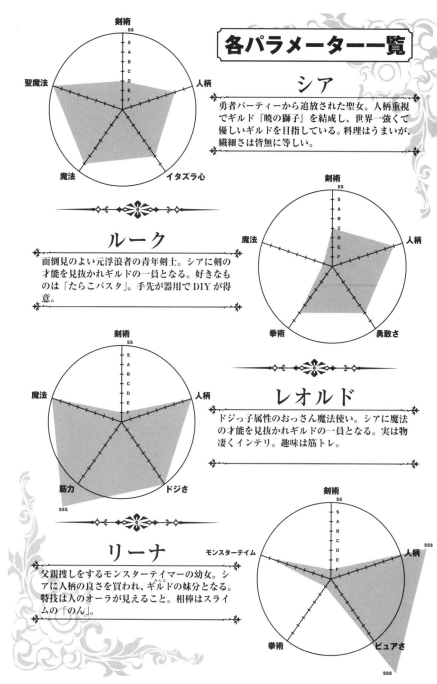

☆1　くそおおおおーー!!

聖剣に選ばれた時、『俺の時代』がやってきたことを確信した。
天才型のベルナールでもなく、努力型の第三王子でもない。
この俺、クレフトなのだと。

勇者クレフトは、豪奢《ごうしゃ》な内装の部屋で、これまた豪奢な椅子に腰かけて足を組み、高い酒を空けていた。両脇に美女を侍《はべ》らせ、給仕も美しい娘を指名した。部屋の中には美しく、高価なものしかない。

勇者一行は、魔王領と隣接する王国の辺境の地であり、最終防衛地でもあるクウェイス領の領主を務めるクウェイス辺境伯が住む城に滞在していた。勇者は城の主を差し置いて我が物顔で自由に振る舞い、勇者に選ばれた選《よ》りすぐりの美女パーティーメンバーもそれぞれ寛《くつろ》ぎ、宝石箱を開けては楽しそうに談笑したり、針子に衣装を注文したりしている。

金は、飛ぶように消えていく。

王様から定期的に貰《もら》う軍資金の他、魔王領を進軍し、土地を奪うごとに貰える金。魔人や魔物の討伐報酬など。勇者は大笑いするほど大金を抱え込んでいた。

だが、その大金も日々の豪遊で消えていく。

勇者の懐が寂しくなり始めたのは、シアを解雇してから三ヵ月ほど経った頃だった。

「もう、これしかないのか」

中身の少なくなった金庫を眺めて、勇者は扉を閉めた。

定期的に軍資金として王様から大金が送られてくる。明日になればまた金庫はそこそこ潤うが、このままだと贅沢《ぜいたく》に慣れたメンバー達の欲望を満たすことができないだろう。なにより自分が満たされない。

「クウェイス卿にもせっつかれているし、そろそろ本腰入れて魔王領へ攻め込むか」

美しく輝く聖剣を誇らしげに見つめてから、腰に差し部屋でダラダラしているメンバーに声をかける。戦いに出ると伝えれば、彼女達は面倒くさそうに立ち上がった。

「遊びたいけどぉ、その為にはお金は稼がないとねぇ」

「こちらには最強無敵の勇者様がいるのですから、魔人討伐なんて欠伸《あくび》をしている間に終わってしまいますわよね」

「ねぇ、ねぇ勇者様。討伐戦で一番活躍した子になんかご褒美ちょうだいよー」

「あー、それいい。気合入る」

けらけらと笑うメンバー達に勇者は、笑顔で頷《うなず》いた。

「いいぞ、なんでも一つ欲しい物を買ってやろう」

「「「やったー」」」

彼女達のやる気を出させつつ、出発の手筈《てはず》を整えて前と同じように、魔王領へ行き、魔物を倒し、その土地を守る魔人を討伐する。

そうすれば、大金が手に入る。

ただそれだけの、聖剣を持つ勇者にとっては簡単なお仕事であったはずだった。

勇者も、仲間達も、全員がそう思っていた。

だが、現実は。

「これが勇者？　話と違うな……」

魔王領へ進軍した勇者一行。現れる魔物は危なげなく退治できた。だが、土地を守る魔人との戦いは別格だった。

確かに、前もそこそこ魔人相手は苦戦した。

だが、聖剣の力と聖女の力を合わせることで魔人を討伐できたのだ。

あの時は、シアがいた。

けれどあいつは偽物だ。大した力は持っていなかったはずだ。支援魔法は役に立ったが、それだけだ。

勇者パーティーは、一人の魔人相手に壊滅状態に追い込まれた。勇者は、魔人に成すすべもなくボコボコにされ、地面に転がされている。

前と何が違うというのか。以前より戦力は上がっているはずである。なによりも聖女が、清廉な美しさを持つエイラがいるのに。

「エ、エイラ――ヒールを……」

勇者がそこにいるはずである聖女に声をかけた。

視線の先にいるエイラは、苦々しい顔をして膝をついている。

「すみません、魔力切れで……」

魔力切れ？

勇者は首を傾げた。

魔導士が魔法を使いすぎて魔力切れを起こし役立たずになることはあったが、聖女が魔力切れを起こしたところは見たことがなかった。

シアが、魔力切れを起こしたことはない。

他のメンバーも勇者と同じことを思ったらしい。

「あの偽物だって魔力切れは起こさなかったわよ⁉」

「肝心な時に使えないなんて……」

「聖女の名が泣くわね」

仲間達の辛辣《しんらつ》な言葉にエイラは怒りで顔を真っ赤に染めた。

「聖女なんて！　勇者様がそう仰ったから、私はっ」

仲間割れが始まってしまっている一行に、魔人が呆れたように口を開く。

「最後の会話はそれでいいか？　うるさいから、さっさと死んでくれ」

魔人の魔法が展開する。

このままくらえば全員、死ぬだろう。

（なぜだ？　なんで、こうなったんだ）

クレフトは勇者である。聖剣に選ばれた正当な勇者であるはずだ。誰よりも強く、尊い存在。勇者だけが魔王を倒し、世界を救える。

だというのに、なぜ勇者である自分がここで倒れるのだ。

負けなんて、勇者である自分に起こるはずがないのに。

今までの勝利が、すべてたった一人の力があったゆえだったなんてことは――――。

脳裏に勝ち誇ったシアの顔が浮かび上がる。

魔人の魔法が炸裂《さくれつ》した。

咄嗟《とっさ》に目を閉じ、再び恐る恐る開くと。

「……城？」

見覚えのある城の前にいた。

怪我を負った仲間達の姿もある。

「危ないところだったわね、勇者殿」

「ク、クウェイス卿……」

勇者の前に現れたのは、妖艶《ようえん》な美女。豊満な胸元を惜しみなく晒《さら》す扇情的《せんじょうてき》な黒いマーメイドドレス姿で、艶《あで》やかに微笑んでいる。勇者好みの美女だが、強引に口説こうとしたところ自分の大事な部分をひねりつぶされてしまいそうになった為、断念した。

「あなたが助けてくれたのか」

「ええ、念の為とあなたの仲間の一人に救援信号を発する魔道具を貸していたので。手当てしましょう、全員城の中にお入りを」

兵士に担がれ、城へと運ばれていく。

勇者はちらりと背後の仲間達を見た。そこに笑顔はなく、重苦しい空気が漂っている。

だが、勇者はまだ事の重大さを分かっていなかった。

明日になり、王様から金が貰えたら、しばらく休養してまた出直す。次は勝てる。今回は運が悪かっただけに違いない。聖剣の調子が悪かったんだ。などと楽観していた。

寝つきに良いと、やけに優しい仲間達から薦められた酒を飲んで爆睡《ばくすい》した次の日。

仲間達は勇者の前から忽然《こつぜん》と姿を消した。

どこを探しても見当たらない。そして彼女達を探し回って気が付いた。彼女達に与えた宝石や衣装などが綺麗に消えている。そして金庫は開けられ、午前中には転送魔法で送られていたはずの王様からの軍資金がどこにもなかった。

彼女達は勇者を裏切り、金目の物を持って逃げたのだ。

「嘘だろ……」

彼女達を上手く手なずけていたと思っていた勇者は呆然と呟いた。

シアに財布を持っていかれたことはあったが、これはさすがに痛手すぎる。唐突に無一文になってしまった勇者は慌ててクウェイス卿を訪ねた。

クウェイス卿は勇者の説明に、くだらないものを聞くような呆れた様子で椅子に腰かけていたが、ややあって口を開いた。

「それはお気の毒様ね。良い仲間をお持ちでなかったよう……でも、こちらも被害者なのよ？　勇者殿」

「え？」

「あなた方が豪遊した、飲食代から装飾、衣装代まで未払いがこんなに」

ぺらぺらと長い紙に黒い文字と数字がびっちり書かれている。それを見て、勇者の顔面は蒼白になった。

「もちろん、しっかりと払っていただけるのよね？　踏み倒して逃げるなんてこと、聖剣に選ばれし勇者殿がすることではないものね」

「くっ――！　そ、それは俺のせいじゃない！　あの女どもが勝手にやったことだ。支払いならあいつらを捕まえてさせればいい！　なんなら、俺が捕えてこようか！」

クウェイス卿は、色気のある溜息《ためいき》を吐いた。心底苛々している面持ちで言う。

「彼女達の手配はすでにしているわ。優秀な部下が早々に捕えてくれるでしょう。金遣いの荒さから考えて、あの子達じゃ払えないだろうし……やっぱり勇者殿には責任を果たしていただかないと」

じりっと、クウェイス卿は一歩、勇者の前へと踏み込んだ。

「な、なにをする気だ！」

殺気を感じ取って勇者は聖剣を抜き放ち、構えた。クウェイス卿は恐れる様子を一切見せず、冷えた視線で勇者を見つめる。

「仲間も資金も失った。これでは、魔王領に攻め入ることも叶わない……となれば、助力を仰ぎに王都へ帰るしかないわね。喜びなさい勇者殿、私の力で王都へ転送してあげる」

「ひぃっ！　来るな！」

美女がタダで奉仕なんてしてくれるわけがない。

美女のタダ働きは、世界で一番の罠だ。

勇者の悲鳴に微笑みつつ、クウェイス卿は転送魔法を発動させた。遠距離の転送魔法は膨大な魔力と時間を有するものだが、大陸一の魔導士と謳《うた》われる彼女にとっては朝飯前の魔法だ。

眩い光に呑み込まれていく中、艶やかな声が楽しげに響いた。

「――全裸《マッパ》で出直しな!!」

気が付けば勇者は、城の中にいた。

クウェイス卿の城ではない。何度も見た、旅のはじまりの場所である。

突如現れた勇者に、王様とその隣にいた宰相《さいしょう》がぽかんとした顔で立ち、玉座の下にいた第一王子は、しかめっ面を浮かべた。

「――勇者、ここをどこと心得る」

ヒヤッとした低音の声が第一王子から放たれる。睨まれた勇者は背筋が震えたが、負けじと返した。

「王都の城だろう!?　知っている」

「そうだ。ラディス王国王都、王が住まう国の中心――に、なぜお前は全裸などという酷い姿で現れたのだ」

「……え？」

第一王子の言葉に、慌てて勇者は自分の恰好を見下ろした。

何も……着てない。聖剣だけが当たり前のように足元にあるだけ。

「この場に、女がいなくて良かったな。いればお前を公然わいせつ罪で捕えなければいけないところだ」

吐き捨てるように言う第一王子に対し、王様は「まあまあ」と仲裁に入り、そして遠慮《えんりょ》がちに言った。

「よ、よくぞ無事に城に戻った。勇者よ……」

ここから旅立った者へ、無事の帰還を歓迎する台詞。

だがそれは、目的を達成して晴れ晴れとした心地で聞くはずの言葉だ。こんな状況で聞いても、虚しく響くだけ。

段々と、自分が置かれている状況を理解してきた勇者は床を拳で殴った。

「くそおおおーー!!」

どれだけ悔しがっても、自業自得の結果は変わらない。

仲間に裏切られ、金を持ち逃げされ、魔女に全裸にされた事実は、何一つ変わらない。

勇者の叫びは、しばらく謁見《えっけん》の間に響き渡り王様達の耳を痛ませた。

☆2　ご謙遜を！

冬も間近に迫った秋の終わり頃。

肌寒い空気の中を私は頬を上気させながら小走りにギルドへと向かっていた。

ジオさんのギルドで受けた依頼の報酬を受け取りに行っていたのだが、そこでジオさんから嬉しい知らせを聞いたのだ。私はその足で、王都にあるギルド協会に向かった。そこの受付でジオさんから貰った書類を提出し、確認を終えて確かな『証』を手にした。

それを胸に抱え、私は小走りからダッシュになってギルドへと駆け上がる。

冷えた廊下を抜け、ギルドの扉を開ければふわっとした温かな空気が出迎えてくれた。朝から暖炉を稼働させていた甲斐がある。薪《まき》はそこそこのお値段がするが、子猫達は寒がりだしリーナ達にも不便な思いはできるだけさせたくないので、寒い時はちゃんと暖炉を使おうと思っている。

暖炉番はレオルドのようで、足りなくなった薪をくべていた。

ルークは広い場所で素振りしていたし、リーナは子猫を膝と肩に乗せ、のんは彼女の足元でうとうとしていた。各自個室があるが、彼らはあまり自室にこもるということはしない。だいたいは居間にいて、寛いでいるのだ。

「みんなー、聞いて聞いて！」

私は息を切らせて走ってきたので、全員がなんだなんだと視線を向けてきた。

「集合！」

同じ場所にはいるが、各自あちこちにいるので集合をかけてテーブルに全員を集めると、私は彼らの正面に回って、こほんと咳をひとつした。

「皆さんに、嬉しいお知らせがあります」

なんだろうと首を傾げる皆に私はニヤニヤと笑って、じゃーんと一枚の紙を披露した。

「んー？　なになに……『暁《あかつき》の獅子《しし》、ギルドポイントが規定値を超えたことをここに証明し――』」

正確に字が読めるレオルドが、声に出して読み上げてくれた。その内容に皆がだんだんと意味を理解していく。

「え？　それってつまり」

「そういうことです⁉」

「のー！」

「なうー！」

「なあー！」

ルーク、リーナ、のん、子猫達が一斉に色めきたった。のん以下は意味を理解していないだろうけど。

「そう！　我がギルド、暁の獅子が本日をもちまして『ギルドランクE』に昇級しました‼」

「「やったー‼」」

ギルドを立ち上げて三ヵ月と少し。細々と積み上げてきたものと、この間のベルナール様の依頼の上乗せ報酬もあって、昇級する為のギルドポイントがたまったのだ。

ギルドランクが上がれば、報酬の良い依頼も受けられるようになるし、ダンジョンなんかの立ち入りが許される場所も増える。ゆえに難易度は上がるのだが、お金がなければどうしようもない。

レオルドの問題もあるし、我がギルドは早足でランクを上げる必要があるのだ。

「リーナの誕生日もあるし、盛大に祝うわよー！」

ご馳走が食べられるとあって、全員がはしゃぎ回り、一階の雑貨屋夫婦から『どうかしたの？』と尋ねられてしまったほどだったが、ご夫婦も巻き込んで私達は、お祝いに沸いたのだった。

次の日には、どこから嗅ぎつけてきたのかお祝いの品が届けられた。

抱えるほどの大きさの箱に入った、なにかだった。

「贈り主は……ふぁ⁉」

運送屋さんから品を受け取り、不思議に思って贈り主を確かめた私は、変な声を出してしまった。

「誰だったんだ？」

「不審者か？」

私の反応を訝しんだ男連中が、危ないものなのかと近づいてきたので私は慌てて首を振った。

「あ、違う違う！　ちょっと驚いたけど変な人じゃないわ……贈り主はクレメンテ子爵《ししゃく》よ」

祝いの品の贈り主は、ベルナール様の兄からだった。

昨日今日でどうやって知って速達で送ったのか不明だが、品と共に添えてあったメッセージカードには。

『弟が世話になった。ギルドが昇級したと聞いたので、私から祝いの品を贈ろうと思う。皆で食べてくれると嬉しいよ。では、これからもよろしくお願いする。――スィード・ラン・クレメンテ』

お祝いの品は。

「め、めめめめ――メロンだーー!?」

箱の中身は、甘い香りを放つ緑の球体。白い網目模様が美しい、キラキラと光りを放つ高級フルーツだった。その昔、異世界から渡ってきた勇者が持ち込んだもので、王族や貴族しか口にできないような一般庶民では手出しできないお値段で売られているもの。

さすがクレメンテ子爵、一新米ギルドの昇級祝いにこんなお高いものを贈ってくれるとは。

「これが、メロンなのか……こんなに近くで見るのは初めてだな」

「おっさんも、こんな立派なメロンは初めて見るな」

「りーなもですっ」

高級なものにとんと縁のない私達は、しばらくメロンを眺めて放心していたが、せっかく貰ったのだし食べなければもったいない。ずっと眺めていたい気持ちはあるが、食べ物なのだから悪くなる前に美味しくいただかなくては。

メロンを切り分ける手が震える。

じぃーっとみつめてくる仲間達の視線が熱い。少しでもどれかが大きかったり小さかったりしたら不平不満がでるだろう。慎重に切り分けていく。果物を切るのにこんなに緊張したことないよ……。

切ると中から美しいオレンジ色の果肉が現れる。

甘い匂いが増して、全員がその香りにうっとりした。

人生最大といってもいい緊張感の中、見事に綺麗に切り分けられたメロンを各自の皿に配り、席に着いた。

「では、いただきます！」

「「「「いただきまーす」」」」

フォークを握る手が震えるが、なんとかフォークの先にメロンを挿しこめた。するりと果肉の中にフォークが入り、持ち上げられる。この重み、一体何万Gするんだろう。

ドキドキしながらメロンを齧《かじ》った。

瑞々《みずみず》しい果汁が口の中に広がり、甘さが口いっぱいに染み込んでいく。

初めて食べる味だが、あまりの美味しさに感動で震える。

誰もが言葉を発することもなく、噛みしめるようにメロンを堪能《たんのう》した。

最後のメロンを食べ終え、余韻に浸りながらも私は芽生えた決意を口にする。

「……皆、これからも頑張ろう。いつか、メロンすら贅沢に買えるようなギルドにする為に！」

私達の心は、色んな意味で一つになった。

メロンを食べるという幸せで贅沢な時間を過ごした後、私は部屋に戻って手紙を書いた。クレメンテ子爵へのお礼の手紙だ。書きたいことを書いているとかなりの分量になってしまって、これはまずいと添削していると、窓がコンコンと何者かにノックされた。

窓を見れば、そこには一羽のフクロウが。

私は、窓をそっと開けた。

「ごくろうさま」

フクロウの足には紙がつけられており、それを受け取るとフクロウは『はよ、返事寄越せ』と、テーブルの上で待機する。

この子は、手紙フクロウ。

手紙の配達屋さんもいるが、手紙フクロウはとても速くてとても賢いので貴族達の間では重宝されている。私は紙に書かれた内容を読むと、すぐさま返事を書き、手紙フクロウの足に括りつけた。

手紙フクロウは、それを確認するとささっと羽ばたいて外へ飛び立っていく。

「……うん、こっちもなんとかなりそうね。今日は良い日だわ」

ちらりと窓から見える立派なお城を見つめて、リーナが部屋にやってくると一緒に就寝した。


三日後、指定の日になった私は準備を整え、出陣した。

「シアのやつ、あんなに身綺麗にしてどこ行くんだ？」

「ルーク、あまり詮索《せんさく》するんじゃない。女子がめかし込んで行く場所なんて一つだろう」

なんだかレオルドが訳知り顔で、さあ、ルークは止めておくから早く行くんだみたいな視線を送ってくるのだが、たぶん彼が考えていることと私の行く先は違う。だが、今色々と言うのは憚《はばか》られるので苦い顔で何も言わずに出ていくしかない。

ギルドから出て、すぐに馬車に乗って目的地へと揺られていく。

しばらく外を眺めて、商店街を抜け、貴族街に入って、そしてそこもまた抜けていく。その先にあるのは、貴族すらも身を固くして歩く場所だ。

馬車は、大きな門の前で止まった。

御者にお礼と運賃を払って降り、私は門の前に立つ。見上げればそこには、聳《そび》え立つ威厳と優美を併せ持った白いお城がある。

私は門番に、登城許可書を提示し城の中へと入っていった。

副団長に会いに来た時にも通った道を、慣れた足取りで歩いていく。

城の中の目的地、謁見の間前に辿り着くと、まだ待っている人がいるようで騎士に控室で待つよう指示された。

そう、今日私がここに来たのは王様にお目通り願う為。勇者に解雇されて王都に戻ってから、王様側からなにもないので、放ってきたがそろそろ現状把握の為にも王様と話し合う必要があるだろうと思った。相手に避けられているような気もしたので、王様本人に直接お願いするのではなく伝手を頼らせてもらったが、それは正解だったようだ。返事はすぐに来て、場を整えてくれた。

お高い紅茶とお菓子を遠慮なくいただいて、自由に時間を潰すと三十分後に私の番が回ってきた。

一度、変なところはないか確認し、髪形を整えてから謁見の間の扉を潜った。

赤い絨毯《じゅうたん》の道を行くと、その先の少し高いところに玉座があり、そこに王様が腰掛けて待ち構えている。……というより、私が近づく度に震えが大きくなっているのは見間違いだろうか。まるで逃げ出すのを止めるように両脇に宰相と第一王子がいるのは、見間違いだろうか。

私は玉座の下に来ると、膝をついて頭を垂れた。

「…………」

シーンと場が静まり返る。

あれー？　ここで王様から面を上げよとか許可を得ないと顔を上げることも言葉を発することもできないのですが。

赤い絨毯を見つめながら、まだかなと思っていると。

「父上、彼女に発言の許可を」

「はっ！　そ、そそそうだった。聖女シアよ、面を上げよ」

その言葉に私はようやく頭を上げた。そしてちょっと驚いている。王様は、私を『聖女』と呼んだのだ。勇者が解雇の話を王様にしとくとか言っていたから王様側は、すでに私を切り捨てているのだと思っていた。

「お久しぶりにございます。シア・リフィーノです。この度は会談の場を下さいましてありがとうございます」

「う、うむ！　楽にするがよい。誰か、聖女に椅子を」

王様が指示すると、近くにいた兵士が椅子を持ってきてくれた。私は許可を得て椅子に腰かける。

普通は膝をつけたまま会話をするのだが、王様は優しいから女性相手だと気を使ってくれる。

さて、なにから話しだそうかと脳内で会話を組み立てていると、王様からおずおずと口を開いてくれた。

「まずは、聖女に謝罪をせねばならんな」

「謝罪……ですか？」

「そうだ。勇者の勝手な行動とはいえ、そなたを不当に解雇したこと誠に申し訳なく……」

「父上、頭は下げてはいけません」

ぴしゃりと第一王子に注意され、土下座でも繰り出さんばかりの表情だった王様は、溜息を吐いた。王様より身分の高い者は王国にはいない。どれだけ謝罪を口にしようとも、決して頭だけは下々に下げてはならないのだ。そういう王家の規則があるらしい。威厳を保つとかそういう、なんともこちらとしてはどうでもいい矜持《きょうじ》で。

まあ、私としても王様に頭を下げられても居心地が悪いだけなので、謝罪の言葉だけ素直に受け取っておく。

「……わたくしは、勇者パーティーからの解雇の件はそれほど気に病んでおりません」

「え？　そうなのか？」

静かに言葉を口にした私に王様は目を丸くした。

「はい。解雇しなければ、近いうちに勇者をぶんなぐ――いえ、彼の元を去り聖女を返上できればしたいと思っておりましたので」

「あ、ああーえっと、本当に申し訳――」

「父上」

がしっと、王様は息子に頭を掴まれて下げられないようにされた。

「聖女の返上はできるものなのか？」

「いいえ、司教様のお話では女神様がわたくしから力を消すまでは無理だと」

「そうか」

頭を固定されて、ぷるぷる震える王様に代わり第一王子が質問してきたので、返した。第一王子は少し考えた後に、王様から手を離して告げた。

「そなたが聖女のままであるというのなら、聖女のそなたが勇者に不満があるというのなら……どうだろう、勇者の選定をし直すというのは」

「それは……今の勇者を廃するということでしょうか？」

「ら、ライ……お前、そんな性急すぎるだろう」

王様が第一王子、ライオネル様の愛称を呼びながら狼狽《うろた》えた。だがライオネル王子は、ぎりっと鋭い黄金の眼差しで王様を睨んだ。

「父上、先日の勇者の件を忘れましたか？　俺はもう我慢ならない。ベルナールでもリンスでも、他に相応しい者はいるはずです」

ライオネル王子の声が、謁見の間に響き渡る。

先日の勇者の件ってなんだろう？

王様と宰相の方を見ると、二人とも目を反らした。なにかよっぽどのことがあったらしい。

「聖女、シア。実は先日、勇者はここに現れた。仲間に裏切られ、クウェイス卿に呆れられて一人寂しく聖剣と共にな」

あー、ついにやっちゃったのか勇者。

いつかは崩壊するパーティーだったが、壊れる時は一瞬らしい。

「だからこそ、俺は提案する。勇者選定のやり直しを！」

ライオネル王子は拳を握りしめて、険しい表情で宙を睨んだ。そこになにが浮かんでいるのかは一目瞭然《りょうぜん》だった。彼は力強く言葉を続ける。

「宣言できる。必ずや奴の聖剣は――」

――新たな英雄によって、『折られる』と。

ライオネル王子の言葉に、王様はわたわたと動揺を見せた。

「ライ――ライオネルよ、滅多なことを言うものじゃない」

「いえ、父上はもう少し現実を見るべきです。あれを擁護《ようご》しても、もはや我が国になんの利益もない。勇者が選定され直され、たとえ我が国から勇者が選ばれなくとも勇者、いやクレフト・アシュリーから勇者の資格をはく奪するべきだと！」

興奮したライオネル王子が玉座の肘掛を叩き、王様がちょっと跳ねた。

「だが……」

王様が渋るのも無理はない。

国民の中から勇者が選ばれれば、その国は魔王を倒す為に周辺の同盟国などからは支援が多く得られるようになるし、外交的に有利になるという利点がある。現在の勇者、クレフトはこの国、ラディス王国民だ。それが新たに選定され直され、もし別の国の者が勇者になった場合は少々不利な立場になってしまう。ラディス王国は長年、勇者を多く出してきた国として栄えてきた背景がある為、せっかくの切り札を捨ててしまうのも勿体ないと思うのも無理はない。

王様としては、なんとか彼にやり遂げてもらいたいところなんだろうけど……。

「……分かりました父上、確かに今この場で決めてしまえるものではありませんね。大臣達も交え、とことん話し合いましょう。ええ、とことん！」

「う……そ、そうだな……」

ちらりと王様は隣の宰相を見た。影の薄い宰相は、困ったような顔だが頷いている。概《おおむ》ね、ライオネル王子と同意見なんだろう。

そういえば、私にもぜひとも王様や大臣達と話し合ってほしい議題があった。

「王様、ひとつわたくしからよろしいでしょうか？」

「ん？　なんだ、申してみよ」

「聖女と勇者の婚約の件です。聖女は勇者と結婚すべき、という因習……廃止できませんか？」

私が聖女であるうえで避けて通れない憎き因習だ。勇者クレフトが勇者の資格を失い、別の人間が勇者になった場合、このままだと自動的にその人と婚約関係になってしまう。それは非常にまずい。色んな意味で。

「その話、実は前から議題に上がっている。元々は聖教会所属の聖女を国に取り込む為の手段として執行されたもので、近年の自由恋愛思想が王侯貴族にも広がる流れで反対意見も多くなっているんだ。聖教会側も良い顔はしないしな」

ああ、あれか。王族も貴族も家に縛られず自由に恋愛して結婚するべきっていう思想。王族や貴族っていうのは、家の繋がりとか外交とか諸々打算で結婚するものだ。だが近年は、それも薄れつつあるとか。きっかけはとある令嬢の悲劇があるとか、なんとか。

「それでは……」

「今回のこと……勇者が勝手に婚約破棄した件もあるし、このあたりも真剣に話し合うべきだろうな」

「う、うむ。そうだな、わしもどちらかといえば自由恋愛派だから」

三人がまとめて頷いてくれたので、この件は期待してよさそうだ。

「あー……ところで聖女よ」

「なんでしょうか?」

「勇者は今、王都のとある貴族の家に世話になっているんだが……彼の仲間にもう一度なっては――」

「無理でございます」

「そ、そうだよね……」

王様がガックリと肩を落とした。

勇者クレフトの仲間になることはもうないだろう。私もそうだが、彼の方もずいぶんと私を嫌っていたし、再び手を取り合って——というのは不可能だ。

それから私の近況をかいつまんで話して、ライオネル王子からはかなりの期待をかけられてしまった。王様や宰相も私のギルドの件についていては、興味深そうに聞いていて、勇者側の人間ではあるが特にギルド運営に関しては邪魔をするようなことはなさそうだ。

問題なのは、私のことに勇者が首を突っ込まないかということ。

同じ王都にいたら、間違って鉢合わせする可能性もある。

あの性格だと、邪魔してきそうなんだよな……。


王様達との謁見も無事終わり、私は大理石の廊下をのんびり歩いていた。

現在の勇者、クレフトは問題児だ。それは彼を知る者なら誰もが思うところ。王様もライオネル王子の言葉に強く反対できなかった様子を見るにやはり勇者選定のやり直しは、できればやりたいのだろう。

勇者選定のやり直しには、条件がひとつだけある。

それが聖剣を『折る』ことだ。

普通、聖剣は折ることができない。魔王ですらもそれは不可能らしい。ただ、聖剣が現在の勇者が、勇者として不適格だと判断した時のみ、聖剣を折ることができるようになるそうだ。

だが、それは古い文献に記載されているのみで、実際に勇者不適格で聖剣を折られ選定をし直したという歴史は数少ない。だが実例はあるので、確かに聖剣は折ることができるんだろう。

ただし、聖剣を折ることができるのは、勇者候補だけという話もある。

聖剣を折るに相応しい実力が必要不可欠なのだ。

勇者候補といえば、聖女である私が最初に候補に選んだ人がいる。

ベルナール様とリンス王子だ。それにクレフトが入り、三人の候補だった。そして聖剣に選ばれたのはクレフトだった。今更ながらに、この二人を差し置いてなんでクレフトだったのか、聖剣に問いただしたいが聖剣に口はないので真意は分からずじまいだ。

選定をやり直したら、候補もまたまったく違うものになるのか。それとも聖剣を折れるのは元候補のこの二人なのか。それすらも曖昧《あいまい》だ。

聖剣は折れると自動的に聖剣の間――王宮の地下にあるその場所へ移動し再生する。再生までは時間がかかるらしいから、聖剣を折り、選定をし直すにはリスクがかかる。聖剣が機能しない間は、魔王側が有利になるのだから。

魔王領と隣接する防衛地、クウェイス領を統治する現クウェイス卿は有能な人物で、絶大な魔力を持つ魔女だ。彼女とは昔からの知り合いだし、彼女の実力ならしばらくは魔人達を抑え込むことも可能だろうけど、早めに彼女の肩の荷を降ろさせてあげたいとも思う。

「……はあ」

溜息が出た。

考えなくちゃいけないことが多すぎて頭が爆発しそうだが、そのことについての溜息ではない。

さきほどから廊下を歩いていくたびに、背後から気配がするのだ。振り返っても誰もいない。誰もいないんだけども。

「……丸見えではあるんですよねー。なにしてるんですか？」

私の背後をちょろちょろつけてきている箱がガタッと震えた。最初は誰かが置いた荷物かとも思ったが、気配を感じて振り返るたびにあるんだもの。不自然すぎる。

『ぼ、僕はただの箱さ！　気にしなくていいよ！』

箱の中から裏声が返ってくる。

聞き覚えのある声だ。聖女修業時代に嫌というほど聞いた。修業が辛くて逃げ出したくなった時とか、寂しくなった時とかに、即興人形劇で楽しませてくれた声だ。

私は、箱に近づくとえいやっと取り払ってみた。

中には身をかがめた一人の少年の姿が。

私の地味な焦げ茶の目と、少年の光彩を放つ綺麗な銀の瞳がぶつかった。

「お久しぶりです、リンス王子」

ラディス王国の第三王子、リンス殿下だ。艶やかな藍色《あいいろ》の髪に白のメッシュが入った不思議な色合いのサラサラな髪。瞳は銀色がベースで光の当たり具合によって様々な色彩に変化する虹色みたいな綺麗な色だ。肌は健康的な肌色で、背はこれからなのか私よりも少し高いくらい。頑張って鍛えているのが分かるくらいのほどよい筋肉と、顔にちょっと擦り傷が残っている。顔立ちはまだ幼さを残すが、鼻梁《びりょう》がすっと整っており、はっとするほどの美しさである。

確か、どこかの雑誌でラディス王国三大イケメンという記事に、ベルナール様と共に選ばれている王子様だ。そして勇者候補の一人でもあった。

「ふっ――さすがは、僕が尊敬してやまない心の師。姐《ねえ》さんにかかれば僕のストーキング技術など簡単に見破られてしまうんだね！」

「いや、私でなくとも見破られますけどね？」

「ご謙遜《けんそん》を！」

してないがな。

リンス王子とは聖女修業時代に王宮でお世話になっている時に知り合った。年が近いし、リンス王子は王家六人兄弟の末っ子にあたり、無邪気で人懐っこい性格なので打ち解けるのも早かった。

なぜか、友達の枠組みから少々外れてキラキラとした眼差しを向けられるようになってしまったが、一体何があったんだっけ。

「リンス王子には、後でお礼に伺おうと思っていたの。王様との謁見を取り次いでくれてありがとうね」

「姐さんの為なら、それくらい手間でもないよ。父上、腰が重くてぜんぜん姐さんと会おうとしないし、ライ兄上は苛々してるしで、我が家がギスギスしちゃっててさ。ここは癒《いや》されると定評のある僕、流星のキラメキ王子がひと肌脱ぐべきだと立ち上がったわけだ」

自称、癒しスキルを持つ流星のキラメキ王子は太陽のような眩しい笑顔で私の目をくらませる。

うお、眩しい。

「そうだ、姐さんもう帰るの？」

「ええ、あまり長居をするものよくないし。ギルドもあるし」

「でもせっかく久しぶりに会えたんだから、ちょっとはゆっくりしていきなよ。キラメキ王子の癒しスキル発動！　肩たたきする？　お茶飲む？　それとも……お菓子食べる？」

ゴロが新婚さんコントみたいになっている。

「今日は遠慮しておくわ。またの機会にぜひ――」

「ダメですわ!!」

「うわあ!?」

高い女性の声が聞こえたかと思ったら、白壁がはがれて金髪の女性が突如現れた。白い肌に整った顔立ち、桜色のぷっくりとした唇を持つ美女は、大きな真紅の両目を見開き、飛び掛かってくる。

「シア、あなたはわたくし達と楽しくお茶会をするのです！」

「え!?　あ、マリー姫様じゃないですか！　脅《おど》かさないでくださいよ」

赤い目の金髪美女は、王家六人兄弟の長女、マリー姫様だった。

なぜ、壁から現れた。

「マリー姉様だけではありませんわ！　わたくしも混ぜて！」

バン!!

「ひぃ!?」

今度は床が抜けて青い目の金髪美女が現れた。マリー姫と同じ顔のその人は。

「リリー姫様ですね⁉　だから、脅かさないでくださいってば！」

リリー姫から仰け反って後退すると。

「もちろん、わたくしもいてよ‼」

ドカン‼

「ぎゃあ⁉」

天井から赤い目と青い目のオッドアイを持つ金髪美女が降ってきた。

「エリー姫様⁉　ドレスの中身、見えましたよ⁉　どこから来るんですか、どこから！」

同じ顔をした三人の姫君、マリー、リリー、エリーは三つ子のお姫様でリンス王子のお姉さんだ。

確か、歳はルークと一緒の二十歳だったはず。

「ふふふ、わたくし達の隠れ身の術はいかがでしたかしら？」

「弟を使った見事な誘導」

「完璧でしたわね！」

「作戦成功だね！　姉上」

どうやら姫様達は、私を驚かせようと弟を囮《おとり》に使ったらしい。どおりでリンス王子の尾行が下手すぎるわけだ。リンス王子は素だった気がするけど。姫様達はどこで覚えたのか、本当に気配がなかった。

「さあ、シアあなたは負けたのだから、わたくし達と一緒にお茶会をするのよ」

「えぇ……」

「まあ、変な顔をなさらないで」

「シアの大好きな甘いものをたくさん用意しているのよ」

美しい姫君に取り囲まれ、ノーと言えなくなった私は、帰りが遅くなるのを覚悟してお姫様方に引きずられるように部屋に連行された。

私はぐでっと、すべての精気を吸われたような様子で、馬車に乗っている。あの後、姫様達に連れていかれたのは、彼女達の自室だ。王宮から少し離れた離宮に彼女達の部屋がある。そこで恋話大好きな乙女達に、根掘り葉掘り聞かれる妄想力豊かな想像を交えての、私にとっては苦痛でしかない女子会が開かれた。

まあ、姫様達は和気あいあいと楽しげだったし、美味しいお菓子も振舞われたのでそれだけが救いだ。どういうわけか、姫様達は王国の裏側に通じる伝手《つて》をお持ちのようで、《黄金の星姫》という組織を秘密裏に名乗っているようだ。報酬さえ払えば、それに見合った仕事をするからと、姫様達に連絡先を教えられてしまった。金額が高かったので、しばらくは無理そうだが今後の為にこのコネはとっておくべきだろう。

騎士団には騎士団の情報組織があるが、王家にも口外はされていないがそういうものが昔からあるのだと噂程度には知っていたけど……本当にあるとは思わなかった。それに、いつの間にかリンス王子も王位継承権を放棄してまで、王宮騎士団団長になっているとはなぁ。王子様も大きくなったわけだね。

姫様達が用意してくれた馬車に揺られながら、のんびりとお土産に貰ったクッキーを頬張った。

☆3　それじゃ、また三カ月後に！

「暇だー……」

私は受付のカウンターで、ぐでーと体を伸ばした。

王様との謁見から一週間ほど、平和な日々が続いている。ランクが上がってジオさんの所から前より良い仕事を貰えるようになってはいたのだが、そろそろ自分のギルドで受けた依頼をこなしたいと思っていた。

なぜかというと、ジオさんの所とか他のギルドから仕事を貰うと手数料がかかる。報酬からいくらか引かれてしまうのだ。だから自分のギルドに来た依頼をするのが一番稼げる。

なんですけども。

「リーナ、最近来た依頼ってどんなのだっけ」

「えーと……」

私の外出中などに、交代で受付嬢をしているリーナは依頼書が入ったファイルを開いて眺めた。

「まいごのねこちゃんさがし、しょうてんがいの、ふうふのけんかちゅうさい、おとしものさがし、ねこちゃんおあずかり、わんちゃんのさんぽ……です」

――我々は何屋なのか。

決してペット専門業者ではなく、ご近所の便利屋でもないのだが。

まあ、住民の人気を得るのもギルドの仕事のひとつではあるんだけど。下積みだと思って頑張るしかないのだが、やっぱり報酬は少ない。それに依頼数もとても少ない。一週間でたったの五件だ。

暇なのでレオルドに勉強会をしてもらったり（さすが元教員だっただけあって教えるのが上手かった）、栄養学を自主勉強したり、魔法訓練したりと自分磨きに余念がないですよ、まったく。

ルークなんか、泊りがけでゲンさんの所で鍛えてもらっている。あのジャックとかいう魔人に敗北してからというもの、彼の訓練に対する熱が尋常じゃない。強くなりたいという思いが、恐らく私達の中で一番強いんじゃないだろうか。

リーナを目の前で攫《さら》われたことに、まだ強い罪の意識が残っているのかもしれない。

無茶しすぎなきゃいいけど、そのあたりは上手くゲンさんがやってくれているようだ。さすがに頼りになる。

暇すぎてリーナと折り紙を始めてしまった。

ジオさんの所から依頼を貰ってきたいところでもあるんだけど、最近新興ギルドが多いらしくてFやEランクの仕事がごっそり持っていかれて品薄状態になっている。簡単にギルドが作れるのはいいけど、仕事ができないんじゃすぐ潰れちゃうわ。

ランクが上がって喜んだけど、人気や知名度の低さが足かせになっている。ビラ配りとか、仕事や人員もまだまだ募集かけてるんだけどな。

「シアちゃーん、いるー？」

私とリーナがひたすら誰に送るわけでもない鶴《つる》をいっぱい折っていると、扉の外からノックとともに声がかけられた。この声は一階雑貨屋の奥さんだ。

扉を開ければ、予想通りしゃっきりと真っ直ぐに背筋を伸ばした凛《りん》とした印象をもたせるポニーテールの赤い髪の女性が立っていた。仕事着のエプロンもつけているので、まだ仕事中のはずだ。

「ライラさん、どうしたんです？」

雑貨屋の若奥さん、ライラさんが勢いよく両手を合わせて頭を下げた。

「大ピンチなの！　お店手伝ってくれないかな⁉」

私とリーナはお互いに顔を見合わせてから、事情を必死に説明するライラさんに力強く頷いた。

「で、なんでシア達は老師にしごかれまくって帰ってきた俺よりボロボロなんだ？」

夜遅くに、数日振りに帰ってきたルークが、戦場に散った私達に向かって驚いた顔をしていた。

それもそのはず、私とリーナは床に転がって身動きができない状態になっていたからだ。

「雑貨屋が盛況らしくてな、二人は手伝いに行ったんだが……」

レオルドが私とリーナを丁寧にソファに運んでくれてから、ルークに説明した。ルークは老師に鍛えられた日は動けないほど疲労困憊《ひろうこんぱい》していたが、最近は体はガチガチに痛いが動けないほどじゃない、というくらいまで体が作られてきているようだ。

そんなお疲れのところ悪いが、今日は私もリーナも動けそうもないので二人に適当にご飯作って食べてと言ったら……思い出すのも嫌なくらいのグロテスクなものが食卓に上がったので、二度とあの二人には料理を作らせない。


それから、相変わらずペットや喧嘩仲裁のような依頼をちょこちょこやったり、ジオさんのところから仕事をもらったりしつつ、ギルドとしては閑古鳥《かんこどり》な日々を過ごしていた冬の月に入ったある日のこと。

ルークが、私の前に座って額が床につくような土下座をした。

「え？　なに？」

彼が土下座をするようなことは今まで一度もなかった。ルークは無暗に悪戯《いたずら》して怒られるようなタイプではないし、レオルドのようにドジッ子属性でもない。

意味が分からなくて混乱していると、ルークは真剣な声でこう言った。

「修業の旅に、行かせてくれ！」

――――はい⁉

突然、ルークに土下座されて私はかなり慌てた。

この恰好では、なにか私が怖いことしたみたいじゃないか。

「と、とりあえず頭は上げようルーク⁉　椅子に座って話そうじゃないの」

レオルドとリーナがお買い物に出かけている最中で良かった。下手に見られたら、変な状況になってしまう。私は、ささっとお茶を用意するとゆっくり話し合える場を作った。

ルークは少しお茶を飲んで落ち着くと、ようやく事の次第を話しはじめてくれた。

「実は、師匠から本格的に修業しないかと言われたんだ」

「本格的？　って、今までのはなんだったの……？」

「あれはあくまで基礎訓練だそうだ。体力もついてきたし、体も出来てきたからそろそろやろうかと」

かなり毎日きつい鍛え方をしていたように見えたのだが。あれで本格的じゃなかったのか。

「それでその……修業の旅に？」

「諸外国を巡って、色んな猛者と手合せしたり、ダンジョン攻略したりするんだって言ってたな」

ルークは頷いた。

「へぇ……」

まさしく武者修業の旅というやつか。

「たまたまジュリアスさんもそこに居合わせたんだが、彼が言うには騎士団でも師匠がそこまで手をかけるのは珍しいんだそうだ。俺が……えっと、結構頼み込んだのもあるんだが、旅の段取りもしてくれてさ。師匠もついていきてくれるって。こんな機会もうないかもしれない、だから行きたいって思ってる」

私は、そうかとお茶を飲んだ。

突然、修業の旅に行きたいとか言うから何事かと思ったらゲンさんのお膳立てのことらしい。一人長期にメンバーが欠けるのは痛いが、長い目を見ればギルドとしても有益である。それに私としてもルークには強くなっていただきたい。

となれば返事は一つだ。

「うん、ルークがやりたいって言うなら私は止めないよ。ギルドのことなら大丈夫だから、行ってきなよ」

「本当か⁉」

「嘘言わないから」

ルークが立ち上がって、よし！　と気合を入れている。どうやらよほど行きたかったらしい。彼がここまで強くなることに貪欲《どんよく》とは知らなかったな。

でもそうか、修業の旅ね。

王都でも訓練の場は色々あるけど、土地を巡っての経験や体験はおおいにその人の力になるだろう。私達もこのままでいいのかな？

思うところがあって、ちょっと考えていると窓がノックされた。

窓ノックということは人間じゃない。ノックされた窓を見ればやはり、人間じゃなくフクロウ便のフクロウだった。

「ごくろうさまー」

手紙を受け取ると、フクロウはあっという間に飛び立っていった。どうやら返事のいらない手紙らしい。宛名を確かめると、そこには知った名前が書いてあった。

ジオさん？　なんだろう。

空駆ける天馬のギルドマスター、ジオさんからだ。ジオさんからということはギルドがらみのことだろう。大事なお知らせかもしれないので、中身をさっそく検《あらた》めた。

――こ、これは⁉

手紙を持つ手が震える。

興奮で私の全身がぷるぷるしていると。

「ただいまー」

「ただいまですー」

「のー」

レオルドとリーナ達が帰ってきた。丁度良いことに部屋にメンバーが全員揃う。

ドタバタと足音を響かせ、私は彼らに突進した。

「行くわよ‼」

「「え？」」

唖然とした様子の皆に鼻息荒く、私は宣言しリーナを抱っこしてくるりと回った。

「きゃーですー」

驚きながらも楽しそうな声を出すリーナが可愛い。

「シア、どうした？　フクロウ便に何が書いてあったんだ？」

上機嫌だったルークですら怪訝《けげん》な顔になって質問してきた。

私は、手紙の内容を思い出し、ふっふっふと不気味な声を漏らす。

「ギルド大会よ！　ギルド大会が開催されるって」

手紙の内容を彼らにも見せた。

手紙にはこう書かれていた。不定期に王都で開催されるギルド大会。ギルド同士があらゆる種目で競い合い、頂点を目指す大会だ。優勝者には多額の賞金がでる。そして人気のある大会なので民衆の観客も多く、もれなく人気と知名度も爆上がりするのである。

賞金、人気、知名度。

私達のギルドに足りないものが三拍子で揃っている。

ギルド大会は、上はAランクから下はEランクまで多くのギルドが集い、争うので優勝を狙うのは難しいが、いいところまで行ければそれだけ拍がつく。

ボッコボコにされて恥を晒しさえしなければ、良いこと尽くめの大会なのである。

「だから行くのよ！　私達も修業へ！」

ギルド大会は、翌年の春の最初の月に行われるようだ。後、三ヵ月ほど余裕がある。大会で表彰台に上がるには、私達ではまだ力不足だろう。Aランクギルドが大会にでることは、仕事の関係や報酬の関係上あまりないが、Bランクギルドでもかなりの強者である。確実にこの三ヵ月で更なる個人のレベルアップが必要になるのだ。

「春……春か」

開催日程を見て、ルークが呻《うめ》いた。

「あれ、もしかして修業の旅ってもっとかかる？」

「んー、どうだろう。上手くいけば三ヵ月って言われてるが」

何かあれば、大会に間に合わないかもしれないのか。三人で大会出場は、大変かもしれない。

「いや、俺が間に合わせればいいだけの話だ。大丈夫、しっかり上手く鍛えてくるさ」

「そっか。うん、頼りにしてる」

私達で頷き合っていると、事情を知らない二人が「なになに？」と疑問を問いかけてきたので、説明した。二人とも驚いていたが、私と一緒でその後は笑顔でいってらっしゃいと言っていた。

そして私とレオルド、リーナは詳しく修業内容を相談する為、お茶とお菓子を用意して相談体制をとった。ルークは、ゲンさんの所へ許可が下りたことを報告しに行くと出かけていった。

「で、修業ってってもどこかあてはあるのか？」

甘いホットミルクを飲みつつ、膝に子猫二匹を乗せた状態でレオルドが質問してきた。ちなみにリーナの膝にはのんがいる。私もなにか欲しい。カピバラ様は滅多にでてこないからな。

「クウェイス領に行こうかと思ってるの」

「クウェイス領？　って、確か国の最終防衛線がある領土だよな？」

そう、クウェイス領は魔王領と隣接するラディィス王国の最終防衛線が敷かれている今でも魔族と激戦を繰り広げる地である。

「そう、私達ってルークを除けば皆、魔法系じゃない？　レオルドは微妙だけど、魔力を強化するのにクウェイス領はうってつけの場所なのよね」

クウェイス領は、魔力の元となる魔素が豊富な魔王領に隣接しているせいかとても魔素の量が濃いのである。それが原因でクウェイス領民は多くが魔力が高く、魔導士がたくさん誕生している。

かくいうクウェイス領を治める辺境伯は、魔女と名高いラミィ・ラフラ・クウェイス様なのだ。

彼女ほど巨大な魔力を持つ者はいないとされる、大陸最高峰の魔導士。彼女がクウェイス領を治めているおかげで、魔王が復活した今もラディス王国は表面上平和なのである。

「ふんふん、なるほど。確かに、魔素が濃い場所なら魔導士の修業にはもってこいだな」

「そう。後、これは打診してみないと分からないけど、個人的にクウェイス卿とは知り合いなのよね。もしかしたら師事を仰げるかも」

「え!? マスター、魔女と知り合いなのか!?」

「うん、聖女修業時代にクウェイス卿が王宮に来たことがあってね。術の手ほどきなんかをしてくれたの」

見た目は迫力の妖艶美女なのだが、口を開けば明朗闊達《めいろうかったつ》なサバサバした楽しいお姉様だった。面倒見も良くて、可愛がってもらった記憶がある。『早く一緒にお酒が飲みたい』なんて言ってももらえた。私も十八歳になったので、お酒が飲める歳だ。普段は嗜《たしな》まないけど、ラミィ様となら楽しく飲めそうな気がする。

「ということでクウェイス領までかなり遠いけど、行ってみない？」

「俺はいいぜ。個人的に魔女の土地に興味があるからな」

「りーなは、おねーさんといっしょがいいです！」

「のー！」

「なうー？」

「なあー？」

概ね賛同していただけた。

だが。

「のんは、いいとして。ラムとリリはまたお留守番よろしく」

「「うにゃあ!?」」

私の言葉を理解したのかは不明だが、二匹はがしっとレオルドの服に抱きついた。レオルドがはがそうとしてもとれない。

「ごめんね。子猫に長旅させるわけにはいかないのよ。三ヵ月、のんびりできる場所を探すからね」

がくーっと項垂れた子猫達は、しばらくレオルドから離れることはなかった。


予定が決まった私達は、それから一週間で各々準備を整え、子猫達も無事、今回はギルドの入っている建物の最上階に住んでいる家族に預けられることが決まった。ちなみにうちの建物の一階が雑貨屋、二階がギルド、三階が雑貨屋夫婦の居住区、四階、五階も四組の居住者がいる。

彼らに挨拶《あいさつ》をしてから、別に旅立つルークとゲンさんを見送った。

「それじゃ、また三ヵ月後に！」

そう、ルークと約束を交わして私達もクウェイス領方面へ向かう馬車に荷物と共に飛び乗ったのだった。

Ｓｉｄｅ：クレフト＊

勇者、クレフトは憤っていた。

なぜ自分はこんな扱いを受けているのか。

クウェイス卿に全裸にされて王宮に飛ばされてからしばらく、とある貴族の邸宅に世話になっていた。

「勇者殿、今日は魔王と魔人に対する講義と道徳の講習が」

「やってられるか!!」

どうして今更そんなことを勉強せねばならないのか。てか、道徳ってなんだ道徳って！

と、勇者はあれから鬱屈《うっくつ》とした日々を過ごしている。

彼女達がいた時は良かった。毎日、贅沢して楽しく過ごせた。魔物も魔人も倒しまくって、快進撃だと喜ばれた。

……だが、シアを解雇してから状況が一変した。

倒せていたはずの魔人が倒せなかった。それが元で、美しい彼女達は去ってしまった。

そして今は、贅沢に遊ぶことすら許されない。

――くそ、あの生真面目眼鏡王子が!!

勇者は、冷たい視線で自分を睨んでくる黒に王族男子特有の白いメッシュの入った髪に眼鏡をかけた第一王子、ライオネルの顔を思い浮かべた。

彼はいつもいつも、勇者である自分にやたら冷たい。性格的なものもあるのだろうが、少しも自分を敬っていない感じがイラついた。

今のこの状況も、絶対にあの眼鏡王子が仕組んだに違いないのだ。

勇者は夜中にこっそりと屋敷を抜け出し、歓楽街に忍び入った。

王様から少しばかり、生活に必要だろうと貰った金がある。いままで貰ってきた額とは比べ物にならないくらいしけた金額だが、ないよりはマシだ。

その金で安酒を煽り、歓楽街の美女で目を保養した。

いつもなら、あれくらいの女なら金で釣れたのに、今はできない。

酒を飲んでもマズイ酒でイライラはまったく治まらなかった。

気分は最悪だ。仕方がないのでふらつく足で貴族の屋敷に戻ろうと暗い道を歩いていた。

「こんばんは、勇者殿」

「……なんだ?」

人気がないと思っていた道に、すうっと一人の人物が現れた。頭からすっぽりと黒いローブに覆われて、足元までもが隠れている。声から察するに若い男のようだが、それ以外はまったくと伺い知れなかった。

「今、あなたはとても機嫌が悪いようだ」

「分かるなら声をかけるな。怪しい野郎と口を利く心の広さが今はないんでな」

腰に吸い付くようにして装備されている聖剣の柄に勇者は念の為、手をかけた。

それを見て、男は笑ったように見えた。

「ひとつ、あなたに面白い話をしましょう」

「口を利くなと――」

「シア、という女性を覚えておいででしょうか？」

その名に、ぴたりと勇者の動きは止まった。今、一番聞きたくない名前だ。

みるみるうちに勇者の表情は苦いものとなる。

「彼女はギルドを作ったようです」

「だからなんだ。どうせあの地味女のギルドだ、小さくて弱くて、すぐに潰れるようなもんだろ」

「そうですね……まだ小さいギルドだ。ですが、弱くはありませんよ。潰れもしないでしょう、彼女なら。本当は、分かっておいでではないのでは？　彼女は決して、脆弱《ぜいじゃく》では――」

「うるさい!!」

それ以上言われれば、シアを解雇した自分が間抜けな阿呆になってしまう。それだけは絶対に認めたくはなかった。

「失礼。でも、このままではあなたの意にそぐわぬことになるでしょう。彼女のギルドはどうやら春に行われるギルド大会に出場するようです。そこで万が一にも表彰台に上がるようなことがあれば……」

勇者の失態を、己自身でまざまざと見せつけられることになるだろう。男は暗にそう言っていた。

勇者は忌々しげに唇を噛んだ。

「どうするかは、勇者殿自身でお決めください。それじゃ、私はこれで」

ローブの男は、現れた時と同じように闇に溶けるように消えていった。

勇者にとって、ローブの男の正体についてはどうでも良かった。

なぜ、自分にそのようなことを言ってきたのかにも興味はない。

ただ一つ、気にくわないのは。

「身の程ってやつを、思い知らせてやらなくちゃな……」

暗い笑みが、自然と零れた。

☆4　さあ、旅を始めよう

クウェイス領は王都からかなり遠い。

馬車で普通に行こうとしたら一ヵ月はかかってしまう距離になる。往復二ヵ月かかることになり、はっきり言って時間の無駄だ。

なので、馬車で途中のラール領まで行って、そこから転送魔法で一気に飛ぶことにした。

私が自前の転送魔法で送ってもいいのだが、それだと膨大な魔力と時間がかかる。お金はかかるが、その土地に固定された転送魔法陣を使った方が良い。

そう相談して、十日かけてラール領に辿り着いた私達は、転送魔法陣によって一瞬でクウェイス領に降り立った。

「久しぶりね、シア！　待っていたわ」

飛んだ先で、真っ先に熱い抱擁《ほうよう》で出迎えてくれたのはクウェイス領の領主、クウェイス卿だ。手紙で事前に知らせていたとはいえ、どうしてこんなぴったりに出迎えられたんだろう。

羨ましくも悩ましい、豊満な美ボディを惜しげもなくさらした漆黒《しっこく》のマーメイドドレス姿の妖艶美女を少し押し返して、私は笑顔を浮かべた。

「お久しぶりです、クウェイス卿。またお会いできて光栄です」

「ふふ、そうかしこまることはないわ。前みたいに名前で呼んでちょうだい」

クウェイス卿、ラミィ・ラフラ・クウェイス様は、緋色の瞳を爛々《らんらん》と輝かせた期待の眼差しを向けてきたので、やむなく。

「はい、ラミィ様」

そう呼べば、彼女は嬉しそうに微笑んでくれた。

彼女の髪は、黒に近いが緑色で肌は雪のように白く滑らかだ。クウェイス領民は肌が白い人が多いが、これはクウェイス領の日照時間が他と比べて少ないからと言われている。

あと、これも定かじゃないがここは美男美女も多い。

ラミィ様、然り。

理由は、魔力が濃いからとも言われるが魔力が高い人が総じて美形とは限らない。王宮に勤める魔導長だって普通のおっさんだもんな。私だって魔力は高い方だけど、決して美女じゃない。

永遠の謎だ。

けどクウェイス領には、美人の湯という温泉が湧いているので入ってみようと思っている。お肌つるつるになるらしいし、胸が大きくなる効能があるとかないとか。

断崖絶壁なことを気にしてるわけじゃないよ？　でも少し膨らむかもしれないなら試してみてもいいじゃない？　世の断崖絶壁のお嬢さんの為に、私がサンプルになるんだよ。

「じゃあ、シアのギルドの皆さんも、どうぞ私の城へ」

胸の大きさに悩んだことなどなさそうな、ラミィ様のぼいんぼいんを眺めつつ、私達はしばらくの間、寝泊まりをするラミィ様の領主城へと共に向かったのだった。


夜はラミィ様主催による歓迎パーティが開かれ、好きに豪華な料理を堪能して、次の日から本格的に修業を開始した。

「手紙で聞いてはいるけど、リーナちゃんとレオルド殿は魔力を鍛えるという訓練メニューでいいのね？」

ラミィ様が、私達を広間に呼んで一同、訓練メニューを作ることになった。

もしかしたら昔の縁でラミィ様に師事を仰げるかも、と期待した通り、彼女は快く承諾してくれた。国境線戦は、今はまだ大人しいんだそうだ。有事の際は彼女が駆けつけることになるが、そうならない限り手伝ってくれるそう。

「で、シアの方だけど」

私は、もちろん魔力を鍛えることに越したことはないのだが、一つ大きな課題を抱えている。

「カピバラ様ー、カピバラ様ー」

しーん。

呼べば来る、と言っていたわりに緊急事態でもない限りはあまり応えてくれない。時折、気まぐれに現れては気まぐれに消えているのだ。私とカピバラ様の関係は、リーナとのんのような、契約で結ばれている。いわばパートナーである。

攻撃系の力を持たない私の唯一の攻撃手段が、カピバラ様となるわけだけど。

「うーん。どうやらシアと聖獣殿との信頼度が低いようね。これだと連携に支障がでるわ」

戦いで必要となれば、カピバラ様は出てきてくれるだろう。だが、その時になって上手く連携がとれるとは限らない。パートナーともなれば、互いの信頼があってこそだ。

だからこそ、カピバラ様と親交を深めようと時々呼んだりしてるんだけど。

「呼びたいんですが、ぜんぜん返事しないんですよ」

あっちにその気がないとどうにもならない。

困った私にラミィ様は、小さな手のひらサイズの黒い小箱を取り出した。

「ラミィ様、これは？」

「あ、古代遺物だな？」

私が首を傾げると、ラミィ様より先に声を上げたのはレオルドだった。

「その通り。遺跡で発掘された魔道具なんだけれど、どうやら聖なるものを呼び出すのに使うものらしいの」

カチャリと音を立てて箱が開くと、中には銀色に輝く玉が入っていた。

「きれいです……」

リーナが覗き込んで、目をキラキラさせた。それほど美しい宝石のような玉だった。

「古代遺物である黒い箱と、銀の宝玉を使って術をかけるようね。私も実際に使ったことはないんだけど、本物であるという鑑定はでているから、どうかしらシア。使ってみない？」

黒い箱を渡され、私はすぐに頷いた。

カピバラ様を呼び出せるなら、古代の力にも頼ろう。私のレベルアップの為には、どうしてもカピバラ様と信頼関係を築く必要がある。

箱を握りしめ、私は意識を集中させてカピバラ様を頭の中でイメージし、呼んだ。

「カピバラ様！　こっちおいで！」

黒い箱が輝き、魔法陣が浮かび上がると。

「わあーー!!」

そこから、ころりと茶色いもふもふが落ちてきた。

ちょうど私の真上だったので、慌てて受け止める。もっふもふの毛並みが柔らかく温かい。

「くそー、なんだよ。ぬくぬく寝てたっつーのに」

ちょこんと顔を突き出して、カピバラ様はぷりぷり怒った。

何度かもふもふして、感触を確かめると。

「呼び出し、成功です！」

「ええ、古代遺物の力はさすがね」

ラミィ様と喜びあっていると、カピバラ様が腕の中でシャンとした。

「おおお！　これは、すげぇ巨乳美女！　オレ様と散歩でもしねぇ!?　――ごふっ」

そんなに散歩したいなら私が連れていってあげよう。首輪つけて。

「カピバラ様も無事召喚できたので、私は私で修業を始めますね。リーナとレオルドをよろしくお願いします」

「ええ、任せて」

「美女ーー」

カピバラ様をぐりぐりしながら、小走りで広い庭に降りた。

ラミィ様が好きだという白い花がいっぱい咲いている美しい庭園だ。

庭に降りたところで、ジタバタと暴れるカピバラ様を放してあげた。

「あー、やっと解放か！　お前に抱っこされてもぜんぜん嬉しくねぇーぜ」

「それはすみませんねー」

視線が絡むとバチバチっという音が聞こえてきそうだ。

いけない、喧嘩する為に呼んだんじゃない。仲良くする為に、こうしているのだ。

「えーっと……カピバラ様の好きな食べ物ってなに？」

「はぁ？　それ聞いてどうする」

「餌付けします」

動物と仲良くなる手っ取り早い方法だが。

「お前が簡単に持ってこれるようなもんでもねぇーし、餌付けされてたまるか！」

「ちなみに？　人参？」

「ちげぇーよ！　聖獣の桃だよ。桃！」

聖獣の桃。聞いたことがない。名前から察するに聖獣が食する特別な桃なのだろうか。

「どこにあるの？」

「精霊界の島にあるな！」

精霊界は精霊などが住む特別な空間だ。人間が事故で訪れることはあるが、行こうとして行ける場所ではない。

「とってこれないじゃない」

「だから簡単じゃねぇーっつったろ！　てか、餌付けされねぇーから！」

タシタシと怒りの地団駄。

カピバラ様と仲良くなろう、餌付け大作戦は失敗だ。

「カピバラ様、ご趣味は。ちなみに私は、料理だよ」

「見合いみたいに言うなと突っ込みたいし、聖女の趣味にも興味ねぇー」

もさもさとその辺の草を食べ始めた。花を食べたら叱られるだろうが、カピバラ様はちゃんと雑草を食んでいる。草を食むカピバラ様は私への興味が全然ない。

「カピバラ様ー」

もふもふもふ。

思い切り腹を撫でた。

「やめんかい‼」

「げふんっ！」

後ろ足で突っ込みキックをもらってしまった。

猫と同じで、いきなりお腹はダメだったか。最初は背中？　お尻？　頭？　両手をわきわきさせながら迫ると、カピバラ様は臨戦態勢をとった。毛が逆立っている。

「なぜかしら、近づけば近づくほど遠ざかっていく」

「距離のはかり方、下手くそか！　怖いぞ！」

仲良くなりたいだけなのに、心の距離は開いていく。ラムとリリは餌付けに成功したので、慣れてくれたがカピバラ様は手ごわい。

じりじりとにらみ合いを続けていると、いつの間にか日が沈みかけ夕焼けが空に広がっていた。

「おねーさーん、ごはんですー！」

ちょこちょこと走ってきたリーナに呼ばれ、私とカピバラ様の視線は彼女に向かった。のんもぴょんこぴょんこと跳ねてくる。

「あ、かぴばらさまも、ごはんたべます？」

「おーう、リーナちゃん今行くぜ！」

嬉しそうにリーナの元へ駆けていくカピバラ様に、私の口はへの字に曲がった。今日、半日でカピバラ様の距離が縮まった気がしない。

カピバラ様にも好みがあるんだろうけど、この格差は酷い。

どうしたものかと、頭を悩ませ夕食の席に向かったのだった。

「いい朝だね！」

すっきり顔の私の後ろでゲロゲロと未だに頭痛と吐き気に襲われているレオルド。私達の対照的な姿にラミィ様は苦笑した。

「レオルド殿よりたくさんお酒を飲んだシアの方がピンピンしてるわねぇ」

「新しい自分を発見しました！」

「そうね。酒蔵が空になりそうな勢いよ。振舞ったのはこっちだから請求はしないけど……下手したらうちの領内のお酒全部飲まれそうだわ……」

夕食の席でお酒も振舞われたのだが、私は成人してからお酒をちゃんと飲んでなかったので、どれくらい飲めるのか実験的に飲んだら、ぜんぜん酔わないことが判明した。逆にレオルドは興味があるくせに滅法《めっぽう》弱いようだ。

酒豪で知られるラミィ様すら呆れさせる飲みっぷりの次の日、元気に目覚めた私の武勇伝はクウェイス領全土に広まってしまったのだった。

そして。

「くそう、また強制呼び出しかよ。仲良くなんざしねぇって言ってるだ――くせぇ!? 聖女てめぇ、酒くせぇぞ!?」

その日、カピバラ様にしこたま怒られたのは別のお話。

Ｓｉｄｅ：？？？＊

「かぴちゃん、かぴちゃん」

……誰だ？

遠い遠い所から、誰かの声が呼ぶ。

青い青い空の果て。どこからともなく声がする。

温かな日差し、まどろむような平和な青い空。白い雲がふわふわと流れていく……。

嗚呼、ここはそうだ……精霊界だ。いつも穏やかで優しい、人の世とは隔絶された太平の世。なにものにも脅かされることのない安寧の地。

それがどこかつまらなくて、刺激を求めて外へ飛び出したのはいつの時だったか。今にして思えば、なんと阿呆《あほう》だったのか。これほどまでの穏やかな世界というものが、一番の幸せな場所だというのに。若気の至りとはいつも馬鹿なものだ。

『かぴちゃん』

けれど、その馬鹿をしなければこの声の主にも出会えなかったんだろう。

黒い髪の少女が微笑む。

こちらに手を振って、自分を呼んでいる。

決して美しくはない、地味な……でも笑顔が可愛い少女だった。

だって、あの少女はもう――――。

これは、夢だ。

――気が付いている。

＊＊＊＊＊＊＊＊＊＊

召喚早々、逃亡したカピバラ様を探し回って領主城の庭に降りてみれば、白い花が咲く一角で葉に埋もれるようにしてカピバラ様は熟睡していた。

「うーん、起こすのも可哀想かな？　安眠を妨げるとすごく怒るんだよね」

まあ、私がなにしても怒るんだけど。眠りを妨害するのが一番嫌いらしいというのはここ数日で分かったので、自ら起きるまで横にいることにした。

それにしても寝顔が可愛い。小動物の寝姿とはどれをとっても愛くるしいものだ。撫でまわしたり突っついたりしたら、絶対に怒るので我慢する。

ふと空を見上げれば、薄い雲が流れる曇り空だ。クウェイス領はだいたいが曇りで晴れの日が少ないという特徴がある。ここにいると少々太陽が恋しくなるのだ。

「――――」

「え？」

微かにカピバラ様が何か言ったような気がして、耳をそばだててみた。ただの意味のない寝言かもしれないが、重要なことだと困るので一応。

「――み。め――み……めぐみ」

めぐみ？

森の恵み？　水の恵み？　大地の恵み？

どういった意味の恵みだろうか。聖獣様だし世界の万物的なものだろうか。解釈が広すぎてよく分からなかった。でもどこか、その表情は寂しそうで……。

思わずその頭を撫でてしまうと、カピバラ様は身じろぎしてぱちりと目を覚ました。一度、私と目が合うとじっとその目を見つめてきたので見つめ返した。しばらく見つめ合っていると。

「……――がぶ!!」

「いっだ!?」

頭を撫でていた手をカピバラ様に噛みつかれてしまった。本気ではなく甘噛みなので怪我はしないが、けっこう痛い。

「か、カピバラ様……」

「ふんっ！」

とっても不機嫌そうに鼻を鳴らすと、風の速さで走り去ってしまった。これはまた見つけ出すのに苦労しそうだ。歯型がついた手をさすりながら、溜息交じりに立ち上がって歩き出す。

クウェイス領に修業に来て一ヵ月。

私の成果は全く上がっていない。といっても上がっていないのはカピバラ様関連だけで、他の魔力強化訓練などは滞りなく進んでいた。大陸最高峰の魔女に教えを乞うているのだから必死にもなるが、彼女は教え方が上手いのだ。

ただ……。

「レオルド殿は、私には教えられないわね。どうやって筋肉を媒体《ばいたい》に魔法を使っているのか原理が意味不明だし、物理攻撃が魔法攻撃に変換されるのも不思議」

と、レオルドの筋肉魔法が魔女に全否定されたので彼はしょんぼりと一人で独学訓練をしている。

まあ、それだけではあんまりなので、ラミィ様は色んな角度からのアプローチも試みているらしい。魔法としては意味不明だが筋肉魔法そのものには興味があるようだ。

リーナも、のんとの訓練を着実に進めている。この間、廊下で会った時なんて、のんの姿が若干変わっていた。普段は青色のそのボディが黄色だったりピンクだったりしているのだ。それも石のように固いボディになっていたり、トゲが生えていたり……。リーナが笑顔でその理由を秘密にするので、秘密の成果の発表はギルド大会までお預けになりそうだ。

レオルドもレオルドで、打開策が見つかったのかより一層激しい訓練が行われているような轟音《ごうおん》が響いてくる。

仲間達の成長を肌で感じつつ、私は明らかに焦っていた。

カピバラ様との連携は必要不可欠であることは分かりきっている。だけど当のカピバラ様本人が足並みをまったく揃えてくれない。何日も、時間をかけて説得はしているものの聞いているのかいないのか、カピバラ様はさっさと消えてしまう。

カピバラ様は元々、聖獣の森を浄化するのと引き換えに契約してくれただけで認められているわけではない。私の実力不足だからなのか、カピバラ様は歩み寄りの『あ』の字も見せてくれなかった。

「どうしたもんでしょうか……」

私はラウンジでお酒を飲んでいたラミィ様の隣に腰掛けて、バーテンダーのアイーダさんにミルクをお願いした。お酒臭いとカピバラ様に怒られるのだ。

「そうねぇ……。あちらが歩み寄る気配をみせてくれないなら、少し強引な手を使わざるを得なさそうね」

「強引な手、ですか？」

「そう。見ていたけど、聖獣様が頑なにあなたを拒むのは理由があると思うのよね。お互いがお互いに腹を割って話すのにちょうどいい魔道具があるの」

明日の朝、私の部屋にいらっしゃい。と言われ、私は素直に従うことにした。カピバラ様を無理矢理に呼び出すのも気が引けているが、これ以上の打開策も思い浮かばず頷くしかない。

カピバラ様のあの態度は、私も気になっていた。

相性が悪いにしたって、少しくらい話を聞くそぶりをみせてもいいのに本当にカピバラ様は私と関わりをあまりもとうとしないのだ。リーナ達とはまた別に普通に接しているようにみえるのに、なぜか私だけは断固拒否の姿勢を貫く。

理由が、とても気になった。ダメなところが分かればきっと打開策も浮かぶはず。

ラミィ様の魔道具に期待を込め、私は眠りについた。

＊＊＊＊＊＊＊＊＊＊＊

『人はなぜ死ぬ？』

誰かが私に問いかけた。

低い、獣の唸《うな》り声のような音と共に人の言葉が紡がれる。

《黒髪の少女》は答えた。

『定めだからだよ。そこまでしか人は生を許されていないの。――いいえ、許されていないというよりきっと永遠を生きられるほど人は強くはないんだよ』
ならば、と獣の唸りが響いた。
『俺がお前を強くする。強くなれば、永遠を生きられる』
どこか、悲しい声だった。
《黒髪の少女》は、寂しそうに微笑んだ。
――それが、最初の契約だった。

＊＊＊＊＊＊＊＊＊＊＊＊

「……？」

目が覚めると、白く高い天井に豪華なシャンデリアが見える。

一月近くを世話になっている領主城の部屋だ。カーテンの引かれた窓からは朝日が差しこんでおり、そろそろ起き上がらなくてはならない時間を告げている。

どこかぼうっとした頭を少し振った。

夢を見ていたような気がするが、どんな夢だったがぜんぜん覚えていない。

だけど……そっと目元に指で触れれば、しっとりと濡れる。

どうやら私は、眠りながら泣いていたらしい。泣く夢なんて、いったいどんな悲しい夢だったんだろうか。

少し疑問に思いながらも、ラミィ様に呼ばれているのでテキパキと身支度を済ませると、軽く朝食をいただいてラミィ様の部屋へ向かった。

彼女の部屋は領主城の一番上の階にある。

階段下には二人の見張りの兵士がいて、彼らにラミィ様の準備ができているかどうか聞いた。

「さきほど、準備が整ったとメイドから聞いております。どうぞお通りください」

兵士といえばどこか固くて冷たい印象を受けがちだが、ラミィ様の部下にはあまりそういう人はいなくて、真面目なんだけど人当たりは良くて客人にはとても親切にしてくれている。

私は笑顔でお礼を言うと、階段を上った。その先にはメイドさんが何人が仕事をしていて、適度に挨拶を済ませると、彼女らの手でラミィ様の部屋の扉が開かれた。

「おはよう、シア」

「おはようございます、ラミィ様」

ラミィ様は、まだ朝だからかラフな格好でゆったりとした黒いローブを纏《まと》い、髪はゆるりと一つにまとめて前に流していた。休日の朝のだらしない女性の恰好だがそれでも漂う色気は凄まじい。

「朝から呼びつけてごめんなさいね。でもまだ、こう夢から覚めたばかりのぼんやりとした時間の方が効力があるから」

そう言って、ラミィ様が取り出したのはオルゴールのような四角い箱だった。金色の細かい装飾に、藍色の宝石がついている。これが昨日言っていた魔道具だろうか。

「《揺り籠《かご》の門》という魔道具よ」

「どういったものなんですか？」

「ふふ、それは試してみれば分かるわ。聖獣様を呼んでくれる？」

説明が面倒なのか、難しいものなのかは分からないけどラミィ様が説明する気がなさそうなので、カピバラ様を強制召喚させていただいた。

ぽーんと宙からカピバラ様が現れる。いつも通り、べちゃっと地面に落ちると憤慨《ふんがい》した様子で私を睨みつけた。

「まーたーかーよ！　こりねぇなお前も」

「ええ、こりませんとも。カピバラ様が仲良くしてくれるまで」

バチバチっと両者の間に視線の火花が散る。その姿を見て、ラミィ様が困ったように苦笑した。

「あーはいはい、朝から喧嘩しないで。今からあなた達は旅に出るのだから」

「え？」

「はあ？」

ラミィ様の言葉に私もカピバラ様も首を傾げた。ラミィ様は、私達から数歩離れると何も言わずに《揺り籠の門》と呼んでいた魔道具の箱を開けた。

箱からは涼やかな音色が鳴り響きはじめ、とても美しい旋律に思わず耳を傾けていると……。

「あ……れ？」

「聖女？」

視界がぐらりと歪んだ。

どうしようもない眠気が襲い、立っていられなくなって座り込むと、そのまま崩れるように倒れた。

「うおっと⁉︎」

思わず慌てたカピバラ様が私の頭をふかふかのボディで支えてくれたので頭強打は免れた。

そうだ……カピバラ様は、私にすごく冷たいのに……時々、すごく優しいんだ。

なんでだろう。どうしてカピバラ様は、私が嫌いなんだろうか。本当は優しい性格だと思うんだけど。私達の窮地《きゅうち》に駆け付けてくれたりして。

どんどんと、意識が奪われていく。

落ちていく意識の中、私は知らないはずの世界を渡る。


——さあ、旅を始めよう。

あなたと私の互いを知る為の旅を。

☆5　もしも、いつか

ここはどこ？

気が付けば私は、美しい泉の広がる森の中にいた。

空は青く、高く、澄んだ空気が漂い、綺麗な歌声の鳥が飛び立つ。

私は先ほどまでクウェイス領の領主城、ラミィ様の部屋にいたはずだ。だが、ここはどう見ても屋外で……それにここには見覚えがある。

この泉……カピバラ様が住んでいた祠《ほこら》のある泉だよね？

泉の中央へ視線を移せば、そこには確かに小島と祠らしきものが見える。

とても澄んだ空気をしているけれど、あの時は瘴気に汚染されていたから、もしかするとこれが本来の聖獣の森の空気なのかもしれない。

「カピバラ様ー？」

ちょっと呼んでみたが、彼が返事をすることはなかった。

さて、どうするか。

恐らくはこれがラミィ様の言っていた手なんだろうけど。どういう効力のある魔道具だったのか、説明が欲しかったです、ラミィ様。

とりあえず人を探そうと足を踏み出したところで。

「かぴちゃーん」

誰か、少女の声が響いてきた。

声がした方へ視線を向ければ、森の奥の道から小柄な娘がバスケットを片手に歩いてくるのが見える。腰まで伸ばした長い黒髪にこげ茶の瞳の平凡で地味だが、どこか愛嬌《あいきょう》のある顔立ちをした少女だった。

泉の縁まで辿り着いた少女は、しばらく声を泉の方に投げかけ、辺りを見回す。

何度も私の方へ視線を向けるのに、私の存在が気にならないのかまるでそこにはなにもいないかのように彼女は振る舞った。

もしかして、本当に見えていないとか？

意地悪をするようにも見えないので、確認の為に少女に近づいて目の前で手を振ってみたり、声をかけたりしてみた。だが無反応だ。

これは、見えてないな。

この少女が幻なのか、はたまた私の方が存在しないものなのか。

どっちだろうかと、頭を捻《ひね》っていると。

泉の中央にある祠が、淡く光を放ちふわりと光の玉が浮かんで少女の元へと降り立った。

「かぴちゃん、おはよー」

少女がにこりと微笑むと、光は霧散し、そこには一匹のもふもふした茶色い小動物がちょこんと座っていた。

――カピバラ様だ。

「人間が毎度ごくろーさまだな。ってか、なんだよ『かぴちゃん』って」

「あなたの名前。カピバラのかぴちゃん」

「変な名前つけんじゃねぇーよ。つーか、カピバラってなに？」

「私の故郷にいた動物だよ。可愛いの。今のかぴちゃんの姿にそっくりよ」

カピバラ様は少女の言葉に渋い顔を作った。

「あー、確かお前は異世界の出身だったな」

「うん。地球っていうの」

少女はニコニコしたまま、その場に敷物を敷いて座り、バスケットからお弁当をとりだして広げだした。カピバラ様は、躊躇することなく当たり前のように少女の向かいに座った。

カピバラ様も同じかどうか、手を振ったりもふもふしたりして確かめたが、やはりカピバラ様も私のことは認識していないようだ。

……それにしても。

ちらりと黒髪の少女を見た。

彼女はここに来てからずっと、楽しそうな笑顔である。優しい雰囲気が滲み出ていて、傍にいるだけで癒される空気があった。

『異世界』。

それはこの世界でも認知されているものである。ここことは違う、別の世界が沢山あって、なにかの拍子で偶然世界を渡ってしまうことがあるそうだ。世界を渡った者は特別な力を授かることが多く、歴代の勇者にも異世界出身者はそこそこいる。

確か、聖女も――。

「しっかし、いいのか？　世界を救う一行の一人、聖女様がこんなところで油売っててよ」

「大丈夫、今の聖女の任務はかぴちゃんと仲良くなることだからね」

にこぉっと一層笑顔を深める少女にカピバラ様は、ぐへぇっと嫌な顔をした。

聖女。カピバラ様は確かに彼女を聖女と呼んだ。そして少女も否定しなかった。

現在の聖女は私、シア・リフィーノである。偽物を語る人間はいつの時代にもいるものだが、カピバラ様が偽る意味がないし、彼自身も無駄に偽る性格でもない。

ということは、やはりこの空間自体が現在には存在しないもので、私は作られた何かを見せられているのだろう。ラミィ様がやろうとしていたことを考えれば、これはカピバラ様の記憶の一部と予想できる。

これは絵本を読むように大人しく記憶の流れを見ていればいいやつだ。

そう、思い至って私は座って見学しようと腰を落とすと。

「……いつの間にか椅子がある」

記憶の映像は森の中だが、ご丁寧に椅子が置かれていた。

私が座ってもすり抜けたりはしないので、私用なのかもしれない。

ありがたく椅子に座ると、二人の会話はどんどん進んでいた。

「勇者とはどうだ？　仲良くやってけそうか？」

「うん。良い人で良かったよ。異世界人でも差別したりしないし、強くてあとかっこいい」

「けっ、そうかよー」

「あれー？　かぴちゃんやきもちかな？」

「るせー、そんなわけがあるか。調子に乗ってっと契約解除するからな！」

小さくて短い四肢をダンダンと地面に叩きつけて怒るカピバラ様に少女は笑った。

どうやら少女、聖女様は勇者との旅の途中でカピバラ様とは契約済みらしい。聖獣は、その存在がすでに伝説となっている現在、書籍に聖女と聖獣の話が出るのは数千年も昔のことになる。『はじまりの聖女』が最初に聖獣と契約を交わしてから、それ以降に何度か聖獣が聖女の前に姿を現したようだが昨今ではまったくなくなっている。

だからこそ、『はじまりの聖女』は崇拝《すうはい》され、聖獣に認められる聖女は特別な意味を持つようになった。何代もの聖女が泉へ挑戦し、諦めて去っていく。私も一度目はそうだったのだ。

カピバラ様が私の前に現れてくれたのは、森が汚染されたからだったけど……。

彼にとって不本意な出現と契約だっただろう。それでも契約できたのだから、仲良くやりたい。あの聖女様のように。

温かな雰囲気の光景の中、ゆらりと場が揺れて気が付くと景色は一変していた。

暗い空に、重苦しい空気。激しい雷が轟《とどろ》く中、黒髪の聖女様はベッドに横たわっていた。青白い顔をして、苦しげに息をしているのを心配そうにカピバラ様は見ていた。傍には数人の人間がいて、一人は聖剣を持った年若い青年だった。恐らく勇者だろう。そして仲間達と一番奥にいる美女を見て、私はちょっと驚いた。黒に近い緑の髪に赤い瞳のグラマラスな体型。どうみてもラミィ様だ。

でも、ラミィ様がここにいるわけがない。ここはたぶんかなり昔の世界だ。いくら魔力の高い魔女だからといって何千年も同じ姿を保てるわけがないのだ。彼女のそっくりさんか、祖先か……そんなところだろう。

「聖獣様、彼女の容態はどうだろうか？」

勇者が震える声をどうにか抑えた様子でカピバラ様に問いかけた。

「瘴気は浄化し終えてる。だが、深層に触れ過ぎた……目が覚めるかどうかは、知らねぇーよ」

「……そうか」

勇者は踵《きびす》を返すと壁の方へと歩き、そしてドンと強く壁を叩いた。そして項垂れて、誰に言うわけでもなく、謝罪の言葉を繰り返す。仲間達が耐えられなくなって、一人、また一人と部屋から飛び出していった。

ラミィ様にそっくりな美女は、苦しげに息を吐き、勇者の肩に慰めるように手を置いて、それから出ていった。

「聖女……魔王を倒しても、全員が無事でなければ意味がないんだっ。君が目を覚まさなければ、なんの意味も――――！」

よくよく見れば、勇者の体はボロボロだ。仲間達もくたびれた様子だったし、きっと激闘を終えた後だったのだろう。そしてそれは恐らく魔王との戦い。

……そして、聖女はその戦いで倒れてしまったのだ。

あまりにも悲惨な勇者の姿に、一度戻ってきた仲間の一人が無理矢理休むようにと言って彼を引きずっていった。

最後に残されたカピバラ様は、じっと聖女の痛ましい横顔を見つめていた。

「……なあ、聖女。なんで人間はこんなにも弱いんだろうな。こんなにもあっけなく――――すぐに死んでしまう。寿命も短く、生命も脆弱」

ぽすりとカピバラ様の顔は布団に埋もれた。

その体は、小刻みに震えている。

「分かってて、お前は俺の誘いには乗らなかった。永遠の時を選ばなかった。お前は……強いのか、弱いのか本当、よくわかんねぇーな――メグミ」

メグミ。

カピバラ様が寝言で言っていた言葉だ。広い意味ではなく、もしかして人の、聖女様の名前だったの？

場面は切り替わる。

黒い喪服《もふく》を着た人々が、悲しみの中を歩いていく。

雨がしとしとと降り、涙と共に流れていく。

初めに勇者が、墓標に白い花を添えた。手を合わせ、目を閉じ、溢れる涙は止まらなかった。

次々に、死者と所縁《ゆかり》の深い者達がその死を悼《いた》んでいく。

墓標の名は『サイトウ　メグミ』。

異世界より来たりし、はじまりの聖女。

その聖女様の葬式に、カピバラ様の姿はなかった。

場面は切り替わる。

静かな、荘厳な空気の流れる聖獣の森の泉。カピバラ様は、そこに佇《たたず》んでいた。じっと、泉の縁を眺めている。そこは、最初に聖女様とカピバラ様が楽しげにピクニックをしていた場所。

そんなカピバラ様の元へ、ふわりと光が降り立った。

それはすぐに人の形を成し、白い衣を纏った金髪の美女へと変わった。

「なんという顔をしているのか、獣」

鈴の生るような美しい声で、美女はカピバラ様へ声をかけた。カピバラ様はちらりと美女を見て、ふいと顔を反らす。

「俺は、使命を全うした。文句を言われる筋合いはねぇーぜ……女神」

女神⁉

カピバラ様の予想外の言葉に私は驚いて美女を見ると、彼女は美しい顔を歪めて笑った。

「ああ、そうであったな。ご苦労だった。聖女は、無事に死者の国に迎えられたよ」

「……そうか」

女神と呼ばれた美女は、ふわりとカピバラ様の元へ降りるとそっとふわふわの毛を撫でた。

「人はいずれ死ぬ。早いか遅いかは別にしてもな。そして聖女もまた再び現れる。魔王が繰り返し復活するたびに必ずな。また会える」

「……そいつは、メグミじゃねぇーだろ」

「――それになんの問題がある？」

同じ聖女だろう、と女神は不思議そうな顔をした。

カピバラ様は答えなかった。

「お前は、聖女の為に創った。だが、お前が穢《けが》れに触れすぎて消滅などしたら勿体ない。次代、続く聖女に力を貸すも貸さぬもお前が決めるといい。じゃあな」

女神はさっさと光となって消え去った。

彼女が大陸で広く信仰されているラメラスの女神なら愛と豊穣を司り、その性質は慈悲と慈愛に満ちているはずだが、なんだかどうも冷たい印象というか、人の気持ちというものを理解していないような気がした。神様なんてこんなものなんだろうか。

カピバラ様は、しばらく水面に映った自分の顔を見ていた。

「もしも」

そして静かに言葉を口にする。誰に言うわけでもなく、吐き出すように。

「もしも、いつか《黒髪》の聖女が現れたら」

風が吹く。

この世界に存在しないはずの私の長い黒髪を揺らす。


——絶対に、力は貸さない。

関わらない。

だって、傍に居たらきっと。

悲しみを思い出してしまうから。

☆6　さよなら、可哀想な弱い子

Ｓｉｄｅ：カピバラ様＊

懐かしい光景を見た。

この世界に創られて、広い広い世界を見た時よりも、もっともっと光り輝く温かな景色だった。

最初は、ただの契約。

女神からの使命で、己の生まれた意味。

聖女の力となり、世界の理《ことわり》を維持すること。

つまり、魔王を倒すこと。

はじまりの聖女は、異世界からの来訪者だった。

長い黒髪、焦げ茶の瞳、その姿は地味だったけれど、どこか愛嬌があって面白い人間だった。

何代もの聖女を見てきたが、あんな奴は一人だけだった。

あの時の勇者も歴代を比べればとてもいい奴で、仲間思いだった。だからこそ、大事な仲間の一人で大切に思っていた黒髪の聖女を失った後は、俺も胸が痛かった。勇者の周囲に勇者を大事に思う人間達がいなかったら、勇者も聖女の後を追ったんじゃないかというくらいだった。

勇者達は幸せになってくれた。

悲しみを背負いながらも、人間は最期まで歩いていく。

正直、俺は羨ましかった。

長い長い、途方もなくなるくらい長い時を生きる俺は、この悲しみの気持ちへ施す処理が分からずに、引き籠るような時を経た。

聖女が現れれば、適当に手を貸した。それが俺の意味だから。

彼女らが訪れる日を、俺は恐怖に震えながら待った。はじまりの聖女と同じ姿をした聖女が現れたら。はじまりの聖女と同じ心を持った聖女が現れたら。

あの必死に閉じ込めようともがく悲しい気持ちが、今度こそ止まらなくなって己の体自体を溶かしてしまわないかと。

聖女が現れるたびに、俺の心は摩耗《まもう》し……いつしか自身の使命からも逃げるようになった。

女神は何も言わない。

俺の姿を見て、観察しているのかもしれない。役に立たない聖獣に代わり次の聖獣を創りだそうとしているのかもしれない。それでもいい。

大事に守ろうとした、仲間《とも》を失うのは最初の一回きりで十分だ。

誰かに心を寄り添うようなことは、もうしない。割り切らなきゃ、ただでさえ寿命の短い種族とは付き合えないんだ。長い年月でようやく俺は思い至った。

怠惰《たいだ》に眠る時を過ごす。

眠りのまどろみの中にだけ、はじまりの聖女と頼もしい仲間達と会える。あの時の冒険が何度だって繰り返せる。戻れるのなら、戻りたかった。やり直せるのなら、この手で誰も傷つかない未来を導きたい。

だけど、そんなことは無理だ。

起こったことは変えることはできない。女神にはあるいは可能かもしれないが、あの女神が個々の願いの為に動くことはない。世界の為にしか動かない、世界を維持する為ならば手段を選ばないような女神である。

ある意味、俺は勇者と聖女という巡るシステムが途方もない残酷な呪いのようだとさえ思う。世界に瘴気が強まれば、魔王は復活し、何度でも選ばれし者達が命をかけて戦う。世界の為に。世界に住む生物に、悪の心が消えない限り瘴気は常に生産し続けられる。終わることのない連鎖に選ばれし者は苦しめられるのだ。

『こんな世界なんざ、滅んじまえばいいのになぁ』

ふとそんなことを呟けば、誰かが俺の言葉に笑った。

一瞬、女神かとも思ったがどうやら違うようだ。

『ボクもそう思う。組み違えた世界を意地張って守るよりも一度さら地にしてから新たに組み立てた方が、最終的にはよほど幸せなのではないのかなって』

女性とも男性ともつかぬ声だ。

俺のような生き物の近くには、人ならざる者は多くいる。中には悪意を持つ者もいるので、あまり声に応えるのはよくないことだ。だが俺は応えずにはいられなかった。

『女神は、絶対に世界を変えないぜ』

『そうだろう。永遠に繰り返す。でもそれは仕方のないことでもある。だって彼女も――』

その言葉を聞いて、俺は驚いた。誰も知らないこと。そいつが言っていることが本当かどうかは、判断がつかないが、それが真実なら相当やっかいなことだ。

不思議な邂逅《かいこう》はそこで終わった。

少しだけ女神を見る目が変わったが、俺としてはそれ以上どうにかできるもんでもない。

それからまた長い長い時が過ぎて。

また、聖女は誕生した。

「聖獣様、聖獣様、どうか私に力をお貸しください」

あー、まただ。また、この時が来た。

そう憂鬱に思いながら、彼らに悟られぬよう聖女の姿を覗き見た。

――そして息が詰まった。

長い黒髪に、焦げ茶の瞳。地味な姿だが、どこか凛とした表情の聖女。

落ち着け、似ているのは色と地味なとこだけだ。

きっと中身はぜんぜん違う。気が強そうで、生意気そうな感じがする。メグミとはぜんぜん違うだろ。

心を落ち着けながら、今度の勇者一行を観察した。

勇者達の聖女を見る目が、あからさまに冷たい。勇者は、聖女なんてかまわず他の女ばかりの仲間にかまっているようだった。

ああ、こりゃ外れだ。時折いるんだ。聖剣も力とある能力しか感知しないから、こういうことが起きる。聖女も面倒なのにあたっちまったなぁ。

かといって、手を貸してやろうとは思わないけど。あいつらの傍にいるなんてどんな拷問だ。

――黒い髪の聖女。

その人を見て見ぬふりをする。彼女の代が終わるまで、寝よう。深く深く、眠ってしまおう。

彼女が死のうがどう生きようが、見てはいけない。そう思ったが、状況がそうはさせてくれなかった。

森は瘴気に覆われ、変な化け物が徘徊するようになったのだ。おかげで俺の力はずいぶん削がれ、メグミがカピバラみたいな姿、といった小さな姿から本体へ変化することができなくなっていた。

引き籠っている間に、森は魔人に好き放題されてしまったようだ。不覚である。

そしてタイミングの悪いことに、この件にあの聖女が関わることになった。

聖女は、どうやらあの勇者パーティーから離れ、新たにギルドを作ったらしい。

おいおい、魔王討伐とかどうなるんだよ。そう突っ込みながらも、俺は隠れて聖女の動向を見守るしかなくなった。彼女の前に出る勇気は、残念ながらない。彼女の後姿だけで俺の足は震えるのだから。

だが。

――皆で無事に家に帰りたい!!

大きく響いてきた聖女の切なる願いに、俺は気が付いたら走り出していた。

大切な仲間を失う恐怖。

大切な仲間を失う絶望。

己の無力を呪う時間。

そんなものをあの聖女が一瞬でも抱かなくてはいけないのか。

そう思ったら、いてもたってもいられなくなった。

だから助けてしまったんだ。

後悔しても遅い。でもそれはどうなんだろうか。あの時、俺が聖女達を助けなかったら俺はどうなってただろう。

道は別れて、その先は分からない。

でも、これ以上の深入りはしちゃいけないのだけは分かってる。

「ねー、カピバラ様。もうちょっと仲良く――」

「するか!!」

がぶっ!

「いったあーー!!」

聖女との距離をはかるしかない。

流れるような記憶の波が止まって、俺はトコトコと歩いていた。

あの魔女がなにをしたのか知らないが、どうやらここは現実世界ではなく精神的なものの中にあるようだった。今まで通ってきたのはきっと俺の中の記憶だろう。

じゃあ、次は。

俺の前に、ちょこんと小さな女の子が現れた。

おさげの黒髪に、焦げ茶のまんまるい瞳の地味な少女。でもどこか愛嬌があって――。

いやいや、この子はメグミじゃない。この姿だとものすごく似ているが、違う。

「聖女か？」

今の聖女、シア・リフィーノだ。

現在の姿よりかなり幼くなっているが、おそらく彼女だろう。

「もふもふー」

「ぎゃあ、やめろ触るなぁ！」

ちびっこになった聖女に、遠慮なく突然もふもふされた。

意味が分かんねぇ！

「シア、ご飯よ」

「あ、はい！　お母さん今行きます！」

奥の方から女性の声が響く。鋭く尖った刃みたいな冷たい声音だった。

風景が、変わる。

薄汚れた壁の部屋の中だった。狭い空間に二人の女性と二十人近くの小さな子供達がいて、幼い子は食卓の席に着き、少し大きい子は食事をテーブルに運ぶ仕事をしている。聖女もその中にいて、くるくると手際よく食事を運んでいた。

様子から見るに、たぶん孤児院だ。

聖女は、親がなく孤児院で育ったはずだ。となればやはりここは、聖女の記憶か。

「シア、お前はとてもいい子。我儘《わがまま》を言わないいし、泣かないし、お母さんの言うことをよく聞く」

にこりと女性は微笑んだ。それは人にあまりかかわりを持たない俺ですら、作り笑いだと分かるほど気持ちの悪い笑顔だった。それでも聖女は嬉しそうに笑った。

聖女はすごく働く子だった。自分より小さい子の面倒を良く見ていた。あの女が言うように、聖女は我儘を一切言わない。

辛いことがあっても、涙を見せない。女の言うことに、反抗せずにいい子にしている。普通なら、気が狂いそうな空間だ。

ここには家族のような温かな空気はなく、言うことをきかなければ女から容赦のない暴力も加えられる。まるで子供は家畜かなにかのようだ。養子縁組で家族ができたと引き取られた子も実は売られただけだったことも……。

聖女は、それを知っていたんだろうか。

「うぇぇっ――うぇぇぇっん」

子供の泣き声が聞こえる。

戸棚の中で、身を潜めるようにして聖女が泣いていた。我儘を言わない子供なんていない。泣かない子供なんていない。それは当たり前のことで、それが許されないことの方がおかしいのだ。

泣いている聖女は、ふと落ちた影に引っ張り出された。

「泣いているの？　悪い子ね」

女は冷たい顔で聖女を見下ろしていた。

「泣く子はいらないの。泣くような弱い子はいらないの」

女の姿は、今の聖女の姿に変わる。小さな聖女と、大人の聖女。二人とも違う人物のように見えて、だが……。

小さな自分を蔑む聖女は、どこか同じように泣いているように見えた。


また、場面は切り替わる。

小さな聖女が一人、凍えるような白い雪の中で佇んでいた。彼女が見上げているのは一人の女だった。顔はよく見えない。それはきっと、聖女の記憶の中でもとても曖昧なものだからだろう。これはきっと、魔女によって見せられている聖女の記憶だろうから。

けれど俺は感じていた。聖女が昔、感じたのであろう感情を。その恐ろしいまでの鬼のような形相を浮かべた女のことを。顔はよく分からないのに、それがとても怖いものであるのだということだけは、はっきりと分かった。

「可哀想に。こんなに震えて……おいで、温かい場所に連れていってあげよう」

女が去った後、小さな聖女を連れて行ったのは、なんとも胡散臭い男だった。ありゃたぶん人買いだろう。けれど小さな聖女にそんなことが分かるはずもない。優しい言葉をかけられて、ほいほいとついていってしまった。

連れて行かれたのは、孤児院という名のついた子供を売り買いする為の場所。子供を生かして、いい値段で売る場所だ。聖女は子供だったが、昔から勘は良かったらしい。大人の感情の機微を細かく察して動いていた。怒らせないように、波を立てないように慎重に。年下の子供の面倒もみて、大人達から重宝され、そのおかげで他の子供よりも売られる時期が後回しになった。

でも、聖女もやっぱり子供だ。隠れてよく泣いているようだった。聖女の記憶があやふやなのか、忘れようとしているのか、それとも改ざんして少しでも傷つかないようにしているのか……最初は聖女を『シア』と名で呼んでいた大人達が、いつの間にか『Ａ２０５』などと番号で呼ぶようになっていたのだ。おそらく最初から、そうだったんだろう。売り物に名前など必要なかったんだろうな。

場面はまた、切り替わる。

聖女は、成長して十代前半くらいの姿になっていた。馬車に乗り、その恰好は綺麗に整えられて、まるでよそ行きの姿だ。手には手紙が握られていた。新しい家族と、その住居が記されていた。売られる場所が決まったんだろう。聖女の表情は、感情を殺し過ぎてあまり変わり映えのしない無表情だったが、どこか期待をしているような光も目に宿っていた。

聖女は、知らないんだろう。自分が売られていることを。いてもたってもいられなくなって、馬車を止めようとしたが、すり抜けるばかりで無駄だった。そりゃそうだな、過去の話だ。馬鹿みてぇだ。成り行きを見守るしかない中、馬車が突然、何者かの集団に襲われた。黒い服で全身を覆い、顔すらも隠している。バレるとまずい連中なのか。でも俺には見えてしまった。黒い服の連中の腰には、銀色の装飾が施された見事な柄の剣がぶらさがっている。あれは、聖教会のものだろう。聖騎士が携えるようなやつによく似ている。

黒い服の一人が、馬車に乗り込み気絶した聖女を運び出す。

おいおい、ここにきてまた人攫いか？

場面は切り替わり。今度は、シンプルな部屋でベッドに横たわる聖女と、一人の男がいた。男は三十代くらいの優男で、着ている服から神官だろうと思われた。

「あ、起きたんだね」

声音も優しそうな男だ。穏やかに微笑む男に、聖女は少し安心したような顔をした。

「気分はどう？　どこか痛いところとか、ない？」

男の手には湯気がたったスープの乗った盆があり、それをテーブルに置きながら聞いてくる。聖女が首を振ると、男はほっとした表情を浮かべた。

「手荒な真似をしてごめんね。でも私達は怪しいものじゃないんだ。君を傷つけるようなこともしない。むしろ君はとても危ないところで――いや、これはいいね。うん」

男は何かを言いかけて止めた。こいつはきっと、聖女が売られている途中だったことを知っているんだろう。それを言わないあたり、優しい人なんだろうな。

それから男は色々と聖女の世話を焼いた。男の名前はシリウスで、神官なのだということを教え、聖女が聖教会に保護されていることを伝えた。

「君は、新たな『聖女』に選ばれたからね」

聖女は、自分が新しい聖女に選ばれたことに面食らっていた。俺も、聖女がどういう基準で女神に選ばれるのか知らないが、だいたいは清純な大人しい乙女が多い。だから、俺も今回聖女がアレで結構驚いた。

聖女は、戸惑いながらも司教と面会することになって……ぶざまに気絶した。

俺も司教をちらっと見たことがあるが、マジでヤバイ。堅気じゃないのは本当らしい。俺ですら震えるくらい怖い。

聖女が目を覚ますと、司教の部屋のソファの上でシリウスが青い顔をしていた。司教は部屋の奥の椅子に座って、隻眼の恐ろしい目を向けた。

「おいガキ、名を名乗れ」

「A205……です」

聖女は、少し震えながらも口を開いた。

「はぁ？」

「え？」

聖女の言葉に、司教とシリウスが変な声を上げた。そりゃそうだな。

「しかたねぇ面倒だがつけるか……聖女に選ばれた者が名無しじゃな」

「そうですね、いい名前を頼みますよ司教様」

司教はしばらく考えて。

「よし、これだ。ガキ、お前は今日から『タマ』な」

猫かよ⁉ あまりのネーミングに俺がズッコケていると、シリウスがニッコリと微笑んだ。背中に黒いものが揺らめいている。

「司教様、フライパンで撲殺《ぼくさつ》されるのと、鍋で撲殺されるの、どちらがいいです？」

「待てシリウス、軽い冗談だ。あからさまに殺意を放つのは止めろ」

司教は再び唸りながら考えた。

「よし、これだ。ガキ、お前は今日から『ポチ』な」

今度は犬かよ⁉

「司教様、どうやら本気で海のもくずになりたいみたいですね？」

シリウスが両手でバキバキ鳴らした。

「待てシリウス、冗談だ。穏やかな顔して俺の元右腕だった実力をここで発揮するな」

また司教は名前を考えたが、その場では決まらずまた後日となった。

その次の日から、聖女は教養を学ぶことになり、たくさんの神官達が教師となって知識を教えていた。聖魔法も覚え、聖女は前の場所なんかよりもよっぽど穏やかに過ごしているようだった。

でも前のところで染みついた、相手を窺うようなところや、泣かない、我儘を言わない、大人しく、従順で、いい子でいる……ということを徹底しているように見えた。神官達やシリウスも優しかったから、聖女はそれで正解だと思っていたんだろう。

だが、司教はそうもいかなかったようだ。


司教は、聖女のすぐ傍でただただ彼女を眺めていた。

聖女はというと机に向かって勉強中だ。図書室のようなところを借りて、シリウスに計算の仕方を教わっている。

司教はじぃっと無表情で聖女を見ているだけだ。

なにしてんだろ？　勉強を教えるわけでもない、なにか喋るわけでもない。ただそこにいて、聖女の様子を眺めて、適当にお茶をしている。

聖女が助けを求めるようにシリウスを見ても、彼は肩を竦《すく》めるだけだ。

大人達の思考を読み、その人間にとって正解の行動をしてきた聖女だが司教の考えだけは読めないようで途方にくれていた。お手伝いをしようとすれば睨まれ、せっせといれたお茶もマズイと言われ、基本的に良いことをしているはずなのにことごとく手厳しく突っ返される。

手ごわい司教に、聖女も焦りをみせていた。

息の詰まるような勉強会が終わろうとした時、突然バン！　と司教が強く机を叩いた。

「決まった」

「え？」

「なんですか？」

司教はびしっと聖女を指さして言った。

「このガキの名前だ。今決まった」

え？　まさかずっとそれ考えてたのか？　その三人は同時に殺せそうな殺気立った顔で？

「ようやくですか。またタマとかポチとか言い出したら腹パンして女神像の前に転がし、『私はゴミです』という紙を背中に貼り付けますからね」

「やめろ、そのすごく性格の悪い嫌がらせ」

すでに紙とペンを用意し、腹パン体勢をとっているシリウスをみるに彼は司教の考えた名前を信用していないようだ。

「これでも名付けは勉強した。今度こそは任せておけ」

パンパンと脇に積まれた本を叩く。

聖女の勉強の為に用意されたのかと思っていた本は、よくよく見れば『はじめての子供、名づけ篇』とか『意味が分かれば輝く、素敵な名前辞典』とか『将来大成する名前、女の子編』とかタイトルがついている。

本当に勉強したんかい。

司教はごほんと、咳払いをしてから言った。

「お前の名前は――――シアだ」

「へえ、司教様にしてはとてもいい名前に決めましたね」

ドス。

「ぐほっ――おいこら、なんで腹パンした」

「すみません、勢いで」

見た目からはよく分からないが、頑丈そうな司教が腹を抱えて呻くくらいだ。シリウスのパンチ力は結構高いみたいだな。

「シア、どうです？　気に入りました？」

「え……あ、はい」

なんだか聖女がぼうっとしている。その様子にシリウスが曇った顔をした。

「気に入らないなら言っていいんですよ。司教様は見ての通り頑丈ですから、名付けに徹夜を何日したって大丈夫です」

「待て、すでに俺は名付けに徹夜五日間使ってるぞ。さすがに死ぬぞ」

「死にそうになったら気付けで復活させます。彼女の気に入る名前が出たら心置きなく死んでください」

司教が死んだ目になって、シリウスが用意していた紙にペンで文字を書いた。

『理不尽』

確かにな。あの司教でも逆らえないやつとかいたんだな。そういやシリウスってやつ、大聖堂で見た覚えがないな。現在、どうしているんだろうか。異動でもしたのか？

聖女は、二人の様子に慌てて首を振った。

「違います。とても気に入っています。こんな素敵な名前をもらったのは初めてなので、ぼうっとしてしまって」

「そうですか、よかった」

お互いに微笑み合った。

なんだか聖女の顔が歪んでいるように見える。泣くのを我慢しているような、無理している笑顔だ。

聖女が自分の顔にふいに落ちた黒い影に振り返れば、そこにはいつもの怖い顔の司教が。

「シア」

「？　はい」

ぶにーっと司教は聖女の頬を強めに引っ張った。

「ふひふぁふぁい!?」

「変な顔だな」

「ひふぁふぁいふぁ!!」

聖女、なに言ってってっか分かんねぇ……。

「シア、泣け」

唐突な命令が下された。びくりと聖女の体が震える。

「泣け」

もう一度、強く命じられる。

聖女はどうしたらいいのか分からなくて震えていた。ここまで見ていれば分かるが、聖女は泣くことをすなわち弱さだと思っている。泣いたり、癇癪《かんしゃく》を起したりしてもなにもいいことがないと身に染みている。だから、泣けと言われても素直に泣けるようにはもうできていない。

戸惑う聖女の気持ちを汲んでか、シリウスはため息を吐いた。

「お頭の言い方って、ほんと昔っから分かりにくいですよねぇ」

お頭？　ずいぶんとこいつは、司教に馴れ馴れしいんだな。確か司教、昔は海賊の頭をやってたらしいが……。

「泣きたいなぁって思ったら泣いても良いんですよ。悲しい涙も、嬉しい涙も。感情を表に出すことはなにも悪いことではありません。もちろん制御は必要ですが。シア、君はもう少し素直でもいいかと思いますよ」

そう言ってぎゅーっと優しく聖女を抱きしめた。聖女は、驚いて……だが嫌がることはせずに、そっと頬をシリウスの胸に寄せた。子供が親にそうしてもらうように、安心しきった顔をして目を閉じた。

「シア――もう、いいよ」

シリウスのその言葉に、聖女は、息を吹き返したかのように大声で泣いた。シリウスの服をびしゃびしゃに濡らしても、彼は怒らなかった。司教はそっぽを向いていたが、そこにいた。

その後、少し悶着《もんちゃく》はあったが聖女は、シリウスの養子になりリフィーノ姓を名乗ることになった。

聖女は、感情をあまり表に出さなかったが名前を呼ばれるたび、リフィーノさんと呼びかけられてシリウスと一緒に振り返るたび……とても嬉しそうで。

不覚にも、ちょっと泣きそうになった。

それからの日々は、こちらから見てもとても眩しくて温かなものだった。だんだんと聖女は、感情を素直に出すようになって。シリウスとはぎこちないながらも親子としての時間を過ごし、司教にも怖い者知らずな悪戯をして案の定、柱に吊るされたりしていた。


場面は、変わる。俺は、幸せな日々で終わるのかとどこか期待していた。これで終わるなら……なぜ今、聖女は大聖堂にいないのか。勇者の下を離れたのなら帰る場所は養父がいるところではないのだろうか。

切り替わった場面は、気持ちのいいほどの晴天が広がる温かい日和。

聖女は、友達になったのであろう神官の少女達と一生懸命に仲良くケーキを焼いていた。

「ふふ、シア上手に焼けましたね」

「うん！　用意したお酒もぶどうもシリウスさんの好きなものだから、たぶん大丈夫だと思うんだけど」

「きっと喜んでくれますわよ」

台所には所狭しと料理が並んでいる。全部がシリウスの好きな食べ物なのだと彼女達は、楽しそうに談笑していた。

今日は、シリウスの誕生日のようだ。彼は仕事で大聖堂を空けているらしく、その隙に彼女達は誕生日の準備を進めた。綺麗に飾りつけもして、料理も準備し後は主役を待つだけとなった……のだが。

いくら待ってもシリウスは帰ってこない。

「シリウスさん、遅いな……」

「なにかあったのかしら？」

帰宅の遅いシリウスに聖女が不安そうな声を出していると、重厚感たっぷりに司教が扉を開けて入ってきた。

「緊急事態だ、メア、セリ、出撃の準備をしろ」

いつも以上に低い声で命令された少女神官であるメアとセリが慌てて立ち上がり、司教に会釈をしてから廊下へと走り出ていった。

「司教様、出撃って……？」

「シリウスの部隊が消息不明になった。詳しくは言えないが、覚悟はしておけ」

「かく……」

司教の言葉に愕然とする聖女を彼は一瞥《いちべつ》しただけで、さっさとどこかへ行ってしまった。

シリウスは神官でありながら、聖教会の裏方の仕事もしているようだった。聖女を人買いから助けたのもその任務の一環だったようで、彼が危なそうな仕事をしていることは聖女も気が付くくらい明らかだった。今回もそういう仕事だったのだろうか。シリウスを失うかもしれない恐怖に震える聖女が、哀れに思えた。あれだけ幸せな時間を共にできた人間を失うのは、誰でも怖い。人間じゃない、聖獣の俺だって百年単位で引き籠ったくらいだ。

聖女は思わず流れてしまったのだろう涙を拭うと、震える足を叱咤《しった》しながら走って、そして無我夢中で馬車に潜り込んだ。

「シア、大丈夫かしら？」

「今は自分の心配をした方がいいわ、セリ。シリウス様が敵わぬ相手ならわたくし達だって——」

聞き覚えのある声は、あの少女神官のメアとセリだ。二人とも武装をして、馬に乗っていた。聖女はシリウスにどうしても会いたかったのか身を隠し、馬車に揺られていった。

しばらくすると、雨が降ってきた。

あんなに晴れていたのに、空は暗く曇り、月や星の明かりなど一切地上に届かない。神官一行は無口に黙々と行軍を続けていた。

雨の冷たさに震えながらも、聖女は身を丸くしてじっと耐えた。

一行が森の中に入り、しばらく行くと前方の方から剣戟と怒号が響いてきた。近くを馬で移動していたメアとセリが前方へと駆けていく。どうやら敵対勢力とかち合ったらしい。近くに人がいなくなったのを確認して聖女はそっと馬車から外へ降りた。

危険だと分かっていても、いてもたってもいられないようで、聖女は森を探し回った。

「シリウスさん……どこ、どこにいるの？」

情けない声が聖女の口から漏れる。おっかなびっくりと歩みを進める聖女の背後から、物音が聞こえ彼女は振り返った。

「――ヒィッ！」

そこから現れたものは探し人などではなくて。

黒い、へどろの固まりのようなものが這い出てくる姿にぞわりと背筋が凍えた。

化け物だ。魔物なんざ何度も見てきたが、それとも形容しがたいものだった。なんだありゃ、魔物っていうよりも聖獣の森に現れた魔人が作った出来損ないの方にどことなく似ている。

黒い化け物は、聖女に狙いを定め、咆哮《ほうこう》をあげて飛び掛かった。聖女はなすすべもなく、その場にへたりこむだけで……。

やべぇ！　そう思った瞬間。

化け物の体を切り裂く音と、鈍い打撃音、そして化物の苦痛の雄叫びが響き渡った。

「シア!!」

「あなたはもう、なぜこんなところにいるの!!」

槍と剣をそれぞれ構えたメアとセリが聖女を守るように化物の前へと立ち塞がっていた。

「メア、セリ……」

涙ぐむ聖女に、二人は苦笑を浮かべた。

「仕方のない子ね」

「シリウス様が心配でしたの？」

頷く聖女に、二人はまるで姉のように慈愛の笑みを向けた。

「大丈夫よ、シア」

「ええ、シリウス様は強いですから。このような化け物に負けるわけが――」

セリの言葉の途中で、耳を劈《つんざ》くような化け物の声が響き渡り、二人は臨戦態勢をとった。

「いい、シア。そこから動いてはダメよ！」

「う、うん！」

再び立ち上がった化け物に、二人は立ち向かっていく。それは普段淑やかに過ごしている少女神官である二人とはまた違った姿だ。勇ましく、かっこいい。

二人は化け物を倒せないまでも順調にダメージを与え続け、勝負はこちらに分があるように見えた。

けれどそれはすぐに間違いであることに気が付く。

「はあ、はあ……どれだけ傷つけても意味がないみたいね」

「厄介ですわ……」

疲労困憊の二人に比べ、化け物の方は疲れがみえない。

二人の動きが止った瞬間を化け物が見逃すはずもなく。

「メア！　セリ！」

聖女が叫ぶのと同時に二人は宙へ跳んだ。化け物の攻撃は読んでいたようだ。

ほっと安堵した――瞬間。

ドス、と鈍い音が耳朶《じだ》を叩いた。頭上からボタボタと赤い液体が降ってくる。

見上げればそこには……。

「せ……り？」

宙ぶらりんと、セリがだらりと四肢を降ろして空中に留まっていた。彼女の胸を貫いた化け物の触手から絶え間なく彼女の赤い血が流れおちてくる。

「――このおおおぉぉぉ!!」

呆然と見上げた聖女の先で、メアが剣を振るった。けれどその剣が化け物に届くことはなく。

「かはっ！」

メアは腹を貫かれ、仰向けに倒れた。地は彼女の血を吸い、真っ赤に染まっていく。

それは一瞬の出来事だった。脳が、その出来事を理解することができないまま、聖女もまた最期を迎えようとしている。

迫りくる化け物に、聖女はただ座り込むことしかできない。

体が自然と聖女を守ろうと動いたが、これは過去の記憶だ。ただ通り抜けるだけで触れもしない。

くそっ！

絶望に染まる聖女の顔に、俺は強く地面を叩いた。もはや万事休すかと思われた時。

「大丈夫」

耳に、優しい声が聞こえた。思わず振り返ると。

「……シア」

血に濡れたシリウスが立っていた。

「シリウス……さん」

シリウスはメアとセリが二人でも苦戦していた化け物をダウンさせていた。だが、まだ死んではいないようだ。

ぼたぼたと血を流し、地面に吸い上げられながらもシリウスは足を引きずって聖女の元まで歩いた。そして跪《ひざまず》くように膝をつく。

「ごめんね、長くない」

「……うん」

聖女は、すべてを悟ったように頷いた。声は震えて、涙を流さないように必死に堪えている。

「いい、シア、よく聞いて。あれは私達では倒せない。聖女の――浄化の力以外で、あれを葬り去る術はないんだ」

だから。と、シリウスはその真っ赤に濡れた手で聖女の頬を包んだ。

「私の魔力を使って。出し惜しみせず、全部、シアにあげるよ」

「で、も」

「大丈夫。シアにならできる。君は――聖女様だ」

そう言うと、シリウスは最期に優しい笑顔を浮かべて青い光となり、聖女の中に吸い込まれていった。

『少しの時間でも、君と家族になれたことを私は忘れない。きっと、ずっと、守るよ』

メアとセリの亡骸もまた、青い光となって聖女の中に溶けていく。

彼女達の思いもまた、温かい力となって混ざっていった。

光の力は溢れ出し、そして導かれるように聖女は力を使った。

浄化の力を。

森の化け物は、消え去り、再び静寂の森が帰ってくる。

そこには、血の跡も、亡骸もなく――綺麗で清涼な風が吹いた。


「本当に行くのか？」

「はい」

場面は切り替わり、聖女は、荷物を持って大聖堂の前にいた。彼女を見送るのは司教ただ一人だけだ。彼女が愛した人達は、もういない。

「聖女の修業は、大聖堂でやった方が効率がいいと思うが」

「…………」

口を開かない聖女に、司教は渋い顔をした。

「まあ……さすがに俺もお前の気持ちが少しも分からねぇわけじゃない。上がなんか言ってきたら俺がなんとかしてやる。好きにやれ」

聖女は深々と司教に頭を下げると大聖堂を後にした。

聖女が城へ向かう前に立ち寄ったのは、大聖堂の裏にある墓地だった。花束を持って、墓地の奥にある大きな墓石の前に花を供え、膝をつく。その墓石は、聖教会関係者の慰霊碑で独身を貫く人が多い、神官達の為に建てられたものだそうだ。女神の教えに従い、殉教した独身者が葬られる。

メアとセリは独身だが、親が彼女達の魂の引き取り手となったので二人はここにはいない。この墓石に葬られたのは、シリウスの魂だ。聖女は彼の養女になったが、まだ未成年で引き取り手になれずこの場に眠らせることになった。

聖女は静かに手を合わせ、目を閉じた。胸が痛むくらいの静寂の中……ふと聖女の背中が揺れた。それは小刻みに震えて、次第に大きくなっていく。背中しか見えなくても分かる。

聖女は、泣いていた。

一人で、たった一人で、誰にも慰められることもなく泣いていた。

「う……あぁ――うああぁぁっ！」

泣いて、泣いて、泣いて。体中の水分が全部涙で流れてしまうくらい泣いて。

そして、聖女は立ち上がった。真っ赤に腫れた目を青い空に向けて、頬をパン！　と強く両手で叩いた。

「よし！」

気合を入れるようにそう言うと、聖女は荷物を持って強い足取りで歩き出した。俺は、その背中を遠くなるまで見つめていた。

☆7　いってらっしゃい！

——長い夢が覚めた。

私はむくりと起き上がった。目が痛いのは、見せられた記憶のせいだ。

「あー……ちくしょうが」

目覚めは最悪と言わんばかりに、カピバラ様が呻いた。

「おはよう、シア、聖獣様」

前を向けば、優雅に椅子に座ってお茶をしているラミィ様が視界に入った。夢はやはり長かったようで彼女は私達が目覚めるのを待っていたようだ。

「で、どうだったかしら？」

「「最悪」」

二人同時に言ってしまって、あらあら仲良し、とラミィ様が楽しげに笑う。

「まあ、旅の内容がなんであれ、二人で話し合う時間は必要よね」

ということで、とラミィ様は私達の分のお茶とお菓子をメイドさんに運ばせると彼女らは揃って部屋を出てしまった。

重い空気の中、カピバラ様と二人になった私は、カピバラ様の記憶を思い出す。

カピバラ様にとって悲しいトラウマとなった黒髪の聖女様。

この髪の色がカピバラ様に辛い印象を与えるのなら。

「カピバラ様、私――金髪にするわ」

「はあ？」

髪の色がダメなら染めてしまえばいいじゃない。

特に黒髪にこだわりがあるわけでもなし。この機会に色んな染め粉を試して新しい自分に会いにいくのもよいのでは？

「……別にそういうの気にすることたぁねぇーよ」

「でも」

「髪の色が気にくわないんじゃなくて、お前自身が気にくわねぇーからな！」

えー。それでは振り出しに戻ってしまう。

「……お前が」

「ん？」

カピバラ様が口ごもったので、なんだろうかと聞き返してみると。

「なんでもねー!!」

ぷいっと背を向けて走り出し、扉を開けて外に出てしまった。

うーん、これはまったく進展していないのでは？

カピバラ様は、私の過去になんて興味はないだろうし……。

やっぱり、カピバラ様は髪が気になるだろうしラミィ様に頼んで染め粉を用意してもらって――。

「おいこら」

「お⁉」

扉から外に出ようとしてひょっこりとカピバラ様が顔を出したので変な声が出てしまった。先に行ってしまったのではなかったのか。

「準備できたら、中庭に来い」

「はい？」

ダ――‼　とそのままカピバラ様は廊下を先まで爆走し。

「早く来いよ、シア！」

脱兎のごとく廊下を曲がって姿を消してしまった。

なんなんだろう。

また、説教かな。お酒臭かった？

首を傾げつつ、歩き出して――。

あれ？　もしかしてカピバラ様、今……私の名前、呼んだ？


ラミィ様の魔道具で記憶の世界を旅して、カピバラ様との間にあった溝みたいなものが少し埋まったのかな、と思えるような日が続いた。

うん、だってね――カピバラ様が私の手を噛まなくなったのよ。

すごい進歩だよね！

もふもふしようとすると威嚇《いかく》されるし、容赦なく腹にタックルはされるけどね！

私としてもカピバラ様の複雑な心境がなんとなく伝わったし、カピバラ様も私に対するなにかが変わったんだろう。あの記憶は、私にとっては鬼門だけれど……それでもその過去があって、今の私がある。

強さに固執しているのは、なにもルークだけではないのだ。

敗北、失意、死。

それらはすべていたるところにあって、私を苛《さいな》む。

でも、それを乗り越えた先には自分の望む力があるはずだ。

過去の出会いと別れが、今の私を作った。今の私は、まだまだ完璧には程遠い。

理想の自分を作り上げるのに、今度は未来へと続く出会いと別れがあるはずなのだ。

なんて、臭いことを考えながら私達の修業の三ヵ月は瞬く間に過ぎていった。

カピバラ様との特訓のおかげで当初の目標を達成できたし、リーナも詳細は教えてくれなかったがラミィ様といたずらっぽく微笑みあっている姿を見れば、概ねやりたかったことはできたらしい。

で、レオルドは。

「俺の筋肉は第二段階に入った」

と、わけのわからないことを言っていたが、本人はだいぶ満足げなので大丈夫だろう。

ラミィ様も、『魔導の新境地を見たわ』となんとも意味深だった。

王都に戻る前日は、ラミィ様がパーティーを開いてくれて当分ありつけないであろう豪華な食事をお腹いっぱいいただいた。

おみやげにお菓子やお酒を荷馬車に詰めるだけ詰めてもらえて、帰りはその荷馬車ごとラミィ様が王都まで飛ばしてくれるらしい。人を一人、転移させるだけでもかなりの魔力を使うのだがラミィ様は五トン以下の重量のものならば片手で飛ばせると豪語《ごうご》してくれた。さすが、大陸随一の魔女様である。

陽が上ってゆっくりと領主城で最後の時間を過ごした後、私とリーナ、レオルドは荷馬車に乗った。

「この三ヵ月、賑やかで楽しかったから寂しくなるわね」

と、ラミィ様が名残惜しげに私とリーナの頭を撫でた。

「ラミィ様、急なお願いでしたのに承諾していただいてありがとうございました。おかげでギルドとしても人としても成長できたと思います」

「ふふ、年下の子の成長を促し、見届けるのは年長者の役目だもの、役得だったわ」

穏やかで艶然とした表情を浮かべた彼女は、最後に私達をぎゅっと抱きしめる。

「可愛い子達、またいらっしゃい。困ったことになったら遠慮なく頼っていいから。いつだってなんだって歓迎よ」

「らみぃーさま、ありがとうございますっ」

「のー！」

隣で抱きしめられているリーナが、ぐすりと鼻をすすりながらラミィ様に頬を寄せていた。親子ほどの年の差があるからか、リーナがラミィ様に懐くのはわりと早くて、領主城を訪ねた領民の人達が――「隠し子!?」と驚いては、ラミィ様が面白がって「うちの子、可愛いでしょう？」なんて言うものだから、私が対抗して「リーナはうちの子です！」と宣言した為、さらに場が混乱した。

というプチ事件があったり。

ラミィ様とのお別れを惜しむ私達をレオルドが少し離れたところで微笑ましく見ていた。

三ヵ月間で仲良くなった領主城の使用人達も大勢かけつけてくれたので、広場の真ん中にある転移陣の周囲は賑やかだ。

しばらくの間、ラミィ様は私とリーナの感触を確かめるようにむぎゅむぎゅしていたが、アイーダさんに「時間ですよ」と窘められてしまったので、渋々と彼女は私達から離れていった。

「ああ、うちの領地が魔王なんかに突かれてなければ王都まで一緒に行ったのにー」

聞きかじった話だが、勇者パーティーが魔人に半壊にされてしまい役立たずとなったので魔王側の者達の進攻が少々強くなってきているらしい。今はクウェイス領の優秀な地方軍が盾となりこの地を守っている。地方軍は騎士団とは別で、領地を持つ貴族が独自に抱えるその領地専属の部隊である。ラミィ様のクウェイス領地方軍はほとんどがクウェイス領の領民達で魔力の高い精鋭魔法兵団だ。

はっきり言ってその戦力は、聖女のいない勇者パーティーなどより高いらしい。

聖剣があっても、駒が揃わなければ大きな威力は発揮しない。パーツは綺麗に揃えてこそ意味がある。私が、現勇者であるクレフトの下へ戻ることは二度とないけど。

「それじゃあ、シア、リーナ、レオルド殿――もう一人のギルドメンバー、ルークも……健闘を祈るわ」

ラミィ様は両手を高らかに上げると、真っ赤な魔法陣が地面に浮かび上がり彼女の美しい詠唱が歌のように響き渡って、転送魔法が完成する。見事なまでの魔法構築。ここまで綺麗に作ることは難しいし、どんなにがんばっても常人では手に入らない膨大な魔力もある。ラミィ様の力を羨ましく思いながら、私は彼女に深く頭を下げた。

そして、眩い光に包まれて。

「いってらっしゃい！」

ラミィ様の声を筆頭に多くの声が私達を送った。

温かな光の波を越えて、次に目を開けた時には私達は王都の外れに荷馬車ごと移動していた。見覚えのある場所だし、転送は無事に成功したようだ。ここからはレオルドが御者となって馬を使い、荷馬車を動かしてギルドまで戻ることになる。荷物を運び入れたら、馬と荷馬車を売れば終わりだ。

気が抜けるほど行きとは違って楽に帰ることができた私達は、三ヵ月ぶりのギルドへ戻ってほっと息をついた。ラミィ様の領主城での生活も至れり尽くせりで良かったけれど、やっぱり我が家が一番落ち着くんだな。

リーナとレオルドは荷物を降ろすと、駆け足でラムとリリを引き取りに行った。

その間に私は荷物を片づけてしまおうと、せかせかと動いていたのだが。

「シアちゃん、いるー？」

聞き覚えのある声に振り返れば、入口の扉からひょいと顔を出しているジュリアスさんと目が合った。

「ああ、良かった帰ってたのね」

「ジュリアスさん？　どうしたんですか？」

彼の恰好を見るときちんとした騎士隊服を纏っているので非番というわけではなさそうだ。

「実は、老師からの連絡係にされてたんだけど急いで伝えないといけない手紙が来ちゃっててね。ちょっとお城抜け出してきたの。クウェイス卿から飛ばしたって連絡は来てたから」

そう言うと、ジュリアスさんは部屋の中に入って懐から手紙を取り出し、私に手渡した。シンプルな白い封筒に赤い封蝋がされている。差出人は、ルークだ。

ジュリアスさんに促されて中身を検めてみると。

『すまない、かなり急いだんだがギルド大会に間に合うか分からない。でもなんとかして大会の午後には戻るようにするから踏ん張っててくれ』

ふぅむ……旅立つ前に懸念はあったけど、どうやら到着がギリギリアウトになる可能性があるようだ。うちはメンバーが乏しいから、ルークが欠けるのは痛いけど大会を降りるわけにはいかない。

「間に合うかしらね？」

「こればかりは時の運ですね。でも、私やリーナ、レオルドも遊んでたわけじゃないですから」

手紙をポケットに仕舞って、心配そうな顔をするジュリアスさんに微笑んだ。すると彼はちょっと驚いたように目を見開いた。

「あら、すごく気力に満ち溢れているのね。クウェイス卿の元で良い経験が詰めたのかしら」

「ええ、それはもう」

ジュリアスさんがどこか羨ましそうに笑って、踵を返した。

「心配なんて無用みたいね。じゃあ、あたしはこれで。荷運び手伝えなくてごめんなさいね」

「お気になさらないでください。手紙、ありがとうございました」

笑顔で手を振った後、早足で出ていったのでやっぱり忙しい中で抜け出してきてくれたようだ。

ゲンさんも、もう少し暇そうな騎士などに手紙を任せればいいのに……。信用度か何かの基準でジュリアスさんになったんだろうか。

「なーー!!」

「なうーー!!」

ジュリアスさんを見送って、さあ荷運びの続きだ。と腕まくりして気合を入れていたら、扉から次はラムとリリが突撃してきた。

「げふーーん!!」

もっふもふと柔らかな肉球が顔面に激突。

ありがとうございます!

「らむ！　りり！　だめですよ、おねーさんにやつあたりは」

「ほらほら、おいしい猫缶だぞー」

「なーー!!」

「なうーー!!」

続けてリーナとレオルドが入ってきて、子猫二匹をなだめにかかっている。どうやらラムとリリのご機嫌は底辺のようだ。大好きなはずの二人を見ても、ふんっ！　とそっぽを向いて私の両肩に乗ったままぷりぷり怒っているご様子。

時折、二人に反応しては肉球がぷにぷに頬にあたる。

「ああ、もうラムとリリ。リーナとレオルドが困ってるわよ。いい加減に機嫌を直さないとおやつをあげないわよー」

「……今にもおやつをあげそうなデレデレの顔で言っても説得力ねーな」

「おねーさん、もうちょっときびしくです！」

二人に呆れられてしまった。

二匹は私の肩から降りると部屋の隅に行って丸くなり、こちらをちらちら窺いながらも寄ってこない。あんなに甘えん坊だったのに。

「やっぱり三ヵ月あけたのがまずかったかな？」

「だろうな。顔を忘れられていたわけじゃないみたいだが……」

「りーなと、レオおじさんがかおをみせたら、とんできたのですが……」

少しだけ成長した子猫達は、一目見て大好きな飼い主が迎えに来てくれたことに気が付いたようだったのだが、少しすると彼らの不満が思い出したかのように爆発したらしい。

うーん、これはどうしたものか。

部屋の真ん中で子猫達との仲直り方法を相談していると。

「おめぇーら、なにくだらねぇことで頭悩ましてんだ」

呆れた口調の少年の声が聞こえて振り返ると、そこにはちょこんと座るカピバラ様の姿があった。

ちょっと不機嫌そうだけど、今までのような刺々しい空気はない。だけど呼んでもいないし、特に用事もなさそうな時にでてくるの、珍しい。

「カピバラ様、子猫と仲直りするいい方法知ってます？」

「知るか。んなのはなー」

トコトコ、とカピバラ様はラムとリリのところまで歩いていくと。

「なー、なー、なー」

カピバラ様が猫みたいな声を出し始めた。

するとラムとリリが反応して、まるで会話をしているかのような声音が次々と繰り出される。なにが起こっているのかよく分からないが、ここはカピバラ様に任せようとしばらく様子を窺った。

「なーー！」

「なうーー！」

カピバラ様が最後にタン！　と小さな足を床で叩くとラムとリリはぴょんと跳ねてレオルドとリーナの元へ飛び込んだ。そしてゴロゴロと甘えだしたのである。

「えー？　なに、どうして？」

あんなに怒っていたのに、どうしたことか。

カピバラ様がトコトコとこちらに戻ってきた。

「オレ様にかかればこんなもんよ」

ふんすと、鼻を鳴らして胸を張るカピバラ様。どうやら本当に場を納めてくれたようだ。なにを言ったのかは分からないけど、子猫達の機嫌を直してくれたのでお礼を言う。

「まあ、オレ様もギスギスした空気は面倒だからなぁ。んなことより、シア、飯まだか？」

「え？　カピバラ様、ご飯食べるの？」

「いいだろー、たまには。人間の飯も食いたくなる時があんだよ」

そう言うとカピバラ様は適当にソファに身を沈めてゴロゴロ寛ぎ始めた。こっちの世界に現れるのも珍しいけど、長居するつもりなんだろうか？　私の料理を食べたいというのも本当に珍しい……というより初だ。

私はにやにやしながら、台所に立つ。

ラミィ様から沢山の食材も貰ったからしばらくは贅沢にご飯が作れる。

「レオルドー、悪いけど荷馬車から全部荷物持ってきて」

「おーう」

「りーな、おねーさんのおてつだいしますー」

三ヵ月ぶりの我が家に明かりが灯る。

一人、欠けてはいるけれど一匹が増えた。

カピバラ様は、どんな料理が好きだろう？　どんな味付けが好みだろう？

きっと、ぶつくさ文句を言いながら食べるんだろうな。

ルークが戻ってきたら、もっと賑やかになるんだろう団欒《だんらん》を楽しみにしながら、リーナと共に腕を振るった。

☆8　道に迷うなよ

自然と陽が昇る前に目が覚めた。

頭はすっきりしていて、目もパッチリだ。うーんと背伸びして、隣に包まっているリーナを起こさないように慎重にベッドから降りる。今日の身支度はいつもより丁寧に、髪もきちんと綺麗に結って申し訳程度の化粧も施した。

部屋から出ると、いつものように台所へ行って、朝食を作ろうと腕まくりをしたところで。

あ、そうだ。今日は朝食も昼ごはんもライラさんが作ってくれるんだった……。

数日前に、笑顔でライラさんに言われたのだ。

『ギルド大会の日はシアちゃんも大変でしょ？　一日くらいお姉さんにご飯は任せなさい！』

と、肩を叩かれたのでここで遠慮するのもなんだし、お願いすることにしたのだ。ギルド下にある雑貨屋夫婦で、ご近所さんとして前々から交流はあったけど、去年の秋ごろにあった手伝いとか色々重なってお互いによく話をするようになったし、交流も深まった。私としてもお姉さんみたいに頼りになる人なのでついつい甘えてしまうのだ。

今日は朝から手伝いに来てくれたライラさんに家事をお任せして、私達は緊張感を持ちながらも準備を整えた。

「よし、じゃあ出発しましょう！」

「「おーー!!」」

ライラさん達のおかげで十分な鋭気を養えた私達は、後から応援に行くからね！　とライラさん達や近所の人達に盛大に見送られ、若干恥ずかしさを感じながらも大会の会場である闘技場へと向かった。

途中、ギルドの入口から、地方へと続く馬車乗り場まで顔をだしたけれどルークはどこにもいなかった。やっぱり、朝一は間に合わないようだ。気落ちしているリーナを励まして、ジオさんのご厚意で手配してもらった馬車に乗り、会場入りを果たした。

闘技場は造りや大きな音が出る関係で王都市内から離れた外れの方に建てられている。普段はそちらへ向かう馬車は空いているのだが、やはり今日は多くの人々でごった返していた。馬車を用意してくれたジオさんに感謝だ。

「選手控室はこちらになります。時間まで待機をお願いしますね。時間になりましたら係の者が伺いますので、時間が近くなりましたら控室にいるようにしてください」

受付嬢に簡単な説明と案内図を貰って、控室に向かった。闘技場はかなり大きく、地図を持っていても迷いそうだ。幸い控室は入口からそれほど遠くなかったので迷うことはなかったけど……トイレとかに立つ時は気をつけないといけないだろう。

「えーっと、私達の控室は――あ、ここね」

大きな扉の脇にずらりとここを使うギルドの名が書き連ねられている。会場は大きいが、控室には限りがある。参加ギルドはかなりの数に上るので個室を与えられるのはCランク以上のギルドだ。それでも大広間控室は三つ用意されているようで、それだけで参加ギルドの多さが窺える。

まあ、この国のギルドは立ち上げるのが簡単だからね。それでもFランクギルドには参加資格がないのでこれでも絞られている方なのだそう。

私達が緊張しつつ扉を開けて中に入ると、一瞬だけ視線がこちらに集まったがすぐに散っていく。無名だし、私の顔を覚えているような人はいないだろうからこの反応は妥当だ。控室に集まるギルドの人達は、緊張はしているようだが、あまりピリピリとした空気ではなく、どちらかというと和気あいあいとしている部分まである。DランクとEランクは参加自体が知名度を少しでも上げる為の目的であることが多く、どれだけこの大会で顔と名前を知ってもらうかが重要だ。もちろん一番いいのは勝ち上がることだけど、なにか爪痕《つめあと》でも残せたらそれでいい、というギルドも多い。ゆえに、この場は情報交換や他ギルドの交流などが主体になる。だからこその大部屋だ。ガチなのはCランク以上のギルドである。

私達はガチのつもりだけど。

「リーナとレオルドは空いてる場所を見つけて休んでて」

「ん？　マスターはどこ行くんだ？」

「情報収集とギルド交流に行ってくるわ。こういう機会でもないと他のギルドと話すこともあまりないしね」

ランクが上に行けば行くほど難しい依頼が来ることが多く、たびたび他のギルドとの共闘などもあったりするが下のランクはそういうことがあまりない。だけど横のつながりはあった方がなにかと便利だ。

場所取りはレオルド達に任せて、私はさっそく持ち前のコミュ力と全力の笑顔でギルド交流を開始した。昔から立場上、人の顔色で感情を読んだりすることが得意なので言葉選びさえ間違えなければ問題ない。あまり面倒そうな人は避けて、気軽に話ができそうな人を選んで交流していった。

一通り回って――うん、こんなもんかな。

何組かのギルドマスターと仲良くなって連絡先も交換できたし、上々だろう。

リーナ達も場所を確保できたようで、のんびりしている様子だったがリーナの場合は通りがかりの人達に可愛がられてて、私以上のコミュ力で――いや、あれはもはや魅了といってもいいかもしれない……メロメロにしていっている様は見事だった。

「ただいまー」

「おう、お疲れー」

「おつかれさまです」

「のー」

用意してきた水筒をリーナが荷物からとりだして、私に渡してくれた。

「ありがと、リーナ」

「交流は上手くいったのか？」

「ええ、まあまあね。ちらちら見えてたけどリーナも色んな人に声をかけられてたわね？」

「はい、ちいさいこがめずらしいみたいで」

いっぱい連絡先貰ってしまいました。と、リーナが出してきた名刺やメモ紙の中には明らかに怪しいのもあったのでそれは抜いてゴミ箱にぽいした。あまりべたべたしてくるような奴はレオルドが追っ払ったらしい。さすが見た目がゴツイだけあって置物番犬としては優秀だ。

「あ、ごめん。またちょっと席を外すわね」

「なんだ、まだなんかあるのか？」

「お花摘みよ」

「ああ、じゃ道に迷うなよ」

お花摘みで察してくれたレオルドが地図を渡してくれた。

「リーナは大丈夫？」

「りーなもおはなつむです？」

「違う違う、トイレは大丈夫なのかなって」

ここでリーナはお花摘みの意味が分かったようだ。一人で行かせるわけにもいかないし、私も行くならとそれほどもよおしているわけでもなさそうだったが、ついていくと頷いた。

「マスター達が帰ってきたら交代で俺も便所行くわ」

「了解。ちょっと待っててね」

といっても女子のトイレは長いから会場の女子トイレが激混みしてなければいいけど。

懸念を抱きつつもリーナを右手に地図を左手にして控室を出て女子トイレを探した。

案の定、女子トイレは混んでいた。ギルドメンバー用のトイレなので観客席側ほどではないにしろ、ギルドに入っている女子は一定数いる。長い列を待ちながら、ようやく用を済ませてほっとトイレから出ると。

——うん、どこだろうねここは！

「まよったです？」

心配そうな顔で見上げられて私はうっと詰まった。

自分としては方向音痴のつもりはないのだが、会場が広すぎるのだ。迷路みたいに複雑な部分もあって、案内図を見てもどっちがどっちだか。このままだとレオルドの膀胱《ぼうこう》が——じゃなくて、試合に遅れてしまう。

どうしたもんかとウロウロしていると。

「迷ったのか？」

背後から男性の声がかけられて、良かった道が聞けると振り返ると。

超絶イケメンな銀髪青年と彼にもたれかかるようにして腕をからませる金髪妖艶美女が……いた。

なっていた。

その光景に思わず私の目が細められ、リーナはといえば絶望に出会ったかのように青ざめて涙目に
「……その、あからさまに引いた顔をするのはよしてくれないか……」

超絶イケメン銀髪青年が、困った顔だ。

「ああ、ええ、すみません。突然だったもので、おはようございますベルナール様」

一瞬聞き覚えあるな、と思ったけどいつもならこの時間は仕事中なのでいると思わなかったのだ。

しかも美女連れで。

「仕事お休みして観戦デートですか？」

「……そう見えるか？」

「どー見てもそういう風に見えますよぉー」

ベルナール様の問いに答えたのは彼にしなだれかかる美女の方だった。甘ったるい声で、これ見よがしに豊満な胸を彼の腕に押し付けている。

きぃ！　羨ましい！

金髪美女さんは、黄金の巻き髪がゴージャスで真っ赤な口紅が良く似合う色香漂う大人の女性だ。ラミィ様とボディラインは似ているが、甘すぎる香水と男性にべたべたした態度をとるところはだいぶ違う。

「はあ……信じてもらえないかもしれないが、断じてデートではないからな」

「ほほう？　ではなんです？」

「仕事だ。内容は言えないけどな」

仕事？　巨乳美女はべらせて行う仕事とは一体。

意味が分からず、変な顔になっていると。

「隊長ー！　副隊長ー！　配置はこんなんでいいですかねー？」

小走りでこちらに走ってきた青年がいた。

「あー、ランディ君おっそいんだぁー」

「すんません、ミレディア副隊長。道がめちゃくちゃ混んでて」

金髪美女に叱られて青年は困ったように頭をかいた。彼は私服で普通の平民のような格好をしているが体格はがっしりとしていて、一般人の体作りには思えない。そして彼が発した隊長という言葉。ベルナール様は一部隊の隊長を務めている。ということは彼は騎士団関係者ということになるのだろう。

で、ベルナール様と一緒に『副隊長』と呼ばれていたこの金髪美女はもしや。

「部下が来てくれた所で、紹介しておこうか。これは俺の補佐、第一部隊副隊長のミレディア・シー・アルフォンテだ。伯爵令嬢でもあるが、剣の腕は確かだぞ」

「よろしくねぇー」

はちみつみたいな甘い声が響く。甘い香りも相まってくらっとしてしまうが、同性なので踏みとどまった。第一部隊の人は男性しか見たことがなかったから女性がいるとは思わなかった。ベルナール様がかなりモテる人なので意図的に女性は入れていないのかと思っていたのだ。そういえば副隊長と会うのは初めてだ。

「一つ、はっきり言っておく。第一部隊、俺の部下になるには絶対条件が一つある。それは――絶対に俺に媚《こ》びない人間であることだ」

「へ？　なんですか、それ」

「隊長はねぇ、こんなんだからねー。老若男女問わず、超モテモテでしょぉ？　言葉一つで落ちちゃう子も絶えなくてねぇ。そんなんじゃ仕事にならないじゃなぁい？　だから、絶対に隊長にメロメロにならない子じゃないとうちに入れないわけぇ」

ニコニコとミレディア様が補足説明してくれた。

まあ、確かに誰かれかまわずひっかけるところがあるのでそのあたりはしょうがないんだろう。

だからこそ第一部隊には男しかいないんだと勘違いしていたわけだし。

ん？　ということは、その説明が正しいのだとすると。

「ミレディアさま――は、ベルナール様にまったく落ちないってことですか？」

「そうだ。ミレディアは生粋の『女好き』だからな」

「えぇ!?」

まさかそう来るとは思わなかったよ！

「ふふ、さっきから思ってたんだけどぉ――あなた可愛いわね！　隊長なんかやめて、私と遊ぼうよぉ。隣りのちっちゃいかわいこちゃんも名前と連絡先教えてぇ」

「うひゃぁあ!?」

急激にナイスボディと甘い香りが一斉攻撃をしかけてきたので危うく撃沈されそうになったところをベルナール様がミレディア様の頭をぶっ叩いて止めた。

「げふん！」

かなり容赦のない打撃だ。ベルナール様ははからずとも女性に優しいところがあるが、これほどの容赦のなさは珍しい。まあ、私にも説教したりとあまり容赦ないが。

「邪魔したな。控室まで案内するからついてくるといい」

ずるずるとミレディア様を引きずりながらベルナール様が歩き出したので、私も放心状態のリーナを連れて歩き出し、部下の男性も慌てて駆け足でついてきた。

試合が始まる前に、なんか疲れた。


嵐に遭ったみたいな出来事の後、ベルナール様達と別れ無事控室に帰るとレオルドが心配そうに待っていたが、かくかくしかじかで説明を簡単に終え、最初の予定通り交代でレオルドがトイレへ行った。レオルドも戻りは少し迷ったようだが、彼は無事に帰ってきた。方向感覚は強いらしい。

「お待たせいたしました。時間になりましたので、会場入りをお願いいたします」

いよいよ時間だ。

ざわざわと沸き立つ人々と共に私達も気合を入れ直して、案内人について闘技場内に入った。

上位ギルドは華々しく観客に迎えられながら闘技場に入っていくがさすがに無名の私達はぞろぞ

ろと列をなしていくだけだ。それでも私達の姿を見つけられたのか。

「シアちゃーん！　リーナちゃーん！　レオルドさーん！　頑張ってねー！」

ライラさんらしき人の声が聞こえた気がした、その方向を見れば。

「お、おう……」

派手な幕が下がっており、見知ったご近所の人達が気合の入ったおそろいの鉢巻きを頭に巻いて歓声を上げていた。

「え？　なに、どこのギルドの応援団？」

「へー、気合入ってるなー」

上位ギルドの応援団と負けず劣らずの声援にD、Eランクのギルドの人達がざわついた。

ちょっと恥ずかしい。ここまで応援されて惨敗したら合わせる顔がないので、本腰いれて私達は気合を入れ直した。

多くのギルドが集い、闘技場を埋めると開会式が始まった。

まずは宣誓《せんせい》からみたいだが、これはAランクギルドの代表が務めるらしい。ギルド大会にはA〜Eまでのランクギルドが参加資格を持つ。最上位ランクであるSランクギルドは伝説すぎて通常の試合には出てこない。Aランクギルドも参加資格はあるが今回の出場は一つだけだ。Aランクギルドともなると大会に出て知名度を上げる必要がないのである。賞金は出るけど、正直依頼の数をこなした方が儲かるという部分もある。

「今回の宣誓は『古竜の大爪』か。あそこ上位ギルドだけどいい噂、聞かないよな」

「あたしもあそこの連中嫌い。態度でかいんだもん」

さすがに有名どころなのか、周囲の人達が宣誓を務めるギルドの話をしている。あまりいい話がないようだけど、ぶっちゃけAランクギルドが出場する意義が薄い以上、そういう所が出てくるのは腕鳴らしや、下位ギルド潰しの目的であることもあるそう。

そりゃ、行儀の良いAランクギルドは来ないよね。

さて、そんな悪名高いギルドの代表は一体、どんな奴なのかと壇上にあがった男の姿を見て、私は目を見開いた。彼を知っているのは私だけではなく、会場内すべての人間がざわめいた。

「宣誓！　我々ギルド一同は、日頃の成果を十二分に発揮し、正々堂々、戦うことを誓います！ギルド代表、『古竜の大爪』――クレフト・アシュリー」

――勇者⁉

なんでこんなトコに⁉

以前はどこかの上位ギルドに入っていたという話は聞いていたが、まさかパーティーが解散して王都に戻ったのを機にギルドに復帰したのだろうか。だけど、彼は勇者としての使命もあるはずだし……。

頭が混乱している中、どうやったか知らないが勇者と目が合った。

彼は、こちらを馬鹿にしたような顔をして、踵を返し壇上を降りていった。

いつか、邪魔しに来るだろうとは思ってたけど。

……いつ、知ったんだろうか。私がギルドを立ち上げたことを。

王都にいれば、いずれはどこかで知ることになるんだとしても——タイミングがいやらし過ぎる。これから起きるかもしれない懸念が胸に広がり、一人頭を抱えた。

開会式が終わると、私はこそこそ隠れるようにして控室に戻った。勇者と顔を合わせるとなにかと面倒だ。負けるつもりなんて微塵もないけど、勇者と口論にでもなったら人の多いこの会場ではかなりの騒ぎになってしまうだろう。出来る限り、勇者のいるギルドと当たるまでは避けたいところだ。

私の事情を知るリーナとレオルドは、勇者が宣誓をしたことで色々悟ってくれたのかレオルドに至っては自ら壁になって周囲から目を反らしてくれた。

控室に戻ってからも話題は勇者のことでいっぱいだった。あいつは外面は良いので直接関わり合いにならない彼らからの評判はそう悪いものではない。勇者と勝負できるなんて光栄だ、というのが大多数の意見のようだった。

「大丈夫か？　マスター」

「あたま、いたいです？」

病気ではないが、後々のやっかいごとを考えると頭痛が止まらない。色んな意味でぐったりとしてしまった私を気遣って二人があれこれ世話を焼いてくれた。

「大丈夫よ、すぐ復活するから……。あいつのせいでせっかくのチャンスを潰したくないしね」

ライラさんが持たせてくれたリラックスできるお茶がさっそく役に立った。緊張をほぐす目的ではなく、ストレス緩和だ。あいつのせいで禿《は》げたら、あいつの髪もちぎってやろう。

『――お待たせいたしました。ただいまより、ギルド大会・予選を行います。E、Dランクのギルドの皆様は、会場へ入場しますようお願いいたします』

天井から女性のアナウンスだけが流れてきた。音声のみを空間移動させる魔法が使われているようだ。人体を移動させるよりは簡単なので使用するのにそれほど難しい魔法じゃない。私でも発動可能だ。

E、Dランクの参加ギルドはかなりの数に上る為、Cランク以上のギルドに挑むにはこの予選を勝ち抜く必要がある。勇者のギルドはAランクだから、まだ鉢合わせの危険はないだろう。

「んじゃ、行きましょうか！」

頬をぺちぺち叩いて気合を入れながら、再び私達は闘技場へと足を踏み入れた。

会場はすでに熱気に包まれ、予選開始の合図を観客達が今か今かと待っている。

大会に参加しているギルドの半分以上がE、Dランクギルドなのでかなりの人数がいる。控室では和気あいあいしていた空気も、いざ始まれば緊張感が張りつめ無駄話をしている人はいない。

ギルド協会会長を務める初老の男性が壇上に立つと、全員が背筋をぴんと伸ばした。

「これより、ギルド大会予選を始める。一次予選から二次予選までを勝ち抜けたギルドが本選へと駒を進められる。心してかかるように」

そう言い終えると、会長は壇上を降りた。

そして会場に響き渡るほどの大きな声量が会場を駆け抜けた。

『レディース&ジェントルメン！　ただ今より、予選を開始するぞー！　司会進行役は、ギルド協会所属ギルド大会仕切って十年のベテラン平社員、ルード・ヴァリスが務めさせていただきまーす！』

『……解説役を務めます。ギルド協会所属ギルド大会役員長のアイリス・ラベンダーです』

やかましいテンション高めの男性と冷静さを滲ませる女性の声が広がる。これも音声を拡張させる魔法を使っているようだ。他にも広い会場を多くの観客が見られるように映像を映し出す術も使われている。かなり大規模な魔法だ。何人の魔導士が仕事してるんだろうか。魔導士協会も協賛しているみたいだから、人には困らないんだろうけど。

『第一予選は、シンプルに障害物競争だ！　しかし、これはただの障害物競争じゃないぞー』

『……妨害あり、罠ありのほぼほぼなんでもありな仕様です。お気を付けください』

『他ギルドを足止めしつつ、先にゴールしたギルドが勝ちあがりだ！　ギルドのメンバー一人でもゴールできればカウントするからな！　先着二十ギルドが二次予選へ行けるぞ。さあ、さあスタート位置についてー』

アナウンスに急かされるようにぞろぞろと参加者が移動を始めた。

「なんでもありの障害物競争ね……。さすがギルド大会、普通の運動会とは違うわね」

「でもマスター、なんか楽しそうだな？」

「ふふふふふ」

運動競技は嫌いじゃない。体を動かすのは好きな方だ。運動音痴でもないし、普通に競争してもそれほど周囲から遅れをとらない自信はあった。だが、この予選のミソはそうじゃない。

「妨害あり、罠ありか……ふふふ」

「……マスターが悪い顔してるぞ」

「たのしそーです」

聖女の力は主に支援や回復のいわば癒しポジションである。それはそれで力になれるからいいんだけど、私としてはそれだけだとつまらなくて、色々な特殊魔法にも手を出していた。

まあ、いわゆる悪戯系の習得するのにあまり意味のない魔法なわけだけど。

『位置についてー、よーい――ドン！』

パーンという破裂音と共にスタートの合図が鳴った。同時に一斉に全員が走り出す。障害物は魔法で直前まで隠蔽《カバー》されていたようで、スタートと同時に解除されルートが露わになった。最初はどうやら網を潜るやつみたいだ。

「おっさん、ああいう狭いの苦手だな……」

「りーなは、とくいです！」

「私も得意よーー!!」

「はや!?　マスター早!?」

自分の足に全力で強化魔法をかけた。土煙をあげながら誰よりも早く網まで到達できた。他ギルドの人達も足に強化魔法をかけているのが多数いたが、私の力までは及ばない。もともと足も遅くないしね。一点集中したかったのでレオルドとリーナは置いてきた。まずは一番に網まで辿り着く必要がったので。

だっと、素早く網を潜り抜けた。こういうのは小柄な方が有利だ。ギルドの人達はガタイの良い人が多いからね。

「あぁくそ、あの子、早いな！」

「私達も負けてらんないよね。早く網を抜けちゃおうよ！」

後からも負けじと追いかけてきたギルドの人達が網の中に入った——が。

「え？　あれ……なんか——」

「い、癒されてく……」

網の中に入った人達が次々と昏倒し、倒れていく。

『おおっと、これはどういうことだ⁉　網の中に入った連中が軒並み倒れたぞ⁉』

『……どうやら、気を失っているようですね。この魔法の気配……スリープでしょうか。癒し魔法も補助に入っていてスリープへの導入が巧みですね』

解説のアイリスさんには魔法解析の能力があるのか、遠距離でも私が張った罠を見破った。彼女の言う通り、私は網に癒しとスリープの魔法をかけている。これが一番に辿り着きたかった理由だ。

網に張った罠を知り、立ち往生する人が続出する。

「マスター、これ俺達は大丈夫なのか⁉」

「大丈夫よー！」

だいぶ二人から離れたが、声は届くので大きく張り上げて返事した。発動の対象は選べるので、仲間の二人にかかることはない。安心した二人は、網を潜り第一関門をクリアする。

「――ちょこざいな！」

レオルドとリーナが網をクリアした直後、背後から暴風が巻きあがり網がふわりと浮いた。そこを滑り込むようにして一気に通過してきた少年が。彼は網に触れることなく網を突破し、走り抜けていく。彼の後からも防御魔法などを駆使して関門を突破する人も出始めた。さすがにこれだけですべての足止めが出来るとは思ってない。低めのギルドランクだろうが、ギルドの人間だ。色々な手法をもって挑んでくる。

――楽しい！

素直に大会が楽しい。命のやり取りのない、競技戦は本当に心が躍る。私も色々魔法を試してみたいなー。あれとかそれとか、通常は使えないのがいっぱいあるのよね。

レオルドが足の遅いリーナを抱えて走り、私に追いついてきた。どじっ子属性のおっさんだから、いつか何もないところで転びそうで怖いが、リーナを抱えているうちは大丈夫と信じたい。

暫定一位を保持しながら、次に私達の前に立ち塞がったのは。

「うわー、なにあれ」

つるっつるの材質で出来た大きな床が橋のようにかけられており、その上にてろってろの液体がまかれていた。これ、絶対滑るやつだ。

『網潜りの次は、ローション地獄《じごく》だー！　足をとられないよう気を付けて向こう側に渡れよー』

私はそっと靴を床につけてみた。

――つるっ！

ダメだ、足をつけただけで滑る。この上を普通に歩いていくなんて無理だ。

「どうするマスター？」

「うーん、なにか足場的な……こう、乗り物があればいいんだけど」

滑り止めの板とか、そういうのが。だが、あいにくと近場にそんなものはない。

「のー、あたちが変形すればいいの？」

「あ、そうか。のんちゃんならいけるかもね」

「のんちゃん、へんけーいです！」

「のー！」

ぺろんとのんが、平べったくなった。これなら三人乗っても大丈夫そうだ。

「これで行けるわね！」

「あ、ちょっと待てマスター！」

のんに乗っていざ行こうとしたら、レオルドが何かを見つけたのか声をあげた。

つられてレオルドが見ていた方向、ローション地獄台の先を見ると。

「ええ!?」

砲撃を発射するように炎の玉が滑ってくる。

『妨害用、触れるとあっつい火玉だ！　ぶつかると台から落ちる可能性も高くなるぞ！』

火の玉にのんが震えた。

「あたったら、あっついですのー」

「ふむ……よし、ここはおっさんに任せろ」

「え？　どうするの？」

「――こうする」

で、どうなったかというと。

「……これ、本当に大丈夫？　おもにレオルドが」

「大丈夫だ。おっさん、こう見えてもシューティングは得意だから」

ひらべったくなった、のんを下敷きにしておっさんがうつ伏せで右こぶしを前に突き出した状態で、その上に私とリーナが乗っている。

下から、のん↓レオルド↓私とリーナである。それにしても私達二人を乗せるとは、おっさんの背中はとても広くてたくましい。

「んじゃ、行くぞ！　振り落とされないようにな！」

レオルドが足から火魔法を爆発させ、その力で前方にかなりの勢いで滑っていく。のんとローションの相乗効果でつるつると引っかかることなく、滑り進んでいった。

「前方、火の玉！」

「了解！」

レオルドの突き出された右拳から水鉄砲が発射され、玉を打ち落としていく。さながらレオルドが言ったようにシューティングみたいだ。

『おお⁉　これはすごい！　スライムちゃんとガタイのいいおっさんをいい具合に使ってるねー！　これ俺は考えつかなかったな！』

『人を乗り物にするのは、まあ……条件が揃えばできますけど。ちょ、絵面が面白い――』

冷静沈着、クールな印象があったアイリスさんですら、この光景は面白いらしい。私も笑いたいよ。でも今は真剣にこのローション地獄を抜け出すことを考えなくては。

私とリーナが指示を出し、レオルドが的確に魔法を使って火の玉を処理していく。足から放たれるジェット噴射もバランスがとれており、レオルドの練度の高さが窺える。修業の成果がすでに出ているようだ。

おっさんの大活躍もあり、私達は無事にローション地獄をクリアすることができた。後方を見れば、やはり網をクリアできた人達もこの関門には手こずっている模様。

よーし。

「おねーさん、なにしてるです？」

「い・た・ず・ら♪」

一時期、誰よりも口煩かったベルナール様を巻く為に使った魔法でもある。

「みんなでもっちもちになろうね！」

「「「ぎゃあああああーーーー!!」」」

愉快な呪文を唱えると、多方面から悲鳴があがった。ローションはぬるぬるだけじゃなく、べたべたの効果も発揮した。もちもちになった部分に足をとられて抜け出せなくなり、なんとか抜け出せたとしても通常ローション効果で滑って転ぶ。まさに二重苦。

ベルナール様もまさかの悪戯魔法に足をとられて、私はその瞬間は逃げ出せたものの、後々みっちりデートに連れて行かれたので、私はもう彼には一生悪戯しないと誓った。

だが、そんな魔法も今では絶大の効果を発揮している。

いやー、人生なにが起こるか分からないよね！

「ふふふふふ……」

「マスター……ほどほどにな」

やけに楽しそうな私の横顔に、レオルドは天を仰いだ。

☆9　暴風の魔導士

Ｓｉｄｅ：アギ＊

「俺、あの姉ちゃんどっかで見たことある気がするんだよな」

ギルド大会予選、網の罠を抜けてローション地獄ゾーンへ辿り着いた挑戦者は、阿鼻叫喚になった難所をどうしようもない視線で見ていた。

ほとんどの人間が諦めている中、Eランクギルドに所属する一人の少年だけは別のことを考えていた。

「勇者、勇者……うーん――あ、そうだ！　勇者のお披露目の時に後ろで花吹雪撒《ま》いてた姉ちゃんだ」

少年はすっきりしたのか、うんうんと頷いた。

影は薄かったし、覚えている人はほとんどいないであろう少女の姿。あの時に確かに彼女は『聖女』と呼ばれていたはずなのだ。少年はヤンチャそうな見た目に反して、とても記憶力が良い。

勇者と聖女がどうしてバラバラのギルドで魔王退治を放ってまでギルド大会に参加しているのかは分からないが。

「アギ、そんなことはどうでもいいから先に行ける方法を考えてくれよ」

一人でシアの分析をしていた少年、アギを隣の青年が小突いた。アギが所属するギルドのマスターだ。

「あー、ごめんごめん。気になったら解明するまで考えたくなるんだよな。あっちに渡る方法はないわけじゃない」

「え？　マジか」

アギは優秀な魔導士だ。十三歳という若さで魔導士としての高いランクを所持している。見た目はガキ大将なのに腕力勝負より頭脳戦に長けている。だからこのギルドでは年若いといっても作戦立案は彼が担当だ。

「あの姉ちゃん、人を害するような魔法は使ってない。だからもちもちしてる連中の背とか肩とかを借りれば跳んでいける」

「……待てコラ、そんなことできるのアギだけだろ」

「そうだね。皆で行く方法もないわけじゃないけど、時間がかかりすぎる。だから、俺が先行するよ。ルール上、ギルドのメンバー一人でもゴールすればいいわけだし」

青年はちょっと残念そうな顔をしたが、アギの作戦に乗ることにした。

「時間がかかるけど、ここを越える策は置いてくよ。じゃ、気を付けて！」

「アギもな！」

アギはトンッと地に足を叩くと、ふわっと宙を跳んだ。アギが得意とするのは風魔法だ。最初の網にかけられた罠も風で切り抜けた。暴風を吹かせて暴れるのも好きだが、繊細な作業もわりかし嫌いではない。悪いけど、他ギルドの人達を踏み台にして難所を渡った。

『お、天才魔導士と呼び名の高いアギ君が、上手い具合に魔法を使って渡ったね！』

『彼は、その才ゆえに多方面からスカウトがあったはずですが、なぜEランクギルドを選んだのでしょうね？』

色々な理由でそこそこ名が知れているアギだが、なぜランクの低いギルドにいるのかは誰も知らない。アギも特に理由は口にしていなかった。

（あの姉ちゃんは、もういないか）

聖女率いる暁の獅子は先に行っているようだ。

「暴風《テンペスト》で追いつけるかな」

アギはもう一度、トンとつま先をつけるとあっという間に暴風を生み出した。爆発的な風の威力で宙に舞いあがり、先行するシア達を空から捉える。

「マスター、リーナ！　伏せろ！」

筋肉質のガタイのいいおっさんが、二人を庇って伏せるとアギの暴風が逆巻き、地面を抉《えぐ》った。

「――うわあ、シールドがなかったらやばかったかも」

シアが威力の高さに呟いた。

アギとしてはシアが精度の高いシールドを展開するだろうと思っての攻撃だ。最初から目の端で見ていたが、彼女はとても高度な聖魔法を扱う。高名な神官なのだろうかとはじめは思ったが、記憶を掘り返して分かった。彼女は聖女で間違いない。

（俄然《がぜん》、やる気でるよな）

ふわりとシア達の前に着地したアギは、楽しそうに笑った。

「姉ちゃん、怖いから先に潰していい？」

「まったく、お姉さん躾《しつけ》には厳しいわよ？」

パンパンっと砂埃《すなぼこり》を払いながら立ち上がったシアの表情は、歴戦の戦士のように堂々としている。

聖女のイメージとぜんぜん違うけど、規格外って面白い要素しかない。面白い物は好き。

今にも一戦交えそうな二人の間に、レオルドがすっと進み出た。

「坊主、魔導士だな？」

「そうだけど、おじさんは？」

この人のことも少し気になったから観察していたが、どうも戦士なのか怪しい。体格からしても斧でも使いそうなタイプに見えるが、つるつるゾーンで見せたのは、小規模だが魔法だった。

（どう見ても魔導士には見えないんだけど）

アギがレオルドの正体に首を傾げていると、レオルドは自信満々に名乗った。

「おじさんは、筋肉魔導士だ!!」

シーン。

アギは、自分の耳がいいことを知っている。聞き間違えたことは今までで一度もない。しかし、今回はうっかり聞き間違えたのかと思った。否、聞き間違えじゃないとしても意味が分からなかった。

「おじさん頭大丈夫か、病院行け」

「辛辣！」

親切のつもりだったが、おじさんを泣かせてしまった。

「おじさんが、立派な筋肉魔導士であることを証明するぞ！」

認められないことに諦めがつかないのか、レオルドは構えをとった。

どう見ても、今から筋肉アタックしますという格好だ。物理攻撃で来るなら対処法はいくらでもある。風で防御もできるし、アギには隙がないはずだった。

だが、この後、アギは度肝を抜かされることになる。

「レオルドー、私とリーナは先に行ってるからね」

「ああ！」

とどまる場面ではないと判断したのか、シアはリーナを連れて先へと向かった。

（あー、聖女は行っちゃったか。うん、でもまあいいや、新しく興味深い人が残ってくれた）

アギはもう一度、レオルドをじっと観察した。

百九十以上はありそうな高い背と固い筋肉で作られた屈強な肉体。魔導士が通常身に纏う典型的な魔術師ローブを着用してはいるが、筋肉のせいでかなりきつそうだ。そのたくましい太い腕なら巨大な戦斧も軽々と扱えそうな見た目だが、穏やかな銀の瞳は人が良さそうで戦士だとしたら、あまりにもそこだけが不釣り合いだ。

（魔法を使う為の触媒が見当たらないな）

腰のあたりに魔導書がいくつかぶらさがっているが、あれからはなんの力も感じられない。触媒になる魔道具には魔力が付与されているので、この距離でも魔導士ならば感じとれるものだ。だからあれは触媒じゃないし、武器でもない。

筋肉魔法というからには、やっぱり筋肉を触媒にしているのか？

そんな話は今まで一度も聞いたことがないし、どの文献にも載っていないだろう。これでもアギはもっと小さい頃から古代書からなんでも魔法に関する文献は大量に漁ってきたのだから。魔法に詳しい魔導士協会の知り合いからも聞いたことがない為、おそらくそういうことだ。

（嘘をつくような人にも見えないしな）

筋肉魔法とはどういうことなのか、アギはその魔法について解明したくてウズウズした。

魔法馬鹿、魔法オタク、魔法マニア、魔法狂人。

色々と言われているが、アギは『まあ、そうだろうな』と納得している。自他共に認める魔法好きだった。

「おじさんの頭が正常だと、証明してよ」

「おう、しっかり見るといい」

レオルドは力強く地面を蹴り、アギとの間を詰めた。右拳を引いたので、アギは普通のパンチがくると思った。

(やっぱ、物理か?)

筋肉魔法がただの物理ゴリ押しだったら、がっかり感が半端ない。アギは期待はずれかな？　と思いつつ風魔法で物理攻撃用の壁を作った。物理攻撃と魔法攻撃とでは衝撃エネルギーがまったく別物なので、どちらかに合わせた構成が必要になる。これはシールド魔法にも言えることで、術者は相手の攻撃が物理なのか魔法なのかを即時に判断してそれに合わせたシールドを構成する。意外と扱いが難しい魔法だ。あの聖女は咄嗟にシールドを発動させたが、あれは本当にイカレタ性能で、物理と魔法どちらに対しても高い防御力を発揮するものだった。

会場にいる人間のうち、どのくらいそれに気が付いているのだろう。

レオルドはもう間近に迫っていたが、アギは先に行ったシアのことを考えてしまっていた。

「坊主、防壁はそれでいいのか？」

レオルドの問いかけの声に反応した瞬間、アギは信じられないものを見た。

「ファイア・インパクト！」

アギが作った防壁にあたる直前に、レオルドの右拳からファイアが発動した。

灼熱の炎がアギを襲い、風の防壁を吹き飛ばす。アギは驚愕しながらも咄嗟に防御行動をとり、前方に突風を吹かせて後方に後退した。崩れた体勢は風の力で浮かせて強かに地面に体を打ち付けるのは回避する。

（うわ、前髪ちょっと焦げた）

アギの若葉色の前髪がちりちりしている。

（途中まで、普通のパンチだったよな？　直前で魔法に切り替えた？）

詠唱もなく、魔力の流れすら感知できない。

ファイア程度のレベルの低い魔法なら、才能や修練で詠唱破棄は可能だ。アギも通常風魔法を扱うのにいちいち詠唱しない。これは風魔法とアギの相性が特別合っていることと、才能のなせる業である。

なんだろう。どうしてこんなことができた？　魔法を使うルートは？　おじさんの周囲を調べても魔力素の異常は見られないし、魔法を使った後に必ずあるはずの魔力素の増減がない。魔力を引き出しているのはまったく別のもの？　精霊の加護とか、特殊なルートを構築しているのか？　それならどういう原理でこの魔法は発動したんだ？

（ああ、やべぇ面白い!!）

「おじさん、もう一回!!」

アギは子供らしく好奇心を丸出しにして、レオルドに頼んだ。なぜなに方式でレオルドに答えを求めたりしない。あくまでもアギにあるのは強い探究心だ。

レオルドも楽しそうに笑った。

「よーし、もう一回なー」

なんだか雰囲気が、先生みたいだ。王立学園の気が合う先生が、こんな感じだった。

それから何度もアギはレオルドに「もう一回」をお願いすることになる。

☆10　地獄の禿げツルオヤジ

あの子は確か、最初の網潜りのところで豪快な風魔法を見せた子だ。

暴風なのだが、コントロールが巧みで巻き込まれて怪我をするような人はいなかった。見た目からしても、まだ十代前半くらいの少年だが、魔法技術も魔力も並外れて高いことがすぐ分かる。

……なんか、外見はヤンチャそうな……どっちかっていうとお馬鹿系に見えるのよね。レオルドといいあの子といい昨今の魔導士は見た目で判断できない。

なんというか、レオルドの方も一目見て『同類』の気配を感じ取ったらしい。彼にしてはかなり積極的に前に出てきた。

すごく気合入ってるなぁ。

邪魔するのもなんなので、ここはレオルドに任せて先に行くことにした。

正直、レオルドの『筋肉魔法』がどういうものなのかは私にも分からない。媒介を筋肉にしたらどうかと勧めたのは私だけど、レオルドの場合は消去法なのだ。

武器が使えないなら、筋肉使えばいいじゃない。そんな安直な発想だった。

レオルドに何かヒントになればいいと思って言ったようなものだったのだが、まさかレオルドが本当に筋肉魔法を仕上げてくるとは驚きだった。いまだにレオルドの言う、筋肉との会話に成功したという言動が理解できずにいる。

最高峰の魔女ラミィ様でも原理はまったくもって不明だという。

とのことだったので、魔法の熟練者にも解明は難しいようだ。レオルド自身もこの力については独自に研究しているようなのだが、まだよく分からないことが多いようだ。

『まあ、ようは感覚なんだよな』

魔導士は、魔法を使う時のことをふわっとしか説明できない。個々で発動する為のイメージが違うからなんだろうけど、魔法はホント人に説明するのが難しい類のものだ。最後はもう気合だったりする。

まったく魔法を発動できなかった人がある日突然、家族を守る為に一度きりの奇跡な魔法を発動した例もある。要するに魔法はまだまだ未知が多い分野なのだ。

「レオおじさん、だいじょうぶでしょうか……」

のんをぎゅっと抱き抱えながら隣を一生懸命走るリーナがぽつりと零した。レオルドを一人残してきたのが心配、もしくは心細いのかもしれない。

「大丈夫よ、生死に関わるものでもないし。あの少年も人の力量を慎重にはかれるみたいだしね。なによりあの頑丈なレオルドが競技で怪我するとも思えないわ」

「そ、そうですね」

「のー」

リーナの手を繋ぎながら、最後の障害物コーナーに辿り着いた。網潜り、ツルツルロードなど大きいものから色々と細々とした障害物なども越えて、ゴールが見えてきたその手前。

「……」

私はあそこへ走っていくのをためらった。

だけど、行かなくてはゴールできない。憂鬱な思いで、リーナを引っ張る。リーナもちょっと嫌そうだ。

「――ふむ、一番乗りがかような平凡娘と愛らしい幼女とは」

審査員席のようなところに三人の巨漢が座っていた。頭はつるりとしたスキンヘッドで太陽の光の反射を受けてキラメキを放ち、厳つい顔面は気難しそうにこちらを睨みつけている。

ザ・武道を極めし頑固オヤジ。と、言えば分かってもらえるだろうか。

「人は見かけによらんですぞ、会長」

「こう見えても素晴らしい魔法の使い手のようですからな」

「うむ、審査のしがいがあるというもの」

三人が頷き合う。同時に、三つの後光が強烈に輝いた。

うお、まぶし!!

『おおーっと、独走状態の注目ルーキーギルド『暁の獅子』組が最終コーナーに辿りついた模様!

いやあ、まさかこんな展開になるとは思わなかったなぁ!』

『そうですね。意外な結果ではありますが――しかし、この最終コーナーはかなり難しい障害物となっています』

『ですね! 王都に多くある色々な中小協会のうちの一つを運営する、一部には大変有名な《地獄の禿げツルオヤジ三人衆》による特別審査だ。頑固なオヤジ達に認められれば突破となるぞ!』

……障害物競争ってそういうのだっけ? 最後になんとも色物がきた。

ラディス王国って自由なお国柄なのはいいけどよく分からん協会も多いんだよな。解説によるとこのオヤジ共は《女子力》を追求する組織らしい。なんだそれ。

私とリーナは、料理やファッションセンスでアピールすることになり、料理は満点。ファッションセンスは、私のセンスに時代が追いついていないせいで散々だったが、無事にリーナと共にワンツーフィニッシュを決めたのだった。

☆11　不吉だな

＊Ｓｉｄｅ：レヴィオス＆イヴァース＊

パリン。

ガラスが割れたような高い音にレヴィオスは振り返った。

「あ、すまん」

客として来訪していた王宮騎士団副団長イヴァースが割れた茶器を困ったように見下ろしていた。どうやら取っ手部分が折れたようだ。

近くに控えていた神官が慌ててイヴァースの衣装を拭き、壊れた茶器を片づけた。

それほど古いものでもないのに、なぜ壊れたのだろうか。

「……不吉だな」

女神に仕える聖職者としてではない、海賊としての方の勘が働いた。今、どこかでなにか不吉なことが起こっているに違いない。自分に関係がないのなら別にかまいはしないが。

「しかし、イヴァース。お前、こんなところで呑気に俺と茶を飲んでていいのか」

「それが今の俺の仕事だ。仕事を放りだして、裏の連中とつるんだり、昼から呑んだくれたり――

もしくは『娘』の様子を見に行ったりされると困るんでな」

「あっそ、ご苦労なことだ」

「貴殿が、もっときちんと聖職者業をこなしているのなら俺もこんなことはしないがな」

ギロリと鋭い眼光で睨まれたが、レヴィオスは涼しい顔だ。お互い初めて会ったのは二十年以上前のことで、あの頃はイヴァースはまだ地方騎士の端くれ、そしてレヴィオスは海賊になる前の――裏稼業をしていた時代の話まで遡る。レヴィオスは昔からかなり素行が悪かったので品行方正なイヴァースとは何度も衝突していた。

王宮騎士であるイヴァースの主な仕事は王族関連が多いが、聖教会との密なつながりを保つのも仕事の一つであり、唯一この司教に対抗できる人材である為に他の王宮騎士を遣わすこともできずいつも自ら出向いている始末である。

二十年以上前に出会い、色々関わり合いになって、レヴィオスが海賊になるきっかけとなった事件にも巻き込まれ、そして彼が海賊を止めて司教となったあの時も立ち会った。

腐れ縁とはこのことか。

「そんな渋い顔をするな。お前には借りが色々あるからな。こうして大人しく仕事してるだろうが」

「そうだな……。はあ、何度も思うが本当に司教なんだな……」

「うるせぇ、好きでこうなったわけじゃねぇ」

書類を書いていたレヴィオスの羽ペンが握力で折れた。

改めて彼が司教になったのだと、そういう話題を出すとレヴィオスは怒る。彼にとってこれは理不尽なことであり、望んでもいないことだ。

そう、誰もが望んでいない配属だ。

海賊が、聖職者に……それも立場のある者になるのは異例中の異例。女神の神託、聖教会総本山、ラメラスの教皇が動かなければ成し得なかったことだろう。

レヴィオスは口も素行も悪いが、いやに時々的を得たようなことを言うこともある。まったく聖職者に向いていない――ということはもしかしたらないのかもしれない。イヴァースは絶対に口に出して言うことはないが。

「――女神に嵌められた……か。にわかには信じがたいが」

「ふん、別に信じなくてもいいがな。お前も特に熱心な信者でもねぇーだろ」

新しい羽ペンを取り出して、文句を言いながらも書類を書きはじめるレヴィオスをイヴァースは盗み見た。イヴァースは昔と比べ、結構老けて年齢相応の容姿になったがレヴィオスは同い年にかかわらず年齢を感じさせない若い見た目のままだ。下手をすると三十前後にも見える。実年齢四十二歳が、三十前後くらいに見えるとは本当に羨ましい限りだが、どうやってるんだろうか。

レヴィオスと長年親交のあるイヴァースの妻、セラも『若作りの秘訣を聞いてきてください』などと言っているくらいだ。

「……黒曜の君、か」

「あ？　なんか言ったか」

「むかーし、俺とお前がはじめて会った頃に街の人間がお前のことを『黒曜の君』とか言ってたなと」

黒曜石のように輝く黒を持つ、美少年。

なんて、街で噂になっていた。あの時は確か十五だったたか。イヴァースもレヴィオスと会った時は綺麗な野郎だなと思った。今では美少年はなりを潜めて強面の部分が占めているが、容姿が整っているのに違いはない。

「お前は昔から黒鷹だったたな。怖い顔だ」

「今のお前に言われたくないんだが」

二人揃ったら、どんな相手でもチビると評判だ。

「セラは元気か？」

「ああ、まあ相変わらず街には出ずに庭にしか降りないがな」

「そうか——そうだな、アルベナは目立つからなぁ」

体内の魔力の暴走により白髪と緋色の瞳に変化する《悪魔《アルベナ》》と呼ばれる人間が大陸には存在する。常に魔力の中毒症状に悩まされる為、人里から隔離されひっそりと死んでいくだけの人間だ。だが、セラはアルベナとなっても様々な方法により生きながらえており、今では子供にも恵まれて普通に生活ができている。だがその容姿は目立つのでほとんど外に出ることはなかった。

「で、だ。お前がここに来たのはその件でもあるんだろ？」

ビクリとイヴァースの肩が揺れた。

相も変わらずこういうことの察しはいい男だ。

「報告によると、聖獣の森に現れた魔人は《アルベナ》のような容姿をしていたらしい。セラが気になっていてな」

「セラが？　同じアルベナかもしれないからか？」

「それもあるんだろうが……」

少し言いよどんでから、イヴァースはハッキリと告げた。

「もしかしたら、昔――共に過ごした少年かもしれない……と」

☆12　ご愁傷様

「ああやっぱりレオおじさんの魔法はおもしろいよいったいどういった仕組みになってるんだろうどんなルートでどんな元素と計算式で成り立ってるんだろうああもうなにもかもが面白すぎて逆に笑えないすごすぎる未知すぎるいますぐ解明したいけどもっと謎が深まってもいいような手ごたえを感じるよ！」

「息継ぎ！　息継ぎ入れてくれアギ。そして冷静になれ――！　俺はね、これでも怒ってるの。先に行ったと思ったら敵の筋肉魔導士に足止めされてる上に、まるで気にせず筋肉魔法談議に花を咲かせて結局、後からなんとか突破した俺が三位でゴールしたからいいものの!!」

アギ君は自身の所属するギルドのマスターに叱られていた。

そして。

「いい、レオルド。自分の筋肉魔法に興味があるのはいいことですよ？　でもね、時と場合を考えましょうよ。誰がレース放って話に花を咲かせていいと言いましたかねー？」

「……すみません」

私もレオルドを正座させて叱っていた。

レオルドはどうやら反省しているようだけど、アギ君の方はまったく聞いていないようで目をキラキラと輝かせながら筋肉魔法の解明に乗り出している。

好奇心の塊みたいな子なんだろう。

「レオおじさん、まだ俺話し足りない！　もっとたくさん話して情報を突き詰めていけば解明の糸口は見つかるかもしれないよ！」

「大会が終わってからにしなさい！」

ゴン！　と、強めにマスターの青年がアギ君の頭に拳骨《げんこつ》を落とすと。

「お騒がせしました！」

と、ずるずるとアギ君を引きずって退場した。

「いやー、でも本当にアギには驚かされるな。こっちが脅かすつもりだったんだが、戦ってるうちに徐々に耐性つけて返してくるわ、分析始めるわで本当、天才ってあんなのかね」

「そういうレオルドも楽しそうだけどね？」

子供のように輝く目をしていたのは、なにもアギ君だけではない。レオルドも冷静を装ってはいるものの内心、アギ君と話し込みたくてたまらないんだろう。だけどやっぱりそれは大会の後でね。

それならいくらでも筋肉魔法談議に花咲かせてていいから。彼の特殊な形態魔法は謎が解ければ有用性も高いだろうし。

『えー、第一予選の結果を発表しまーす。まずは会場の多くが驚いた、無名の新興ギルド《暁の獅子》のギルドマスター、シアと愛らしい天使のような少女、リーナちゃんのワンツーフィニッシュ！　文句なしの通過です。続いて第三位でゴールの《蒼天の刃》《そうてん》ギルドマスター、エルフレド。滑る床に悪戦苦闘していたようだが天才少年魔導士アギ君の策で無事通過』

『シアちゃんのもちもちの罠をうまく利用して、滑り止めにして渡りましたね』

『ですねー。あれ、普通はくっついたらなかなかとれないですよね？』

『ええ、ですがあのもちもちは魔法ですから、魔法の分解作用を利用するといい具合に使えるんですよ。魔法の分解作用というのはですねーー』

『あ、その話は長くなりそうな予感と難しくて理解できない予感両方するんでスルーしまーす』

賑やかなアナウンスが流れ、雑談などを省いた内容は第一予選を突破したのは二十組のギルドであること。第二予選はクイズ形式の早押し勝ち抜けマッチらしいことが判明した。

『本選に行けるのは半分の十組です！　ギルドの中でも知識豊富な人を選んで勝ち抜きましょう！』

ということなので、第二予選出場者は誰も何も言わなくても決まっていた。ルークがいようといまいとこの選択は変わらないだろう。

……ルーク、間に合うかなぁ。

ぽつりと思って闘技場の出入り口を眺めたが、やはりやってくる様子はない。なんとか午後の本選まで勝ち残って間に合ってくれればいいんだけど。

そう思いながら振り返れば、わがギルドの知識人、筋肉魔法で第一予選を放り出したドジっ子なおじさん、レオルドは汚名返上といわんばかりに第二予選が行われる段に上がった。二十人が並んで立てるスペースに二十人分の台があって、その上に赤いボタンが乗っていた。クイズ形式の早押しだと言っていたのでこのボタンを素早く押して正解した点数で競うのだろう。早く到達ポイントに達すれば勝ち抜けだ。

「やっぱりそっちはレオおじさんがでてくるよな」

ぞろぞろと二十組のギルドの中から知識豊富な代表者が段に上っていく中、やはり蒼天の刃からはアギ君が出場するらしかった。

「おう、そっちもやっぱりお前か。まあ、お手柔らかに頼むぜ」

「お手柔らかにしたら負けちゃうじゃないか。王立出身なんでしょ？」

アギ君の言葉にレオルドは驚いて目を瞬いた。

「よく知ってるな？」

「おじさんのことは知らなかったけど、俺も王立に所属してる身だし色々な情報を合わせるとそうかなって」

どこをどう情報を合わせたらどういう答えが導き出されるんだろう。彼の頭の中は一体どうなっているのか開けてみたらきっとブラックボックスみたいに理解できないに違いない。

二人とも楽しそうに視線を交わすと、各々自由に台を選んで立った。

いよいよ、第二予選の始まりだ。

今回は、私もリーナもすることがないのでレオルドを全力で応援するのみ。他のギルドの人達もみんなインテリっぽくて頭が良さそうだ。

がんばれ、レオルド！　王立仕込みの知識を見せてやれ！

『それじゃ準備はいいかなー？　俺が問題を読むんでどのタイミングでもいいから早押しで答えを言ってくれ。ボタンの前にある札が立ったら回答権があるからな。それでは第一問。《勇者や聖女が聖剣や女神に選ばれているのは誰もが知るところだが、では勇者と聖女の中で何人が異世界から呼ばれた者か》』

ガンッ!!

ピンポン!!

最初はみんな慎重にクイズの問題を聞いていたようだが、それが終わると同時に多くの人達の手が動いた。そしてその中で勝ち残ったのは。

『あーー！　ちょっとレオルドさん、ボタン壊さないでね！』

「……すみません」

もくもくと煙をあげているのは、レオルドの台のボタンだ。どうやらピンポン音とともに鳴り響いた破壊音はレオルドが出したものらしい。勢いと力が余ってボタンを破壊したようだ。だが、しっかりと札は立っている。

『回答権はあげます。あー、下っ端君、新しいボタンを用意してあげて』

大会運営の下っ端君らしい人達が新しいボタンを用意してくれて、ようやくレオルドが回答した。

「八人だ。勇者が五人、聖女が三人。それぞれ、異世界ルーン、ヴェリスタ、エル、日本。中でも日本から来た人間は五人、誰もがチートと呼ばれる力を持ち、この世界に多大なる文明的影響を与えた歴史があり――」

『あー、そこでストップね。詳しすぎてびっくりだよ。ヤマダ君、レオルドさんに座布団一枚』

『……座布団じゃなくてポイントですよ』

異世界、日本がもたらした文明は大きくこの世界に影響を与えている。それは言葉や季節のイベントなど多岐に渡る。《ヤマダ君、座布団一枚》もしょーてん、という有名な語り部の名台詞らしい。

『次行くよー。第二問、この世界には大きな大陸が三つ、小さな大陸が二つ、島国が四つで色んな国があるわけだが、世界には現在、いくつの国が――』

ピンポーン！

『はい、今度はアギ君だね』

二問目の早押しを制したのはアギ君だった。

「帝国が二つ、王国が二十八、連合国が三つ、皇国が十、それに女神ラメラスを祀《まつ》る聖教会の総本山を含めて全部で四十四の国で成り立っている。ちなみに多くの魔王復活の影響で滅んだ国は今までに十二国、その中で再興を果たしたのは五つの国。魔王にかかわらず現在に至っても滅んだ理由がわからない国は三つ。一夜にして消失した国で世界の七不思議に数えられているよな。俺、わく

わくすん――」

『詳しすぎて、若干引くわぁ。正解ねー』

と、どんどん問題が出されていくのだけど。

ガン!! ピンポン!!

何度かボタンを壊して怒られつつも、確実にヤマダ君から座布団もらうレオルドと。

ピンポン!

素早い動きで、レオルドから何度も回答権をかっさらい、座布団――じゃなかった点数を増やしていくアギ君。他の人達も奮戦しているものの、どうしてもこの二人の速さと正確な回答に舌を巻かざるを得なかった。

「レオおじさん、すごいです。リーナ、ぜんぜんわからないのに」

「そうねー、私もすぐに答えが出てくる問題じゃないと思うから二人が凄すぎるわね」

かなり正解の回答がきわどい難しいものまで、二人はよどみなく答えていき、予想通りにレオルドが一抜け、アギ君が続けて抜ける形となった。戦いを終えた二人は、満面の笑みで談笑を交えながら段を降りてくる。歳はかけ離れているけれど、気の合う友人同士のようだ。

「レオおじさん、また勝負しようぜ。今度は負けないから」

「おう、楽しみにしとく」

レオルドに小さなライバルができたところで、私は気が抜けるような笑顔を浮かべてしまったが――。

背中に感じた妙な感覚に慌てて振り返った。だが、後ろには誰もいない。遠く後方には観客がいるけれどその視線とは違う気がした。

……なんだろう。

変な悪寒のような気配に、体温が一気に下がった。言いしれない不安が、胸に広がる中。

『本選開始まで、お昼休憩おねがいしまーす』

明るいアナウンスに促されて、私はご機嫌な二人を心配させまいと普段通りに振舞った。


「さあ、これ食べて午後の本戦も頑張ってね！」

応援団代表のライラさんが、旦那のエドさんと共にお弁当を渡してくれた。ハムとレタス、卵など色んな具材が入った彩り鮮やか、かつ栄養バランスが考えられたサンドイッチだった。

「ありがとうございます、ライラさん。応援だけでもありがたいのに、ここまでしてもらっちゃって……」

「気にしなーい。シアちゃん達が活躍してくれればこっちも嬉しいんだから！」

ニコニコと、屈託のない笑顔に思わずつられて笑顔になったが、私には気になることがあった。

「で、なぜライラさん達と一緒にクレメンテ子爵が？」

笑顔のライラさんとエドさんの後ろで、当たり前のように微笑みを浮かべる美しき貴公子、ベルナール様の兄ことスィード・ラン・クレメンテ子爵がいた。

「あー、それは私も知りたいんだけどねぇ……」

ライラさんがちょっと困ったような顔をしてから、そっと耳打ちした。

「やっぱり、貴族様なのね？」

「そうですね。普通の貴族よりは親しみのある方ですけど、子爵様なので」

「シアの応援にどうしても来たくてね。そしたら気合の入った応援団がいるじゃないか。つい、そちらで一緒に応援したくなってしまって。私に対してあまり気負う必要はないけれど、変に緊張させてしまうのもなんだから、そろそろ貴賓席に移るよ。けどその前に、二人がシアに会いに行くと言うから便乗したわけ」

と、言いながらクレメンテ子爵は私に銀の小さな玉を手渡した。微かに魔力を感じるが、魔道具の一種だろうか？

「これは？」

「お守りだよ。君達が無事に優勝しますようにって、大聖堂に七日通って祈りを込めておまけに司教様の祝詞ももらったものだから。効能は保証付き！」

「そ、それは……」

めちゃくちゃ渋い顔をしている司教様の顔がはっきりと目に浮かぶ。子爵って本当に昔からまったく物怖じしないんだよな。見た目は中性的で触れたら折れそうな線の細さなのに、実際内面は野生的で直感で動いている人だ。そして幼虫の姿焼きとかカエルの串焼きとか普通に食《しょく》す。ベルナール様は涙目だったけど。

私？　私は食べたよ。お腹空いてたから。

「シア、少し気を付けておいて。……嫌な空気だ」

「……ええ、ご忠告ありがとうございます」

最後のセリフは私にだけ聞こえるように耳元で囁いた。肌寒いような異様な空気は、少し前から感じている。勇者のせいかとも思ったが、それにしては異質な気がした。

「ねえ、シアちゃん。ルーク君はまだなのよね？」

「ええ……もう、間に合わないかもしれないですね」

「……そう。――いいえ、諦めちゃダメよ！　彼は約束を守る男だわきっと。ね、エド！」

「え？　あ、うんそうだね。大丈夫だよ」

バンッとライラさんに背中を強く叩かれて苦笑いしつつも、エドさんが言った。

「あはは、あまり期待しないで待ってますよ」

そんなことない、めっちゃ期待してるしルークが約束を故意に破らないとは思っている。だけど万が一はあって少し不安なのだ。すると、ライラさんが真剣な目で私を見て言ってくれた。

「確証はない……けど策はあるの」

「え？」

「大丈夫！　女神はシアちゃん達の味方よ！」

力強いライラさんの言葉に、その策の内容は分からなかったが不安な気持ちが薄らいだ。

『はーい、お待たせしました！　いよいよ、強豪のA～Cランクギルドも参加する本戦開始です！　えー、予選から障害競走、クイズ大会と、え？　なにこれ運動会？　みたいな出し物だけど第一次本戦競技は――　『ギルド混合、料理対決！』です』

『……本当、ギルド大会って毎回、色物ばかりですよね』

『そこがいいんじゃないですかー。ギルドは仕事上、他ギルドと連携をとることも多いのでそういう力がどこまであるか、試すにはうってつけじゃないかな！　では、各ギルドマスターは前に出てクジを引いてくださーい。本戦に勝ち上がったギルドは三十組なので二つ一組の十五組を作ってもらいます』

料理。料理か、ふっ、得意分野だ。ツル禿三人衆のおっさんどもにも認められたこの力を発揮する時。リーナも強力な戦力だし、正直負ける気はしない。

あ、レオルドは味見係ね。

クジを引くために前に出ると、うっかり勇者と目が合ってしまった。三十人だけだとどうしても姿が見えてしまうのはしょうがないことだ。すぐに視線を外そうと思ったが、思いのほか彼が積極的にこっちに来てしまった。

「よう、シア。元気そうじゃないか」

「……ええ、おかげさまで」

あなたがいないのでとても羽を伸ばして自由に生きてますよ。ストレスフリーですよ。声かけんな、禿げる。

「あの後どうなったのかほんの少し気になってはいたが、ギルドを作ったようだな。メンバーは……ふっ、小さなガキに変な魔法を使うおっさんだけか？　バラエティー部門でも目指しているのか。お笑いなら分野違いだ、出直せ」

「おあいにくさま、あの二人の実力を測れないんじゃ、程度が知れるわね。それとこっちにはすんごい隠し玉があるんだから」

ルーク、私今、見栄張りました。すごい人になって帰ってきてくださいお願いします。

「ふーん？　そりゃ、楽しみだな」

あからさまに馬鹿にしたような笑顔で、手をひらひらと振りながら背を向けて戻っていった。なんなんだ、こっちに嫌がらせしたかっただけか性格が悪い！

クジを持つ運営委員会の人の前に立ち、ガサガサとクジをかき回した。

勇者のギルドと当たりませんように、絶対に当たりませんように。対戦相手になったら、クリームパイをやつの顔面に当てられますように！

「……なんか、マスターの背後から黒いオーラが立ち上っているように見えるんだが？」

「レオおじさん、まちがいではないです。おねーさんからくろいおーらが！　でも、どろどろとはちがいます。じゅんすいな、くろいおーらです。いってんのくもりもありません」

「純粋な黒いオーラって、なんか新しいな……」

後ろから色々と聞こえた気がしたが、気にしない。

「えい！」

何度かかき回した後に、ようやく一枚の紙を取り出した。それを担当の人に見せると、掲示板の番号のかかれたところにうちのギルドの名前が書きこまれた。どうやら私が引いたのは十五番だったようだ。

「はい、十五番です」

番号を確かめて、メンバーのところへ帰る途中に同じ番号を聞いて思わず振り返った。

「十五番？　ということは、あの予選で面白いことをしていた子達と同じかな？」

紫紺《しこん》の柔らかな猫っ毛の背の高い青年が、面白そうな笑顔でこちらを振り返った。物腰穏やかそうで、見るからに品のある井出立ちだ。もしかしたら身分のある人なのかもしれない。黄金の瞳が穏やかな弧を描き、こちらを見つめる。

「よろしくね」

「あ、はい。よろしくお願いします」

とりあえず、短く挨拶だけして私はさっと二人のもとに戻った。彼の姿を控室では見なかったので、おそらくCランク以上のギルドの人だろう。いきなり上位ギルドの人達と組むことになるのは、やっぱりちょっと緊張する。

『さー！　協力ギルドも決まったことだし、さっそく勝負といこう！　料理はなにを作ってもＯＫ。審査員に美味いと言わせ、高得点をとった上位六ギルドが最終決戦に挑めるぞ！　制限時間は一時間、いざまずは自己紹介してからスタートな！』

熱の入ったアナウンスの後、十五番に割り振られた簡易オープン台所でさきほど挨拶を交わした青年と会った。彼の他には二人の少年と少女がいる。二人とも顔がそっくりなので双子かもしれない。

「それでは改めまして、Bランクギルド『闇夜の渡り烏《からす》』のギルドマスター、ラクリスです。こちらは、メンバーの……」

「メノウです！」

「……コハクです」

元気よく挨拶したのは女の子の方で、物静かな方が男の子の方だ。メノウちゃんは白銀の髪に黄金の瞳の愛らしい顔で、性格も顔に現れててお転婆そうだ。コハク君の方は漆黒の髪に黄金の瞳の線の細い美少年で、本が好きそうな知的な見た目。

……三人とも目が黄金だけど血筋が一緒なのかな？

ラクリスさんが、二十代後半くらいで、メノウちゃんとコハク君は十代半ばくらいだ。たぶん私より年下だと思う。

「Eランクギルド『暁の獅子』のギルドマスター、シアです。こちらは……」

「リーナです」

「レオルドだ」

二人とも上位ギルドの人だからか借りてきた猫みたいに大人しく挨拶した。二人ともちょっと緊張しているようだ。まあ、私もそうなので何も言えない。

「ふふ、三人とも予選はすごい活躍だったから覚えているよ」

「メノウと一緒に頑張ろうね！」

「……早く、終わらせて帰りたい」

三種三様の返答が返ってきて、このギルドも人数は少ないけどキャラが濃いのかなと思った。メノウちゃんとコハク君はまだ子供だけど上位ギルドのメンバーだ、きっと実力者なんだろう。

「メノウは、食べるの好き！」

「……食べ専だろ、お願いだから絶対に料理に手を出すなよ」

などというセリフが漏れ聞こえたので若干不安がありつつも。

「じゃあ、さっそく共闘料理――はじめましょうか」

「ええ！」

大会が始まって、私とリーナにとっては二度目の料理勝負が幕を開けた。


――がしゃーーん!!


「にゃああ!?」

「――だから、手を出すなって言った！」

「料理には出してないもーん！」

「食器にも出すな！」

「マスター、このボールそっち運べばいいかー？」

――がしゃーーん!!

「レオルド、動くなーー!!」

「レオおじさん、うごいたらだめです！」

「ふふ……楽しくなりそうですねー」

「ラクリスさん、笑ってないで片付け手伝ってください！」

……私達、無事に勝てる……のか？


――まあ、予想通りといえば……予想通りの展開になった。

レオルドとメノウちゃんがやらかして、コハク君が文句言いつつフォローして、私とリーナで素早く調理を行い、ラクリスさんが器用に手伝ってくれる。

……うん、連携はとれてるよね。

「……ラクリスさん、楽しそうですね……」

「もちろん、こういうのは楽しんだもの勝ちだよ」

始終、ラクリスさんがニコニコしているので、この人本当に楽しそうだなと恨みがましくなった。

彼はマスターだがメンバーのフォローはほとんどしない。メノウちゃんの面倒はコハク君に丸投げだ。かといって、メノウちゃんとコハク君がラクリスさんを邪険に思っているとかそういうことはまったくなく。

「……マスターに嫌われても知らない」

「うえーん、それはヤダー」

コハク君がラクリスさんを引き合いに出すと、メノウちゃんはあっさりと引き下がる。時折、ちらちらと二人は彼の方をうかがっているのでやっぱり手綱を握っているのはラクリスさんなんだろう。

でも、なんかちょっと違和感を感じるんだよな。

どこのギルドもうちのようなアットホーム感を目指すところばかりじゃないし、もっとシビアなところもあるんだろうとは思うけど……あの雰囲気はまるで。

「シアさん？　どうかしましたか」

「あ、いえ……なんでもないです」

いつの間にか背後にラクリスさんが立っていたので、思わず背筋がゾッとした。私は戦士系ではないから、人の気配を掴むのにたけているわけじゃない。熟練者なら気配を感知できなくてもおかしくはないけど。

……わざと消してるのかな。今はその必要、ないと思うんだけど。

「あ、もしかして驚いたかな？　ごめんね、ちょっと癖なんだ。気配を消すの」

「そうなんですか？」

「そう……かくれんぼが、得意だからね」

にっこり微笑まれた。物腰丁寧で、顔も整っているのにぜんぜん気持ちが安心しないのはなんでなのか。適当なことを言って、ラクリスさんと距離を置くと、それを見計らってかリーナが近づいてきた。

「あの……」

「リーナ？　どうしたの、スープもうできた？」

「あ、いえ、まだとちゅうなんですが……きになったので」

「気になった？」

「はい」

リーナはちらりと気づかれないようにラクリスさんの方を見てから、私に視線を戻した。どうやら彼には聞かれたくない話題のようだ。なのでそっとリーナの小声が聞こえる位置まで近寄った。

「あのきんめのおにーさん、おーら……ないです」

「え？」

リーナの言うオーラは、人の内面を映し出す鏡のようなものだ。私やルークなどは黄金の綺麗なキラキラらしいが、あまりよくない人は黒いドロドロらしい。人間に気持ちがあれば、そのオーラは必ず見えるものなのだと思う。感情のない人間なんていないんだから。

それが、『ない』とはどういうことか。

「分かりません、どうしてみえないのか。みえにくいひとは、いました。でも、ぜんぜんみえないひとはほとんどいなくて……」

もごもごとリーナが口ごもる。なんだか、見えない人がどういう人なのか知っているかのような態度だ。

「ねえ、リーナ。もしかして、見えない人の特徴に心当たりがあるんじゃない？」

「……あの、これはあくまでさんこうていどのものです。きんめのおにーさんが、あてはまるとはかぎりません」

「分かってる。リーナの意見を聞かせてちょうだい」

「はい。えっと、じつはいぜん……みえないひとをみたことがあるのです。おぼえていますか？あの、まっしろなあかいめの、まじんのおにーさん……」

その単語で思い出された記憶が、自然と私の表情を曇らせる。

あの出来事は、ギルドの中でも深い傷のように残っているものだ。その出来事を引き起こした張本人、ジャックと名乗ったあの魔人のことは姿を思い浮かべただけで胸がもやっとする。

「あのひとは、まったくみえなかったんです。だから、どういうひとなのか、りーなははんだんがむずかしくて」

「そう……」

つまり、オーラが見えない人間にロクなのはいませんよってことなのだろうか。参考対象が悪すぎるせいで、ラクリスさんにいい感情が抱けない。だけど元々、勘はいい方だ。どうも最初から警戒心が抜けないのは、そういう私自身の第六感的な部分が働いているせいなのかもしれない。

「まあ、彼の本性がどんな人であれ今は協力関係だし、適度な距離を保っていれば大丈夫でしょう」

「……はい」

こくりとリーナは頷いて、制限時間が迫る中、料理を再開した。

振り返ると、ラクリスさんは笑顔でこちらを見ていた。リーナの話を聞いたからなのかもしれないけど、より一層、その笑顔が薄っぺらく見える。

感情を殺す技術はあるけど、完全に感情を無くせるのは人形か、もともと心がないかのどちらかだ。もしくは別のなにかが働いているか。

どちらにせよ、『ロク』なことではない。

私はラクリスさんに微笑み返して、圧をかけた。あっちはたぶん、こっちが不審に思っていることに気が付いていると思う。それをあえて、楽しんでいるように思えるのだ。

……あの人、たぶんサディストの気があるんじゃなかろうか。

他人の裏など探っている暇はないし、藪《やぶ》をつついて蛇を出す趣味もない。

私は、とっととこの試合に勝つべく、料理に集中した。


『圧倒的！　圧倒的勝利！　衣装のセンスは絶望的でも料理の腕はぴか一な暁の獅子ギルドマスターシア！　と、可愛い天使リーナちゃんの実力がいかんなく発揮される結果になったね！』

『まあ、予選の時点で二人の実力は分かってましたからね。後はペアのギルドがどこになるかが問題でした』

『そうですね！　若干戸惑った部分もあったようですが、いやーさすがです！』

色々気がかりなこととか、邪魔が多かったが私とリーナが力を合わせればこんなものだ。

「楽しかったー！　また遊ぼうね！」

「……遊びじゃないんだけど」

結局、具材を爆発させるくらいしかしなかったメノウちゃんが、とってもやり切った顔だ。コハク君がそれを呆れた目で見ている。

「ねえ、二人とも……困ってることとかない？」

「え？」

「ん？」

唐突に聞いてしまったので、二人に不思議な顔をされてしまった。ラクリスさんがすこぶる怪しいので、メンバーの二人が何かとばっちりをくらってないか心配になったのだ。二人からは特に変な感じはしないから、少なくとも彼と同類ではないはずなのだけど。

二人は互いに顔を見合わせてから、こちらを見た。

「ふふ、おねーさん勘がいいんだ？」

「気に入られるわけだよね……ご愁傷様」

なぜか二人に意味深な視線を向けられた。

「でも大丈夫」

「僕らは」

『そのような次元にはいないから』

二人は無邪気な笑顔を見せると、くるりと踵を返してラクリスさんの元へ走っていってしまった。

――え？　今のどういう意味？

答えらしい答えを貰えず、ぽかんとしてしまう。

「おねーさん？」

リーナに話しかけられて我に返った。

「あ、ごめん。なんでもないの」

「そうですか？　つぎは、さいしゅうけっていバトルトーナメントだそうです。いよいよさいごのたたかいだと、ギルドたいかいっぽいと、じっきょうのおにーさんが、はしゃいでました」

「そう、優勝を決めるのはやっぱりバトルなのね。がんばんないとね」

「はい」

私はもやつく頭を振りながら、気を取り直していったん控室に戻るために足を動かした。

リーナは、そんな私を見つめてから……。

「………………」

ちらりと背後を見て、それから小走りに私についてきたのだった。

「……ルーク、来ないな」

レオルドがしきりに出入り口に繋がる通路を見やる。私とリーナも、もしかしたらとギリギリまで待ってみたが、やはり待ち人は姿を現さなかった。

「仕方ない、ここはルークに自慢してやれるくらいの活躍を三人でやりましょう！」

「「おーう！」」

円陣を組んで、気合を入れてから私達は休憩後、再び会場へと足を踏み入れた。お昼を過ぎ、予選と第一本戦も終了し、いよいよ最終決戦だ。内容は、色々あって聞き逃していたがリーナがしっかりと覚えていてくれたので助かった。どうやらトーナメント形式のバトルを行うようだ。

三戦中、二戦勝てば次に進める。最終決戦に挑むギルドは六組。


『暁の獅子』ギルドランキングE。

『蒼天の刃』ギルドランキングE。

『深淵《しんえん》の蝶』ギルドランキングD。

『紅《くれない》の賛歌』ギルドランキングC。

『闇夜の渡り烏』ギルドランキングB。

『古竜の大爪』ギルドランキングA。


この中から、優勝ギルドが決まるんだ。抽選の結果、A組が蒼天の刃、深淵の蝶、古竜の大爪。

Ｂ組が暁の獅子、紅の賛歌、闇夜の渡り鳥となった。

つまり、勇者の所属するＡランクギルド古竜の大爪とは決勝まで当たらない。ちょっとほっとした。だけど、同じ組にはシードとして闇夜の渡り鳥、あの妙に不気味なギルドマスターラクリスさんと戦うことになる。

……色々と引っ掛かりはあるけど、やれることをやるだけだ。

「レオおじさーん！　組が違っちまったから決勝まで戦えないけど、勝ち残るから待ってろよー！」

「おー！　アギも頑張れよー！」

Ａ組となった蒼天の刃に所属する暴風の魔導士、アギ君が仲良くなったレオルドに宣戦布告していた。よくよく考えれば、Ａ組にはＡランクギルドである古竜の大爪、そして勇者がいる。中身は最低だが実力は確かだ。アギ君は天才的な魔導の才があるが、アギ君だけが万一勝てたとしてもギルドとして勝ち抜くのはかなり困難だろう。それを考えてか、蒼天の刃のギルドマスター、エルフレドさんは難しい顔をしていた。気軽に決勝で会おう！　とは言えないんだろう。だけど、熱くなっているアギ君に水を差すこともしない。いいギルドマスターだ。

『ギルド大会もいよいよ佳境！　会場すべてが待っていた決勝トーナメント開始だ！　武闘派じゃないギルドも沢山あるし、そういうギルドで質の高いところもある。それは否定できない！　だけど、やっぱりギルドの醍醐味の一つとしては、バトルが強いこと！　これも否定できない！』

『やはり、バトルは花がありますからね。ですが、特殊ギルドの大会があってもいいかもしれません』

『その辺は、検討中だよ！　それでは、第一回戦『蒼天の刃』ＶＳ『深淵の蝶』。一試合目に出る選手を決めてくれ！』

五分間の出場者選考の時間が与えられ、同時に中央の石造りのリングに上ったのは。

「あれ、意外。ギルドマスターが先鋒なのね？」

ギルドマスターはこういう時、トリを務めるのが通常だけど。

一試合目の選手として現れたのは、蒼天の刃はギルドマスターのエルフレドさんだった。

「まあ、先にエルフレドとアギを出して先制二勝取るってのも作戦としてはありだろう。蒼天の刃は戦闘員メンバーが五人いるみたいだから、ローテーションはできるんだろうが確実の勝ちを取りに行くのも一つの策だ。相手の戦力次第じゃ、アギは温存するかもしれないな」

と、冷静に分析するレオルド。

ふむ、なるほど先手必勝か。メンバーが乏しい私達も三戦すべてやるのは体力が追い付かないかもしれない。ただでさえ強敵はシード枠なんだから。一応、休憩時間は挟むみたいだけどね。

蒼天の刃とは、あまり関係はないけどレオルドがアギ君と仲良しなので応援はどうしても蒼天の刃になってしまう。

「レオルド、アギ君側を応援しても別にいいわよ？」

「え？　いいのか？」

「別に今、私達と対峙してるわけじゃないもの。そんな心の狭いこと言わない」

レオルドがそわそわしていたので、思いっきり応援したいんだろうなと感じて声をかけた。最終的には戦うかもしれない相手だから、私に遠慮したんだろう。私の許しを得られたレオルドは、声援を蒼天の刃に送った。

☆13　筋肉は怖くない

Ａ組第一試合、一戦目は予想外の展開になった。エルフレドさんって失礼だけど地味なのだ。堅実に戦うタイプに見えたし、実際堅実だった。でもその堅実の方向性が凄まじく努力の塊という感じで、才能がないのに厳しい修業を経て得た精霊の加護を使い、見事に精霊に愛されし麗しの剣士メフィラに勝利した。二人の戦いは激しくて、押し負けたメフィラさんが負傷したが、すぐさま誰よりも早く彼女の救護に向かうエルフレドさんの人柄の良さが出ていた。アギ君はちょっと呆れた様子で苦笑してたけど。

決着しすぐに二戦目に出場する選手が決められた。どうやら二戦目はアギ君がでるらしかった。対して深淵の蝶からは私よりもちょっと年下……十六歳くらいの女の子が出てきた。装備から考えて、魔導士だろう。

「君のことは知ってるわ。魔導士協会では有名人だもの」

「おねーさんのことも知ってるよ。若くして色々と魔術研究の成果を論文で発表してる期待の魔道研究博士だって」

互いにニッコリと笑っているが、どうも二人の間の空気は良くない。

「あの二人、仲わりぃのかな」

心配そうにレオルドがそう言った。

馬が合わない人間はいるものだ。アギ君も魔法に対して強い好奇心を持ち、色々と研究も重ねているようだし、彼女とはレオルドとは違う方面のライバルみたいなものなのかもしれない。

『さーて、二戦目はじめるよー！　蒼天の刃、アギVS深淵の蝶、エメラルド。魔導士同士の熱いバトルを期待するぜ！』

カーン。

一戦目と同じく、高いゴング音が鳴った瞬間。信じられない光景を私達を含め、観客達は見た。

——結論から言おうか。

勝負は、あっけなくついた。……五秒だ。五秒でついたんだ。

ぼーぜんとしたのは、私達だけじゃない。いつの間にか場外に吹っ飛ばされていたエメラルドが一番、『え？』だったに違いない。

『え、えーっと何が起こった？』

『どうやらアギ君の魔法のようですが……』

ざわめく会場をよそに、アギは一つだけ答えを言った。

「空気砲だよ。空気を圧縮して一気に解き放った……それだけの魔法なんだけどね」

なんにも見えなかったし、当たった衝撃は本人にしか分からないだろう。エメラルドは茫然としつつもまだ立ち上がれていない。

『う、うん？　まぁ、勝ちは勝ちだね！　勝者アギ君！』

『かなりのあっさり感で、勝負としてはあまり面白くはないですけど』

『こういう大会にはエンターテイメントが必要な部分もあるっちゃあるけど、ギルド大会は本気勝負！　次の勝利の為の戦略が重要だからね。次のアギ君の試合にご期待くださーい』

うーん、確かに試合としては手に汗握る！　というわけじゃなくて、会場内からも若干がっかり感が漂ってはいる。でも実力に差がありすぎていたり、次の試合の為に体力温存として先手で決めてしまいたいときもあるだろう。エンターテイメントも大事かもしれないけど、優勝狙うならブーイング覚悟でそういう試合運びをするのもありなんだろうな。

二戦を勝ち越した蒼天の刃の勝利が決まり、第一試合は蒼天の刃が上がった。次は第二試合、B組の紅の賛歌と私達、暁の獅子の試合だ。

「さ、リーナ、レオルド準備しに行くわよ」

「おう」

「はい！」

「のー」

私達は試合に出る為、控室に降りていった。割り当てられた控室は東側。つまり、前には蒼天の刃が使用していた控室だ。

なので。

「お、アギ！　勝ち上がったな！」

「レオおじさん。まぁ、まだ第一試合だし、次は勇者率いるAランクギルドだからね。油断はまったくできないけど。レオおじさん達もがんばって」

「おう、任せとけ！」

レオルドとアギ君が和気あいあいとしていると、アギ君の後ろからエルフレドさんが現れた。なんだか浮かない顔だ。

「アギぃ……お前、エメラルドと何があったか知らないがあれはかわいそうだと……」

「まーだ言う。試合相手にかわいそうも何もないでしょ。ちょっと魔法に対する見解の違いとかで論文上で喧嘩することはあっても、直で嫌がらせはしないよ。ただ、あんまり顔を見ていたくなくてちょっと手がすべったけど」

やっぱり嫌いなんじゃないか、とエルフレドさんが説教し始めて、アギ君が耳を塞ぎながら。

「あー聞こえない。なにも聞こえなーい！」

と子供らしい態度でエルフレドさんに追いかけられて走っていってしまった。どうやら戦略的なものじゃなくて、うっかり嫌いだから誤射してしまっただけらしい。うっかり誤射で勝てるんだから、やっぱりアギ君はすごいんだろう。

他の蒼天の刃メンバーと少し談笑を交わして、私達は試合の準備をはじめた。

相手は、格上のCランクギルド。彼らの話は最初にここへ来たときにギルド交流の中でいくつか耳にした話がある。

紅の賛歌は、主にレアモンスター狩りを主流にするモンハン専門ギルドだ。宝探しをするように冒険を楽しんで、レアモンスターと熱い戦いを繰り広げる。それが醍醐味で、モンハン好きがたくさん集まるギルドらしい。うちと同じでギルドメンバーの仲は良く、家族ぐるみの付き合いがあるようだ。

ギルドマスターは、レオルドみたいなガタイの良い壮年の男性で、豪快な性格らしい。武器はごっつい斧。典型的な戦士ランクだが、斧戦士の間では知らない者がいないほどの実力者だ。

「実は俺、斧術は少しバルザン師から習ったんだよな」

ぽそりと、懐かしむようにレオルドは教えてくれた。

王立学校を卒業して、教師の道を歩んでいたが色々あって退職し、家族を養うために新しい職を探してギルドに所属し冒険者になるのがいいかなと思っていた時、声をかけてくれたのが、紅の賛歌ギルドマスター、バルザンさんだった。

レアモンスター狩りにこだわる紅の賛歌とは違う、のんびり色んなことができるギルドを探していたレオルドは結局、紅の賛歌には入らなかったが、それでもバルザンさんは『戦士』になるというレオルドに斧術を教えてくれた。

レオルドに、武器を扱う素質はない。もちろん、教える側もかなり頭を抱えるような出来だっただろうと、レオルドは語る。

しかし、バルザンさんは嫌な顔なんかせずつしないで懇々《こんこん》と教えてくれたらしい。だからこそ、武器下手のレオルドが、斧だけは少しだけ上達したんだ。

「そういえば、レオルドはうちに来る前どこのギルドにも断られたらしいけど……紅の賛歌の門は叩かなかったの?」

「超恩人のギルドだぜ?　どうしても叩けなかったんだ」

それに、現在のこんな惨めな姿を見せたくなかった……というのも大きいようだ。

「けど、今なら胸を張ってバルザン師に会える。いいギルドに入れたからな!」

にかっと笑うレオルドの良い笑顔が、本心だと教えてくれる。そう思ってくれるのはとてもありがたくて、嬉しいことだ。思わずつられて笑顔になった。

「あ、あの……」

大人しくレオルドの昔話を聞いていたリーナがおずおずと声をあげた。

「どうしたの?」

「腹でも痛いか?　便所なら今のうちにすました方がいいぞ」

「ち、ちがうです。あの、りーなにいちばんをやらせてほしいのです」

私とレオルドは顔を見合わせた。リーナが積極的に戦おうとすることはない。あまり戦うのが好きじゃないようだし、苦手にしている部分もある。リーナがテイマーに覚醒したのは、緊急事態だったこともあったし、本来は争いごとが苦手な優しい子だ。

だから、自分から一番最初に出たいと言うとは思わなかった。

「どうしたの?　リーナ」

「りーなは、レオおじさんのおんじんさんに、つたえたいです。レオおじさんは、すごいギルドにはいったんだって。しょーめい、します!」

熱く語るリーナが、可愛い……あ、違う勇ましい。どうやらリーナは、レオルドの為にひと肌脱ぎたいらしい。レオルドが感動で泣いている。おじさんは涙もろい生き物だ。

「よーし、リーナ。バルザンさん達にうちのすごいとこ、見せつけちゃおう！」

「はい！」

「くぅ！　俺はやはり良いギルドに入った！　おじさん感動」

「はいはい、レオルドは泣き止んで。ほら、そろそろ時間よ」

レオルドの広い背中を叩いて、私達は細長い通路を通りまぶしい会場へ出た。会場は第二試合を待ちわび、大きな声援で溢れている。私達は無名とはいえ、予選では派手に動いたから知名度はかなり上がったんだろう。私達を応援する声も増えてきている。といっても紅の賛歌には劣るのは仕方ないんだけど、憶えてくれるのはすごく嬉しい。

反対側の入り口からは紅の賛歌がすでに控えていた。屈強な戦士で固められたメンバーで、女性も一人いるがかなり鍛え上げられた立派な筋肉を持っている。

「紅の賛歌メンバーは、筋肉自慢の戦士が多いが色んなレアモンスターに対応する為に、魔防のすべも多く持ってる。だから筋肉戦士が魔法に弱いなんてことは一切ないから、気をつけろよリーナ」

「はいです！」

「のっ！」

リーナものんも気合十分だ。寸前まで、『き、きんにくですぅ……』と少しおびえ気味だったがレオルドの筋肉をタッチして筋肉は怖くないとレオルドに諭された。

筋肉は怖くないって、どういう諭しだと突っ込みたい。

『さーて、第二試合をはじめるぞー！　B組最初のカードは超有名どころ、レアモンなら任しとけなモンハンギルド、紅の賛歌！　そしてそして、今大会熱い展開を見せてくれる新進気鋭のギルド、暁の獅子！』

『暁の獅子はEランクの新しいギルドながら予選でも活躍しましたからね。これは面白い試合を期待できるのではないでしょうか』

すごいプレッシャーかけられた。

変に緊張してくるが、悟られないようにリーナの小さな背をそっと叩いた。

「行っておいで」

「いってきます！」

軽やかな足取りで、中央のリングにリーナが上がると会場は一気に沸いた。先鋒にリーナを出してくる意外性が高かったのだろう。ちゃんと戦えるのか、という心配の声も聞こえる。

大丈夫。大丈夫だ。リーナは誰よりも強い心を持つ子だ。立派に胸を張ってギルドのメンバーだと言えるようにと、ラミィ様のもとで一生懸命修業したんだから。

対する紅の賛歌からは、女性戦士が登場した。腹も足もむき出しなセクシー鎧を着用しているのに、いやらしさや色気はまったくなく、ムッキムキのシックスパックが固い壁のようにして装備されている。

「まさか、お嬢ちゃんが相手とはね。こりゃ、レアモンよりも手ごわいかも。でも、相手が天使みたいに可愛い子でも、手加減はしてあげないよ」

「の、のぞむところです！」

「のー！」

二人は少し会話を交わして、構えた。

『天使ちゃんが一戦目とか意外だけど、やる気は十分そうだね！　じゃ、そろそろはじめよう。暁の獅子、リーナVS紅の賛歌、セルビア――試合開始！』

カーン！

注目の一戦が始まった。


見事な腹筋を持つアマゾネス・セルビアは言葉通り一切の手加減なく斧を振り上げた。

咄嗟の反応は、のんの方が一歩早くて瞬時に形態を変え、ぐるぐるとリーナの腹に巻き付くと勢いよく後方に跳んだ。そのおかげでリーナの体は後退することができ、セルビアの渾身の一撃を交わすことができた。

轟音と共にリングが削れ、穴が空いている。思わず背筋が冷えた。

真剣勝負とはいえ、あれをまともにくらったら無事じゃ済まないだろう。

セルビアは回避したリーナにニッコリと微笑みかけた。

「やるじゃないか、天使ちゃんにスライムちゃん」

「ふ、ふぉふっ——のんちゃっ、あり、ありがとうですっ」

あまりの衝撃からか、リーナがカタカタと震えながらものんをぎゅっと抱きしめた。

「りーなちゃんは、のんがまもるのですよー！」

ぷるんぷるん！

のんがぷるぷる武者震いしている。

一気に会場のボルテージは上がり、アギの試合が不完全燃焼だったこともあってか客席からは熱い声援が飛んでいる。

その声援の八割くらいがリーナなのは、キャラクターによるものだろう。

「あーあー、なんだよあたしがアウェーなの！」

とか言いながら、セルビアは楽しそうだ。

「こんどは、こっちのばん！」

「ですの！」

リーナは腰に下げたうさぎのポシェットから赤い石を取り出した。キラキラと輝いていて、中は透き通っている。

「あれ、なんの石？」

「んー？　あ、魔力が宿ってるな。魔石じゃないか？」

確かにちょっと距離があるので感知しづらいが、魔力の気配がする。魔石は空のクリスタルに魔力を注ぎ込むことで作る人工的な魔石と、大地のエネルギーによって魔力を凝縮して生成される天然物の魔石に分かれる。人工魔石は安定感があって扱いやすく、天然魔石は扱いづらいが大きな魔力を宿すものが多い。

私が首から下げている、ベルナール様からもらったペンダントは彼の魔力を宿した人工魔石で出来ている。簡単な術式を刻み込めるので、簡易魔法を使うことも可能だ。

「魔石の作り方なんて、教えてないけど……ラミィ様が指導したのかな？」

「だろうな。何度か、クリスタルで練習してるのを見たことがある」

大陸最高峰の魔女は、魔石作りも最高峰である。

ラミィ様の作る人工魔石は、下手をすると天然ものをしのぐんだとか。

「のんちゃーん!!」

リーナはぽーいっと赤い魔石を宙に放り投げた。

あれ？　魔石で魔法を使うんじゃないのかな？

てっきり、簡易魔法とのんのスタンプ攻撃で仕掛けるのかと思っていた。魔石の簡易魔法は使用者本人に魔法を使う才がなくても使用可能な代物だ。だから戦士でも魔石を購入できる資金があれば使うことができる。

「あんぐっ！――もぐもぐもぐ」

「食べた!?」

リーナが放った赤い魔石は、のんがキャッチして美味しくいただいてしまった。

今はご飯の時間じゃないし、魔石は食べ物じゃありません。スライムはなんでも物質を溶かせるといっても魔石が体内でどう変質するか分からない。ぺっしなさいぺっ！

会場がどよめく中、魔石をあっというまに体内で分化したのんは、そのままセルビアの前に躍り出た。

「おっ⁉　来るか！」

ぶおんっと風をきる音を奏で、セルビアの斧が構えられる。

「のんちゃん、だいいちぞくせいけいたい『ファイアズマ』！」

「ふぁいあー‼」

号令と共に、のんの体の色が変化した。通常の透明感のある水色から真っ赤な炎を宿す赤いボディに変身したのである！　しかものんの口からは火が噴き出ている。あれは、魔導士が使う魔法、ファイアと同系の気配がした。

「ほぉう、なるほどねぇ。さすがラミィ様……」

リーナの魔力は突然変異で現れたもので、まだまだ力が弱い。それを最大限、それ以上に引き出そうとすれば、どうしても無理が出る。その無理を無理やり可能にしたのがこのやり方だ。リーナが人工魔石に魔力を込め、それをのんが取り込んで増強と圧縮を行い、溶け込んだ魔力を自身の体で解き放つ。

バランスが難しいが、なんども試して黄金比を手に入れたんだろう。リーナの修業の成果がこれというわけだ。

「ひゅう！　面白いじゃないか！」

セルビアが、斧でのんのファイアを物理的に叩き斬る。普通は物理的に魔法を斬ることは不可能だが、彼女の斧は特殊な力があるのか、魔法を消滅させてしまえるようだ。

「せいっ!!」

おまけだと言わんばかりに、セルビアの斧は衝撃波を伴ってリーナとのんを襲う。

「のんちゃん！　とくしゅけいたい『ガーディアン』！」

「あいさ！」

今度は銀の魔石を食べ、のんの形態は赤い炎から鋼のボディに変わった。

その鋼のボディは見た目通り、かなりの防御力があるようで衝撃波をはじき、霧散させる。

「つづけて、とくしゅだいにけいたい『ハッピートリガー』！」

「いえぇい！」

ぱっくんちょ。

……あの、今、魔石というより弾丸みたいなものを食べましたけど。

すると、のんの形態は可愛い銃となり、リーナの小さな手に収まった。

「ふぁいあーー!!」

リーナが引き金を引いたのは一回だ。だが、その一発の銃弾はいくつもの弾に分裂し、銃弾の雨を降らせる。

「うおぉっと!?」

のんの七変化にも慌てずにセルビアは対処し、斧を振って銃弾を交わした。

「むむっ、やるですのー！」

「ですね。でも、りーなたちは、まけません！」

一進一退の、まさに手に汗握る展開が今ここに。

『うおぉぉぉーー！　俺は今、興奮しているーー！　誰が予想できたか、天使ちゃんとアマゾネスが白熱の展開を見せているぞ！』

『ちょ、落ち着いて。お茶がこぼれるわよ……』

会場もリーナを戦士と認めたのか、同情を含む声援は消え、現在は半々で両者を応援する声が響いている。

「上がってきた上がってきたぁ!!　これこれ、これよ！　レアモン以外でここまで熱くなったの久しぶりだ。よぉーし、こっちもマジのスゴ技披露しちゃおうか！」

楽しそうに笑っていたセルビアの顔が一気に、殺気立った笑顔に変わる。戦いを存分に楽しむ、好戦的な戦士の顔、といえば聞こえはいいが彼女の表情には狂気も含まれている。

根っからの戦闘狂なんだろう。

「あたしの持つ技に、名前なんかない。ただ、相手を仕留める為だけに振るわれる技だ！　おおおらあぁぁっ!!」

セルビアが繰り出したのは、斧を大きく振りかぶって地面に叩きつけるものだった。技もなにもない。力いっぱい叩きつけられた地面は衝撃で抉れ、導かれるように地面から尖った柱がせり上がってリーナ達を襲う。

「のんちゃん、ガーディアンっ」

「だめですの！　たえられないですの！」

のんは、リーナの判断よりも自分の耐久力を悟りリーナを飲み込んだ。

のんの標準ぷにぷにボディで衝撃を受ける。どうやらのんは、ガーディアンで負けて共倒れするよりも、標準ボディでリーナを守って一人散る方を選んだらしい。

「……ぷしゅぅ……」

「のんちゃんっ！」

見事、セルビアのでたらめな技からリーナを守ったのんは、ボロボロの姿でリングに転がった。

『おお、勝負あったか？』

「そんな……」

あれだけ頑張ったのに、ダメなのか。

勝負の世界は厳しいとはいえ、リーナが自身の初戦を勝ちで飾れなかったのは痛い。一番最初の戦いというのは後々尾を引くものなのだ。

「ま、まだですの……あたちはやれますの」

「のんちゃんっ」

「りーなちゃん！　あれをだすの！」

「え!?　で、でもあれは……」

「かつですの！　そしてしょーめーするですの！」

「！　う、うんっ！」

リーナが意を決してウサギポシェットから出したのは、光輝く白い魔石だった。温かな光、聖魔法の力が込められている。

「ちょうすぺしゃるとくしゅけいたい『シア』！」

…………はい？　呼びましたか？

「あんぐーー！　もぐもぐ！」

白い魔石をのんが飲み込むと、のんのボロボロの体に光が宿りすぅっと傷が消えていく。聖魔法の力を感じるからヒールの効果が表れているのだと思うけど。

気になるのは、形態の名前が私であることなのだが。

「しょうじゅん、セルビアさん！　はなて、せいじょさまのひかりのはどうーー！」

「ひみつのじゅもん《ぼっこぼこ！》ですのー！」

ドカン！　と、衝撃が襲い大きな弾丸となって光を纏ったのんがセルビアに突進する。彼女は咄嗟に防御姿勢をとるが。

「――ぐっ！」

光の一撃がセルビアを襲い、防御しきれずリングから吹き飛ばされた。そのままの勢いで、

「ふんぐぐぐっ」

ギリギリの淵で一度踏みとどまったが……。

「うわあぁっ」

態勢を保てず、あえなくリングアウトとなった。

「おねーさんは！」

「さいきょーなのです！」

どーーん!!

なぜか二人の背後から七色の煙が上がりました。よく分かりませんが、勝ってよかったです。

あとで、戻ってきたリーナ達には色々とお話をしなくてはいけませんね。ええ。


「さーて、りぃなぁ〜どーしてくれよーか！」

「ひぃやはぁはは!!」

初戦を勝利で終えたリーナは、るんるんとのんを抱えて戻ってきたわけだけど。

「こーしてくれようか〜、あーしてくれよーか〜」

「あははは！　お、おねーさんっ、くすぐったいですーー！」

形態シアについての、お仕置きを色々と考えたわけだけど、自分が一番楽しめる刑が一番いいだろうと思った。ということで、リーナへは軽くこちょこちょの刑に処している。

まあ、大会が終わったらたっぷり言い聞かせる時間は作るけどね！

「リーナ、頑張ったな」

隣からはレオルドの頭なでなで攻撃をくらっている。リーナの髪はくしゃくしゃで、脇もくすぐられて大変なことになっているが、リーナはなんだか楽しそうだ。

『そろそろ休憩終わりー。二戦目の出場者を決めてくれよー』

二戦目のアナウンスが流れたので、いったん私達はリーナを解放してあげた。私の膝から降りると、リーナはちょこちょことレオルドの前に行った。

「あの、りーな、ちゃんとレオおじさんのしょーめい、できたでしょうか？」

「ああ、完璧だ。最高の証明をしてくれたぞ。ありがとな、リーナ」

今度は頭ではなく、細い肩に大きなレオルドの手が置かれた。子ども扱いではない、仲間としての信頼の証だ。それにリーナはちゃんと気づいて、頬を赤く染めて明るく微笑んだ。自分が役にたったことがすごく嬉しいんだろう。

「さて、次はどうしようか？　私が行ってもいいんだけど」

「いんや、俺が行く。勝って次に進もう」

「……いいの？」

次に誰が出てくるか分からないが、所属はしていなかったとはいえ古巣に近いものがあるギルドと交えるのは気性が優しいレオルドには辛い部分もあるんじゃないのだろうか。

「リーナが証明してくれたからな。次は俺自身が、ここまで強くなったと胸を張らねぇーと」

じっとレオルドは正面を見つめた。

視線を追えば、その先にはバルザンさんがいる。昔稽古《けいこ》をつけてくれた恩人に、実力を示したいんだろう。ならば、それを反対する理由はない。

私はレオルドの大きな背中をバンと叩いた。

「よし、気合を入れていってらっしゃい！」

「おう！」

「レオおじさん、がんばってくださいっ」

「のー！」

レオルドはニカッと笑うと、たくましい背を見せてリングの上に上がった。そして対戦する向こう側から出てきたのは……。

「よぉ、レオ。久しぶりじゃあねぇーか」

「ご無沙汰してます。バルザン師」

久々の再会。二人の間に流れるのは、言葉少なくても温かい空気を醸《かも》し出していた。短い間でも師弟関係だった二人。レオルドがバルザンさんをいかに尊敬しているか、ここからでもよく分かった。

「美人の嫁さんとちびっこ……あーっと、シャーリーだったか？　元気にしてっか？　長年音沙汰なくて寂しかったんだぜ。連絡先教えろよ、季節の行事に贈りものくらいさせろ」

「ありがとうございます、師匠。あの二人は……元気だと……思います」

歯切れの悪いレオルドに、バルザンさんは首を傾げたが問いただしたりはしなかった。ただ、すっと目を細めてじっとレオルドの目を見た。

「お前の事情は知らないが……まあ、いいギルドにいるみたいだからな。俺が変に心配すんのも筋が違うだろう」

「師匠……」

「肝っ玉のでかい嬢ちゃんと、ギルド思いの可愛いちびっこ。人数は少ないようだが、お前が居心地良さそうにしてんのが、良く分かる」

ドンッとバルザンさんは、自前の使い込まれた巨大な斧をリングに叩きこんだ。リングはいとも簡単にひび割れて、斧の先は深くめり込んでいる。かなりの重量がありそうに見えるが、レオルド以上に分厚い筋肉を持つバルザンさんにはわけもないのだろう。

「筋肉は裏切らん。俺はお前に、そう教えたな？」

「はい。ひ弱だった俺を、ここまで鍛えてくれたのは貴方だ。だから俺は」

焼かれるほどの熱い風が吹きすさんだ。それはレオルドの体を中心にして渦巻いている。魔力の渦のようだが、すでに魔法が半分発動している状態だ。

「筋肉と魔法。この二つを融合させた俺だけの武器『筋肉魔法』で貴方を越えていきます！」

普段の穏やかなタレ目であるレオルドの、見たこともないような真剣で険しい表情だった。思わず司教様やイヴァース副団長と対面した時のような背筋に上る威圧感を感じる。

バルザンさんはそれを真っ向から見つめ返した。

「よぉーく言った！　それでこそ、俺が見込んだ男だ。こい、レオ――」

巨大な戦斧が強靭なバルザンの腕力によって軽々と肩に担がれる。

「俺に、最高の狩りをさせてくれ!!」

二人の男の、一歩も引かない強烈な殺気と闘争心がぶつかり合い。

そしてゴングは鳴った。

☆14　ってシアが言ってた

Side：ルーク＊

「わ、わしのことはいい。は、早く行くんじゃ――――！」

「老師」

とある山岳の村で、ルークは選択を迫られていた。

シアになんとか間に合わせると言った手前、間に合いませんでしたなんて洒落にもならない。老師から修業完遂を告げられ、ようやく王都へ戻れることになった。急げば間に合う、そうルークは間に合わせたはずだった。

だが、思わぬアクシデントに見舞われた。

「すまん、わしが、わしが悪いんじゃ！」

老師はベッドに蹲《うずくま》りながら、ルークに詫びた。

ルークはむせび泣く老師を見ろしていた。なぜかその表情に感情がない。

「老師……反省してますか？」

声にも抑揚《よくよう》がない。

ルークをよく知る人物なら、今のルークがかなり怒っていることに気が付くだろう。しかし彼をよく知らない村人はルークがあまり感情を表に出さないクール青年だと思っている。

ルークがクール。シアならダジャレかと大爆笑する案件だろう。

だが、現在ルークはそんなダジャレにも笑ってる余裕はない。

緊急事態。そして非常事態。

「すまんーー！　本当に申し訳ないっ」

謝った勢いで、老師の服から四角いものが落ちた。ルークはそれを拾い上げる。四角いそれは、見た目からも分かる安物の財布だ。

ルークは、財布を振ってみた。なにもでない。埃《ほこり》が一つ、舞っただけだ。

「おかしいですよねー。老師の財布にはシアが足しにしてくれと入れてくれた交通費とかもろもろ入っていたはずですが？」

「ごめんてばーー!!」

ルークの目が非常に冷たい。

そしてその顔を見た村娘達が、きゃあきゃあ言っている。人の出入りがあまりなく刺激が少ないからといって以前のルークなら見られなかった光景だ。

シアがいたなら『うちの子がモテた！』と赤飯を炊いているところだろう。

老師は、今まで可愛く思っていた弟子がたくましくなりすぎて震えているところである。そして非がありまくるので反論もできない。

ルークはめそめそする老師を見て、深くため息をついた。

「……ハニートラップに引っ掛かったあげく、ぎっくり腰とか」

村に入った時に、自らも旅人だという美女に会った。最初、彼女はルークを標的にしていたが、ルークが全く相手にしなかったので、デレデレしていた老師、ゲンさんにターゲットを変更したのだ。ルークも不審に思いながらも老師に注意しなかったので、悪かったとは思っている。

（だが、気づけよ。怪しすぎだったぞ、あの美女！）

案の定、老師は財布の中身を根こそぎ持っていかれた。しかもタイミングが悪いことに、ハニートラップだったことを知った衝撃でぎっくり腰に。

「はぁー、老師も時の人だったのなら気づいてくださいよ」

「ルークよ……わしはなぁ、モテるんじゃよ」

「……はあ？」

なぜか自分のモテ話を始める老師。

確かに、老婦人達によるファンクラブは健在だし、副団長時代も大変モテたという話は本人以外からも確認がとれている。だが、今なぜそれを言う。

「モテるのが当たり前じゃと、迫られても当たり前になってしもうてなぁ。美女の本心が見抜けなんだ」

「……そうっすか。俺、モテたためしがないんで完全に罠だと思ってましたよ」

今も後ろで黄色い声上げている村娘達にも、なにか裏があるんじゃないかと勘繰っている。非モテ時代が長すぎたんだ。シアが知ったら慰めにステーキの重量を増やしてあげるだろう。

「師匠、悪いですが置いていきます。村長には後でお礼を持っていくと伝えるので大人しくしていてください」

「うっ、すまん……」

しおしおと小さくなった老師を背に、ルークは部屋を出た。

「すまない、誰か馬を貸してもらえないか――」

「私がーー！　我が家の馬は世界一速くてゆうめっ」

「嘘おっしゃい！　うちの馬が体力もあって頑丈です！　ぜひうちの馬を‼」

「何言ってんの⁉　あたしの家のがいい馬よ！」

馬を借りようと思っただけだったのに。

部屋の外でこそこそとしていた村娘達に聞いてみたら、なぜか殴り合いの喧嘩になってしまった。

仕方がないのでルークはいったん老師の部屋に戻って、老師からシーツをはぎ取った。

そして。

「静まれ」

ばさんと彼女達の上にシーツをかぶせた。

しばらくの沈黙が降り。おずおずと村娘が声を上げた。

「あの……私達、暴れる動物ではありませんが……」

「どこが違うんだ」

「え、えーっと……」

おろおろする彼女達に、ルークはゆっくりとシーツを外した。

「喧嘩するにしても殴り合いは良くないぞ。怪我したらどうする」

「え⁉」

「女子の顔に傷がついたら一大事だろ。大事にしろ（ってシアが言ってた）」

「ええ⁉」

今度は彼女達が顔を真っ赤にして微動だにしなくなったので、ルークは首をかしげながら仕方がないので宿屋の主人にでも聞こうと階段を降りていった。

ルークが視界から消えて、数秒後。

「こ、ここ高身長で、そこそこ爽やか系だったからお近づきになって他の子に自慢してやろうと思ってたのに！」

「とんだ誤算！　とんだ誤算だわ！」

「彼は顔じゃない！　見た目じゃない！　中身よ、中身がイケメンだぁ！」

彼女達は忘れない。ふらりと村に立ち寄った見た目そこそこ、中身イケメンの青年の姿を。

そして後々知る、彼がとんでもない人物なのだということを。

「なんか、騒がしいな?」

「あははは、かしましくてすまんねぇ。馬は貸してやれるんだが、せいぜい隣村くらいまでだろう。それ以降は手ごわい魔物がでる地域でもある。調教していない馬だと魔物におびえちまうからな」

「そうか、いやそれでもかまわない」

なんとか馬を借りられたルークは全力で駆けた。以前なら馬なんて乗ったことがなくて、旅のはじめは老師にすら劣る乗馬術だったが、修業の中で馬術に詳しい人もいたので、みっちり鍛えてもらった。おかげで馬の全力を引き出してやれるようになった。

(間に合うか? いや、絶対に間に合わせる。でないとなんのために修業したか分からないじゃねぇーか!)

無一文の為、途中で動物を仕留めたりして野営をしながらなんとか繋いだ。だが限界は、先に馬の方が来てしまう。宿屋の主人が言った通り、せいぜい隣村が限度だった。新しい馬に変えるにも金がいる。徒歩で行ったらいよいよ間に合わない。

(くそ、どうしたらいい……)

鍛えても鍛えても、どうにもならない部分はある。

頭の悪いルークでは、ない知恵を振り絞ったところで妙案など浮かばない。焦りばかりが募る中、どうにか馬を調達できないかと農家を回っていると。

「お困りですか?」

「……誰だ?」

村人にしてはやけに仕立てのいい服を着た、三十前後くらいの男だった。眼鏡をかけていて、どこか計算高そうな面立ち。この手の顔にあまりいい思い出のないルークは苦い顔になった。

（この見た目といい、雰囲気といい……頭のよく回る商人みたいだ）

そしてルークは、そんな頭のよく回る商人に、何度も騙されそうになった。騙されていたら、中身をバラバラにされて売られていただろう。

男は警戒をあらわにするルークに微笑んだ。

「なるほど、聞いていた通りだ。大丈夫、などと言って信用はしないでしょうが。一応素性は話しておきましょうか。どうもはじめまして、私の名前はヴェンツァー・アルヴェライト。アルヴェライト商会で代表を務めさせていただいております」

「……はあ？」

「それが俺になんの用だと言いたげですね。では一つ、信用していただけるような単語を言いましょう。私は商売で来たのです、頼まれたのですよ暁の獅子のルークを無事大会が終わるまでに間に合わせてほしいと」

「……誰が？」

ヴェンツァー・アルヴェライトは商人の顔で微笑んだ。

「ライラ・ベリック殿に」

その名前に、ルークは目を丸くしたのだった。

☆15　レオは幸せもんだなぁ

レオルドとバルザンさんの戦いは熾烈《しれつ》を極めた。極めすぎて、会場がやばいことになっている。

『リングアウトも敗北だからねー⁉　おっさん達、わかってるー⁉』

実況も現状に危機感を感じてアナウンスしているが、二人の耳に入っているかは定かではない。

「うおおおおおお‼」

「うおおおおおお‼」

野太い雄たけびが響き渡り、巨斧《きょふ》と筋肉魔法がぶつかり激しい熱風と豪風が吹き荒れる。大会主催者側は、必死に観客に被害がでないようシールド魔法を展開していた。私もリーナに流れ礫《つぶて》がこないようシールド魔法展開中だ。

レオルドは強いし、さらに頭がいいことも知っている。けれど今は戦略とかなんとかよりも、ただただ全力で力のぶつかり合いをしているようだった。

細かく考えるよりも、力で。それがレオルドとしてもバルザンさんへの敬意の示し方なんだろう。

二人の顔を見ると、真剣そのものの中に、笑顔も交じっている。

じつに楽しそうである。

でもそのせいで会場は阿鼻叫喚だし、リングもズタボロである。巨漢の二人が上手いこと飛散したリングの瓦礫の上に乗って戦っているが、いつリングアウトするかこちらは冷や冷やものだ。

「レオおじさん！　いっけーー！　そこだ、ぶん殴れーー！」

私達の控え席のすぐ近くの観客席からヒートアップしたアギ君の声が聞こえるんだけど。好きよね、男の子はこういうの。

しかし、バルザンさんの防御力はいったいどうなっているのだろうか。レオルドが扱うのは筋肉魔法。物理攻撃力と魔法攻撃力の混合で、普通防御するときは物理型か魔法型どちらかの型に有利な防御方法をとる。私なら聖女の力のおかげかどちらにも有効なシールドを扱えるが、魔導士でもない人がそれができるとも思えない。

だというのに、何度も正面からレオルドの筋肉魔法を浴びているというのにバルザンに怯んだ様子は見られないのだ。どちらかというとレオルドの方が息切れしているように見える。

「どうしたレオ！　これで終わりか⁉」

「――――ぐっ」

剛腕で振るわれた巨斧がレオルドを襲い、彼の巨体を軽々と吹っ飛ばす。そんな中でもレオルドは魔力を上手く使い、体幹も合わせて体勢を整えギリギリのところでリングの瓦礫の上に着地する。

見るからにレオルドの体はボロボロだ。対するバルザンさんの体は、筋肉に無数の傷が刻み込まれているがこれは昔から残るもので、レオルドがつけられたのは擦り傷程度にとどまっている。

「ははは！　どうして物理も魔法も効かねぇのか。そう思ってるな」

バルザンさんは一度、ドスンと地響きを起こしながら巨斧を下ろした。

「なぁーに、答えは簡単だ。何度も何度も、それこそ何百、何千というレアモンスターと戦い続け、多くの物理攻撃と魔法攻撃を食らってきたこの筋肉が、俺の鍛錬を通し天然のシールドになったからだ！」

『えぇーー!?』

実況もびっくりである。

会場も、もちろん私もびっくりしている。確かに何度も身に食らい続けることで耐性がつくことはあるが、バルザンさんの場合は度を越している。いくらなんでもシールド並み、それ以上の能力を備えることなど人間の体では実質不可能だ。

「だが、俺はできている！　筋肉は裏切らん、俺自身が証明よ！」

私の心の声に答えるようにバルザンさんは雄たけびに似た声を上げた。

「俺の筋肉は鋼！　剣すらも俺を斬ることはかなわない！」

じゃあどうやって倒すのか。

バルザンさんは要塞と同じだ。防御力以上の攻撃力で破壊しなければならない。その力が、今のレオルドにあるか。勝敗はそこで決まる。

「レオおじさん……」

リーナがぎゅっと私の袖を握った。いつの間にか私も両手を強く握りこぶしを作ってしまっていたらしい。汗でべたつく手をゆっくり解いて、リーナに寄り添った。

「大丈夫！」

レオルドはまだ負けていない。

あの普段、優しい目がまだ闘争に燃えている。

レオルドは力強く拳を両手で打ち鳴らした。

「あなたのそういうところに若い俺は憧れた。憧れて、憧れて、守る為の強さを求めた。あなたが教えてくれたことを俺は一つだって忘れていない」

「……そうか」

バルザンさんは嬉しそうに笑うと、巨斧を構え直した。

「なあ、それならもう終わりってことはねぇんだろ」

「はは……さすが師匠だ、やっぱすげぇなぁ……」

打ち合わせたレオルドの両拳からすさまじいほどの魔力を感じる。それは魔力感知に鈍い人間でも分かるほどに渦を巻いて、レオルドを中心に逆巻いていく。

「俺にとっても、筋肉魔法はまだまだ未知。なにができて、なにができないか。どうすれば上手い戦いができるのか。さっぱりと分からん。それでも一つだけ確かなことがある」

全身がびりびりした。集まった魔力が私の中の魔力とぶつかりあってショートしている。それだけの高い魔力がレオルドの拳から全身へと伝わって彼を包んでいった。

『魔力が肉体すべてを覆うことはできない』。できないというか、やったら死ぬ。血の中に魔力を通わせて発動させる魔導士もいるけれど、それは媒体を使って一部で発動させるからできるものだ。

普通、魔力を全身に一気に通して覆うと体が魔力圧に耐えられず体内爆発を起こす。つまり体がバラバラになるのだ。

だけど、それを今、レオルドはやってのけている。

「筋肉は！　裏切らない！」

「おっしゃああ、それでこそ俺の弟子だ、レオぉぉぉ!!」

バルザンさんが巨斧を放り投げた。このタイミングで武器を捨てるの!?

バルザンさんの構えは、どう見ても格闘だ。鋼の筋肉を武器に切り替え、レオルドの筋肉魔法と相対そうとしている。

全身に魔力が行き渡り、まさしく筋肉すべてが魔法のような状態になったレオルド。爆発的な蹴りで真っすぐにバルザンさんの真正面に突っ込んでいく。

そして衝撃が走った。

地響きが起こり、衝撃と共に土煙が上がる。思わず目を閉じて、次に開いた時には土煙は晴れ二人の姿がはっきりと見えた。両手を前に出した状態で組み合い、力比べのような状態になっている。

だが、よく見ればわかる。

レオルドの方は、魔法攻撃。

バルザンさんの方は、物理攻撃だ。

魔法と物理がありえない形でぶつかり合っている。

『え、えーっと……衝撃的すぎてなんて言ったらいいのかもう分かんないんだけど。俺達はいったいなにを見せられてるのかな？』

『まさしく魔法と物理のコラボレーションね』

『先輩冷静！』

なんかもう見た目が巨漢二人の筋肉タイマンなので、画面が熱い。気温が心なしか何度か上がった気がする。いや、上がってる？　レオルド、火魔法使ってる？

レオルドの体が真っ赤に燃え上がっている！

まるでマグマのように表皮が若干溶け、蒸気が吹きあがっていた。

「おお、なんだぁレオそれ」

「……え？」

バルザンさんに言われて、レオルドは初めて自分の今の状態に気が付いた。

なにが起きているのかなんて、レオルドにも分かっていない。

「はは！　それが筋肉魔法の真価か！　面白れぇ、来いレオ。最後はストレートで決めようじゃねぇーか！」

「あー、師匠とのストレート勝負かぁ。俺、勝ったことないですよ。けど」

レオルドの目が、いつもの優しい笑顔に戻った。

「勝ちますんで」

両者、同時に後ろへ拳を引き。

そして――。

ズドン。

腹に重く響くような轟音と共に二人の拳は互いの頬をストレートで抉っていた。あまりの衝撃に、二人とも弾き飛ばされ、ボロボロのリングを転がる。とても狭くなってしまったリングだが、双方ギリギリでリングの上に乗ったままだ。

『え、あ……カウント⁉　レフェリーカウントー‼』

『レフェリーなんていませんよ。ルード君、君がカウントしなさい』

『なんと⁉　じゃ、じゃあカウントするよー。一――二――』

試合の勝敗が格闘技戦みたいに決められるのだろうか。この場合は、ＫＯもあり得るので両方立ち上がらない限りは試合続行とはならないだろう。どちらかが立てばそちらが勝利。どちらも立てなければ引き分けで三戦目にもつれ込みだろう。勝ち越せば次もまた試合が控えているから、大きなダメージは負いたくないけれど。

実況のカウントが進んでいく。

二人ともまだ倒れたままだ。

……いや。

「――ぐっ」

「――いってぇ」

両者、五カウント目あたりで動き始めた。だが、頭がふらふらするのか立ち上がるまではいかない。

「六――七……」

時間がない！

「立って！　レオルド立ってー！」

「レオおじさーん！」

私達が叫べば、反対側からは。

「おやっさーん！　立ってくださーい！」

「筋肉の意地見せてちょうだいよー！」

紅の賛歌のメンバーが声援を送る。

そして伝染するように、会場すべてが熱い声援コールに変わった。どちらがとかではない。両者に対する、声援だ。

「八――九――」

間に合わないかと思われた時、二人は同時に両足を地面につけて立ち上がった。

顔はもう酷いものだ。頬が傷つき、鼻血も出ている。

「こんな盛り上がっちまって、寝てる暇ねぇーよなぁ？　レオ」

「あはは……こんなのはじめて経験しましたよ、師匠」

カウントが止まり、バルザンさんはニカッと笑顔を見せた。

「いい景色だな、レオ！　これだから鍛えるのを止められねぇ」

「そうですね」

レオルドの穏やかな笑顔を見て、さらにバルザンさんは笑みを深くした。

「真剣で刺すような鋭い目もいいが、やっぱお前はその底抜けにお人好しな目が一番らしいなぁ」

「……師匠？」

違和感を感じて、レオルドが首を傾げた瞬間。

バルザンさんの巨漢が傾いで、豪快にあお向けに倒れた。

「バルザン師匠⁉」

「慌てんな……脳みそがぐらぐらしてるだけだ。レオ……強くなったな」

「師匠……」

バルザンさんが倒れ、会場はシンと静まり返った。

そして。

『しょ、勝者、暁の獅子レオルド！』

一拍置いて、勝敗が決まったことを理解した観客から声が上がった。

勝負が決まった合図とともに、私はリーナと共に飛び出していた。レオルドはぼーっとしたまま
リングに突っ立っている。

「レオルドー！」

「レオおじさーん！」

「げふんっ！」

分厚い筋肉でも女子二人のタックルに揺れるくらいにはダメージがあるのか、レオルドは衝撃でたたらを踏んだ。だが転ばないだけすごい。そのまま私達を太い両腕で抱き上げてしまった。

「お、おおマスターとリーナか。どうした、リングまで上がってきて」

「どうしたじゃないわよまったく！　ほら、怪我を見せなさい。ヒールよヒール！」

「リーナはのんちゃんでヒエヒエします！」

私が一番怪我の酷い顔を治療している間に、赤くなっていたレオルドの体の方はのんが、スライム特有の冷えぷにボディで応急手当てしてた。

「シアちゃんってヒーラー!?　お願い！　おやっさんの方も治療して！」

救護班も動いているようだが、私がやった方が早そうだ。レオルドよりもバルザンさんの方が怪我が重そうなので、早急にヒールの必要性がある。

「了解です！」

ひとまずレオルドはリーナに任せ、私はバルザンさんの治療へ向かった。

ヒールをかければ、彼に容体はすぐに安定した。さすがに頑丈である。

「あー参った参った。レオは幸せもんだなぁ」

バルザンさんにニッコリと微笑まれて、私も思わず笑顔を浮かべてしまった。

そうだろう。そうでしょう。

なんて、めちゃくちゃ自慢したいんだ、私。

救護班が到着し、私達は一度休憩と治療の為に控室に戻ることになった。二時間後に次の戦いが控えている。次はあのラクリス率いるBランクギルド『闇夜の渡り鳥』だ。

控室に戻る途中、観客席に座るラクリスの姿が見えた。

少し離れていたのに、彼が私を見て笑ったのが分かって……。

――その獲物を狙うような暗い瞳に、私は彼を睨み返した。


二時間後に試合が再開するが、先に試合があるのはA組の方だ。

私はしばらくはリーナと一緒にレオルドを医務室で治療していたが、二時間経過後、リーナはA組試合を『てーさつします！』とレオルドを心配しつつも観客席へ行った。一人では心配なので、ライラさん達と一緒だ。

それにしても二時間経ってもレオルドの体力は完全には回復しない。

ギルド大会は一日で全過程を終わらせるので、普通は人数を分けて温存しつつ戦うのだが、私達は交代要員が一人もいない。

ルークが戻ってきてくれれば、少しはレオルドを休ませられるのだが……。

残念なことに、その気配はまだない。どこかライラさんが落ち着かない様子だったけど、聞いても『確証はないから』と話してくれなかった。

どういうことだろう？

色々と懸念はあるが、時間は無常に過ぎていく。

「悪いな、マスター」

「いいわ。相手がバルザンさんだったんだから、楽になんて勝たせてくれないでしょ。私は、元気モリモリだから、次の試合は私に任せて」

そう言いながら時計を眺めた。時刻は五時を回ったところ。試合はだいたい一時間くらいを見積もっているから六時くらいには知らせが来るだろう。安静に寝ていられるように医務室は放送が切られている。なので、今どんな試合運びになっているか、分からない。

アギ君のいる蒼天の刃は強いが、相手はAランクギルドの古竜の大爪である。

しかも……。勇者がいる。

性格はどうであれ、実力は確かだ。他のメンバーも強豪揃いだろうし、楽な戦いにはならないだろう。少し試合運びが長引けば助かるけど。

そう思っていると、医務室の扉が外からノックされた。

「はい？」

「シアさん、A組の試合が終わりましたので控室までお越しください」

「え⁉　もう終わったんですか⁉」

「ええ、ではお願いします」

どうやら大会委員の人だったらしい。それにしてもあまりにも試合が早すぎる。二戦で終わったんだろうか？　どっちが勝ったの……？

「レオルド、立てる？」

「ああ、大丈夫だ」

ベッドから起き上がるレオルドを補助しながら、ゆっくり立たせると控室まで歩いていった。

控室は一回戦目と同じ場所だ。中にはすでにリーナが待っていた。リーナはうつむき加減で、両手拳を膝の上に置いてぎゅっと握りしめていた。

「リーナ？」

私の声に、リーナはハッと顔を上げた。私達が入ってきたのに気が付かなかったようだ。パタパタと走り寄って、レオルドの容態を窺う。

「大丈夫だ、リーナ。おっさんは丈夫なのが取り柄だからな！」

「はいです……」

「リーナ、どうしたの？　元気ないわね」

心配そうに顔を覗き込めば、ついとリーナは顔を下に向けてしまった。

「リーナ？」

「……まけてしまいました」

「え？」

「アギおにーさんたち、まけてしまいました」

「そう……」

相手はAランクギルド。アギ君やマスターさんが強くても負けることはある。知り合いが負けてしまって凹んでいたのだろうか。でも、それにしても落ち込み方が尋常じゃない気がする。

「りーなは……あのこ、ゆるせません」

「あの子？」

意味が分からず首を傾げると、扉がノックされた。

「シアちゃん、いる？」

「あ、ライラさん。どうぞ」

訪ねてきたのはライラさんだった。いつも活発で明るい表情のライラさんまでもがどこか気落ちした様子だ。先の試合で一体なにが？

「一人で大丈夫だって言ってたんだけど、やっぱり心配でね」

「リーナの面倒を見てくれて、ありがとうございますライラさん。あの……なにかあったんですか？」

「それが……」

ライラさんが話してくれた試合内容は、酷いものだった。

先鋒で出たのは、十歳前後のまだ幼い少女だったらしい。彼女はリーナと同じモンスターテイマーで、魔物を使役して戦うタイプの子だった。実力は確かで、魔物はとても強く出場したアギ君も苦戦を強いられた。だが、負けるところまではなかったらしい。

戦略と風魔法を上手く使い、後半は少女を追い詰めた。だがそれが引き金になり、少女は魔物を痛めつけ、その血と魔物の生命力を奪い力を高めることでアギ君に対抗した。

少女にとって使役する魔物は使い捨ての駒のような存在。

最初に召喚していた魔物は、耐えきれず命を落としたらしい。このまま戦い続けると、次々に魔物の命が奪われるだろう。耐えきれなかったのはアギ君の方だった。

結果、アギ君は敗北。無言のままリングを去り、ベンチにすら戻らず会場から姿を消したらしい。

相当悔しかったはずだ。

「アギ……」

レオルドが苦しそうに彼の名前を呟いた。リーナもじっと床を見つめている。

そうか、リーナが怒っているのは同じモンスターテイマーが仲間である魔物に非道を働いたからなんだろう。

そして二試合目は圧倒的な実力差により、あっという間に敗北してしまう……はずだったのだが、相手がギリギリのところでリングアウトにせず、じっくりと痛めつけるようになぶり続けたのだ。

「地獄だったわ」

ライラさんは、痛みをこらえるように唇を噛んだ。今頃は、応急処置を経て私達が出てきた医務室に運ばれているだろう。長期入院が必要かもしれないとライラさんは言った。

大会では、人を殺さない限り違反にはならない。といってもギルド大会はエンターテインメントの側面もあり、あまりに非道な行いは良しとされてはいないのだが。

「完全に悪役《ヒール》だけど、古竜の大爪はそれを楽しんでいるみたいね。前々から評判の悪いギルドなんだけど、最悪よ」

珍しく苛立たしくライラさんは言った。

「古竜の大爪は決勝に進んだ。次の試合をシアちゃん達が勝ち上がれば、あいつらに当たる。交代要員がほぼないシアちゃん達が決勝で戦うの、私心配になってしまって」

「そうですね……でも」

よほどのことがない限りは棄権はない。なぜなら。

「マスターとしては、棄権も考慮したいんですけどね」

「俺はやるぞ！」

「りーなもやるです！」

「とまあ、メンバーがヤル気満々なので」

ライラさんは、私達を見て苦笑した。

「そうねぇ……はぁ、もう。――これはなんとしてもルーク君を間に合わせないと」

「ライラさん？　なにか言いました？」

「なんでもない。じゃ、次の試合がんばってね」

ひらひらと手を振ってライラさんは急ぎ足で出ていった。なんかルークがどうとか聞こえた気がしたけど気のせいかな？

Ｓｉｄｅ：ライラ＊

控室を出たライラは、猛然と走っていた。途中でライラを待っていたエドに会うが、彼と会話することなくずんずん進む。

「ちょ、ライラ!?　どこに行くの!?」

「ルーク君をつかまえたっていう連絡は来たけど、まだ到着してないでしょ？　なんかあったかもしれないし、途中まで早馬飛ばしてくる！」

「早馬⁉」

ライラは昔から足が速い。運動不足のエドでは追いきれず、ライラは風のように会場の外に出た。

そして万が一の時の為に用意していた自慢の馬に跨《またが》る。

商売敵であり、商売仲間でもあるアルヴェライト商会のことを疑うわけではないが、もうただ待っているのが歯がゆくて仕方がないのだ。彼の連絡によるとルークは、乗馬の訓練を受けたのか、なかなかの腕をしていると言っていた。だがそれは多少の付け焼刃でもあるだろう。道中なにかあってもおかしくはない。

「ら、ライラ！　ほ、ほんとに行くの⁉」

「心配しないで！　私の昔のあだ名を忘れたの⁉」

「え、えーっと俊足のじゃじゃ馬むす――」

「俊足の早馬使いよ！　バカっ」

ライラは幼いころより馬と共に育った。常に馬と行動し、馬と共にあらゆる道を駆けた。険しい山道も魔物のいる危険地帯も、早馬となら難なく駆け抜けられた。ルークを荷物に乗せても、彼より早く走らせられる能力と、実力がある。そしてライラ自慢の早馬はその辺の軍馬より馬力があるのだ。

（絶対に間に合わせるから、勝ってシアちゃん達！）

ライラは手綱をしっかりと掴み、馬を走らせた。

その姿はまさしく風。

あっという間に見えなくなった勇ましい嫁に、エドは一心に祈った。

どうか、みんな無事で。

『さあ、B組の第二試合をはじめるぞ！　準備してくれ！』

会場からの熱い声に、エドは空を仰いだ。

夕日が真っ赤に燃えている。

普段から、気配や予感など感じない鈍感な部類のエドだが、その瞬間だけは。

「寒い……な」

不気味な寒気を感じた。

☆16　誰得だよ

試合の為に外へ出ると、空は真っ赤に染まっていた。

夕日が、地平線へ飲まれる寸前。いつもの夕方の時間のはずなのに、その瞬間はなぜかいつもと違って鳥肌が立った。

まるで、お化け屋敷に入った瞬間に寒気がするような感じ。

それを感じたのは、なにも私だけじゃなかった。リーナはぎゅっと私のスカートを掴み、レオルドは太い腕をさする。二人の視線は、同じように真っ赤な空に向いていた。私達は三人とも魔力を持つ者だ。魔力を持つ者は、自然と感覚が鋭くなる瞬間がある。

レオルドと目が合った私は、静かに頷いた。

もう今日ずっと、『彼と顔を合わせた時から感じている違和感』が背筋に冷気となって這い上がる。真っすぐに見つめ直した視線の先は、反対側の入場口。準決勝を競う相手、『闇夜の渡り烏』の三人が佇んでいた。ここからでも三人の異様な気配が伝わってくるようだ。

……なんか、もう『隠す必要がない』みたいな感じだな。

視線が、ラクリスさんと交差した。にっこりと微笑む顔は、穏やかそうに見えるが実際は肌が泡立つほど不気味だ。例えるならば、そう……。

『蛇みたい』。

一瞬、脳裏に蛇の幻影が見えた。今まで生きてきた中で、蛇を見た覚えはあまりない。王都の中にはそもそも生息していないし、あったとしてもモチーフくらいだろう。たまに森に出て、遭遇する——そのくらいだ。だというのに、なんだろうかこの、鮮明な蛇のイメージは。

『さて！　そろそろいい時間だ。準決勝二戦目をはじめさせてもらうぞ！』

元気のいいアナウンスが響いて、私はハッと意識を戻した。同じようなテンションのアナウンスに聞こえるが、どことなく彼の声音が沈んでいるような気もする。無理やり元気を出しているような、そんな声だ。前の試合が、彼的にも堪えているのかもしれない。会場の空気も少し、落ちている気がする。

「……行くわよ」

そう言うと、リーナとレオルドは静かに頷いた。

席に座ると、まず試合の出場順を決めようと口を開く。

「レオルド、あなたまだ体力が回復していないから試合は後に回して――」

「いや、最初に出させてくれ」

「え？　なんで？」

レオルドはどっしりと席に座って腕を組み、思案するように目を閉じている。

「正直なところ、少し時間を延ばしたくらいじゃ回復はしないだろう。あまりやりたくはないが、俺が最初に出て、勝てそうなら戦う、そうでないなら……戦略的撤退をする」

本当なら、すべての試合を全力で臨みたいだろう。言った本人が一番、辛そうな顔をしている。

でも、その案はとるべき戦略であろう。この試合の一戦目は、ほぼ捨ててレオルドの回復の時間を稼ぐ。そして私とリーナで勝ち越して、決勝へ進む。二戦とも負けることはできない、強いプレッシャーがかかるけど。

「リーナ、どうする？」

リーナは賢いから、レオルドの言っている意味を理解しているだろう。リーナはぎゅむっとのんを抱きしめて、顔を埋めた。しばらくの沈黙の後、ゆっくりを顔を上げてしっかりと私の目を見て言った。

「それでいいです。りーなは、かちます」

「そう……」

大人でもプレッシャーというものは、耐えるのが難しい。私だって、もう負けられない淵に立ったら足が震えてしまいそうになる。だけど、マスターとして怖いなどと言ってられない。リーナだって、立派に覚悟を決めているんだから。

「じゃあ、一戦目はレオルド。無理せず、戦況を見極めて戦って」

「ああ」

「二戦目はリーナ。見極めを怠らず、絶対に無茶と無謀はしないこと。これはギルド大会。生死を分ける場面でもないわ。後々残るような傷は作らない。いいわね？」

「はいです！」

緊張気味に、リーナは大きめな声で頷いた。

そして最後に、二人の顔を見回して呼吸を整え、言い聞かせるように言った。

「最後は私が出る。どんな結果になっても、ギルドにとって糧《かて》になるように戦ってくるわ」

「戦況を見極め」

「むちゃと、むぼーはしないこと！　です」

私の声音に、少し緊張感があったのかレオルドとリーナはそれをほぐすように笑って私が二人に言ったことを繰り返すように言った。

思わず笑ってしまう。

「じゃ、行ってくるな！」

レオルドはどっしりとした足取りでリンクへ進んでいった。リンクはレオルドとバルザンさんの試合で爆散したように粉々になっていたが、魔導士達の協力でリンクを再構成したようだ。

レオルドの背は、大きくて広く頼もしい。だけどそれが少し揺れている。まだ立つのも大変なはずなのだ。

私は左手を心臓の上に乗せて、目を閉じた。

――女神様。どうか、無事に終わりますように。

ギルド大会は本来、死ぬような場所じゃない。

だけど、古竜の大爪のような連中がいないとも限らないのだ。ラクリスさんから感じる、不気味な気配も正体がつかめないまま。不安だけが募った。

『準決勝、第一試合はどうやら暁の獅子からはレオルド・バーンズ。闇夜の渡り鳥からはメノウ・アルスールが出場するようだ。さあ、どんな試合を見せてくれるかな⁉』

闇夜の渡り鳥からはメノウちゃんがぴょこぴょこと可愛らしい足取りでリンクの中央へ向かって弾むように歩いてきた。

「や！　筋肉のおじさん。メノウが相手だぞ！」

「おう、お互い最善を尽くそうじゃないか」

「うふふ、そうだねー。メノウ、料理は怒られちゃうけど戦うのは得意だから」

見た目は、完全に可愛らしい女の子だ。彼女からは、ラクリスさんから感じられたような妙な気配はしなかったけど……。彼の仲間である以上、なんの関係もないというわけじゃないだろう。二人があの時、言っていた『そういう次元にいない』というセリフも引っ掛かっている。

『それじゃ、試合を開始しようか！』

いよいよ、決勝進出をかけた試合がはじまった。


試合は、なんというか……一言で言えば呆気なかった。

最初は話した通り、レオルドはメノウちゃんの実力をはかりながら無理せずに、勝てそうなら勝つ。そういう流れだったのだ。メノウちゃんの格闘技術は高いようだったけれど、レオルドの筋肉防御の前では切り崩すことが叶わなく、攻めあぐねているように見えた。

だから、レオルドは勝ちに行こうとしたんだ。——けど。

『しょ、勝者、闇夜の渡り烏——メノウ！』

勝ったのはメノウちゃんだった。

彼女が試合中、ずっとちらちらと背後を気にしていたのは分かっていた。控え席に座っていたクリスさんを気にしている。彼は始終ずっと機嫌が良さそうにニコニコしていたけど、途中一回だけ彼女に何か言っていたように見えた。普通なら席からリングにいる選手まで声を張り上げない限り届かない。

でも、彼がなにかしら言った後、明らかにメノウちゃんの動きが変わったのだ。

——勝てとでも、言われたの？

読唇術を習得していれば、声が届かなくても意味を理解することはできる。コハク君ともやりとりをしていた様子もあって、私の位置からだと互いに何を言っていたのかまでは分からなかったけど、レオルドが子供に困らされた父親みたいな顔をしていたから、たわいもない言い合いだったのだろう。

そこまでは特に変わった様子もなかったというのに。

気が付けば、レオルドは場外に転がされていたのだ。

魔法を使う暇もなかった。彼女は力や技の重さより、速さ重視なのは見て取れたがあまりにも動きが速すぎて目で追うことができなかったのだ。

私の隣でリーナがぽかんとしているし、レオルドも少し驚いた様子だった。

「ごめんね筋肉のおじさん！　また遊ぼうねっ」

メノウちゃんはどこか不満そうにそう言ってリングを降りていった。

私は少し放心した後、慌ててレオルドを引き上げに行って彼に肩をかし、席に戻った。

「すまん、マスター。油断してたわけじゃなかったんだが……」

「いいわ、レオルドは疲れていたし……私も、驚いたから」

可愛い顔をしてなかなか戦闘スキルはえげつないものらしい。さすが、Bランクギルドのメンバーということなのだろう。

「り、リーながんばりますっ！」

「のっ！」

少し緊張気味に力むリーナの背を軽く撫でてやりながら、私達は小さな戦士をリングに送り出した。次の対戦相手はコハク君で、彼はあまり顔に感情を映さないが見るからに不満そうで、その顔はさっきのメノウちゃんとそっくりだ。

コハク君の戦闘スタイルはどうやら暗器を使ったトリッキーな戦術使いのようだった。

リーナは前の戦いで披露してくれた、のんを様々な形態に変形させて戦うスタイルを使い、コハク君と見事に渡りあっていた。手に汗握る、いい勝負――ではあったんだけど。

『えー、っと？　勝者、暁の獅子――リーナ！』

思わず実況が首を傾げる勝者の宣言をするような結末だった。

「……足、滑っただけ」

コハク君はため息を共にそう言って、リングアウトの末に席に戻ったのだ。

えー……どう考えてもこれはラクリスさんの入れ知恵だし、三戦目にもつれ込むように仕組んだよね？　誰もが察せられるお粗末な試合運びだ。決勝もまだ残っているのに三戦までする意味が相手にあるんだろうか。

思わずラクリスさんの方に目をやってしまうと、彼と目が合った。

変わらず彼はずっと機嫌が良さそうにニコニコと私を見てくる。

……自意識過剰じゃないと言い切れる。あの人ずっとこっち見てくるんだ。その視線は居心地がまったく良くなくて、なにかを探るような得体のしれない蛇みたいな視線なのだ。といってもあの司教様の殺人的な眼光ほど怖いものなどないので平気といえば平気ではあるんだけど、気分はすこぶる悪い。

初対面の時からずっと、胸の奥で引っ掛かっているもの。リーナの言っていた彼にないオーラのこと。そしてメノウちゃんとコハク君の彼に対する不思議な態度。

どれをもってしても怪しすぎて気味が悪いのだ。

トーナメントが始まる前に、少し彼について調べてみたものの怪しい部分は見当たらなかった。地方貴族出身の魔導士。出自はハッキリしているし、写真も見たが姿も本人と一致する。

……まあ、姿は変装とか変身技術があれば似せられないこともないけど。

「おねーさん……」

心配そうに見上げてくるリーナの頭を撫で。

「大丈夫。――加護は、ついてる」

ギルド大会の為に、この日まで私はできうる限りのことをしてきたのだ。不気味な怪しさ満載の男相手にびびってなどいられない。

私は堂々とした足取りでリンクの上に立った。向こう側からは、穏やかな笑顔を浮かべる紫紺の髪の青年、ラクリスさんがゆったりと歩いてきた。服装も紳士服を基調に魔導士らしく色々な魔道具を装備している。

「……ずいぶんと愉快な試合運びをしましたね」

「ふふ、あなたにも都合のいい流れだったかと思いますが？」

そう、レオルドは大した怪我も負わず、時間もかからなかったから余計な体力も使わなかった。

そしてリーナもまた然り。

「どうもあなたからは勝ち上がろうとする気迫を感じないんですけど」

「そうですか？　うーん……そうかもしれないですね、すみません感情には疎い質でして」

私は杖を構えた。

ラクリスさんも同じく、構える。彼の武器はどうやら魔導指輪《マジックリング》のようだ。

『──開始!!』

試合の開始合図とともに、私は『彼』と打ち合わせた呪文を唱えた。

「ウ・ラウ・シ・シュン！　我が声に応えよ、古の獣よ」

呪文を終えると同時に光が溢れ、それは一つの玉になってリングの上に降臨する。光が霧散した後に残ったのは。

「よっしゃ！　出番だなっ。体があったまる前に寝ちまうところだったぜ」

威勢よく鼻を鳴らすのは、愛くるしい小動物の姿をした聖獣カピバラ様だ。

私は彼の召喚に『おいでー、聖獣カピバラ様ー』にしようとしたところ頭をぶっ叩かれた。本人曰く、そんなだせぇ呼び方で登場したくないとのことだ。なんでだろう、可愛いしシンプルで言いやすいのに。

ちなみに『ウ・ラウ・シ・シュン』は古代語で、《華々しく現れるもの》という意味らしい。どこまでもかっこつけな聖獣様である。

「よろしくカピバラ様」

「おう！　まあ、仕方ねぇからつきあってやんよ。で、標的は……」

カピバラ様はぐるりと視線を巡らせ、対する位置にラクリスさんがいることに気が付くと、その姿をじっと見た後に、ふんすと鼻息を鳴らしてドヤ顔した。

「よし、殴りがいのありそうなイケメンだな！」

「わあ、カピバラ様頼もしい」

カピバラ様は女性に優しい。特に美女と子供には甘いところがある。けれど逆に男性には厳しいし、イケメンだと殺意がわくらしい。

……ベルナール様を見て、密かにその顔面に蹴りを入れようと画策していたがそんな隙を彼が見せるわけもなく失敗に終わっているが。

顔面ぼこぼこにする気満々のカピバラ様を見ても、ラクリスさんの笑顔が崩れることはない。それどころか益々と興味が出ているようだった。

「……なんか気持ち悪いなあいつ」

「私もあまりお近づきになりたくないので、初っ端から全力で」

ラミィ様のところでの修業のかいもあり、私達のコンビネーションは飛躍的に上がっている。

時々、カピバラ様が言うことを聞かないけど、それはまあ仕方のないことだ。彼も一個人ならぬ一個獣なのだから。

「可愛い獣ですね。珍しい姿をしている」

「ええ、珍獣なので」

「誰が珍獣だ！」

「怒ってますが？」

「気にしないでください」

ラクリスさんと会話を交わしながらも、私は詠唱破棄で強化魔法をいくつか展開し、カピバラ様に付与する。そして自身にもあらゆる術を施してから、ラクリスさんを睨んだ。

「あなたのことはどうでもいいです。深追いする気もないのでどうぞ、できるだけ速やかな退場をお願いします」

カピバラ様からすさまじいほどの魔力が迸《ほとばし》る。さすがは聖獣だけあって、中身はポンコツだが実力は高い。そんな圧力を受けながらも、ラクリスさんは笑っていた。

「うおおらあぁ!!」

電光石火の速さで、カピバラ様は休むことなくラクリスさんへの攻撃を続けていた。

「おっと」

その攻撃を彼はギリギリのところで避け、余計な体力を使わないように最小限の動きで相手をしている。彼の武器は、おそらく魔導指輪。ということは少なくとも魔法を使ってくるはずだ。メノウちゃんのように格闘タイプにも見えないし、身のこなしはいいが腕力があるようには見受けられなかった。

ならば。

「!!」

カピバラ様の攻撃の合間を縫って、気配を最小限に抑え、隠蔽《カバー》の魔法で一気にラクリスさんに近づくと、思い切り強化魔法をかけた蹴りをお見舞いしてやった。

よもや治癒術士《ヒーラー》と思っていただろう私が直接攻撃を仕掛けてくるとは思わなかったのか、ラクリスさんはまともに私の蹴りを受けた。といってもさすがにまったく専門じゃない、非力な女の蹴りをいくら強化したところでギルドの人間として戦闘も経験しているであろうBランク者に決定的なダメージを与えられるとは思っていない。

「……えっと、スカートで蹴りをいれるのはどうかと」

ロングスカートローブなので、蹴りづらいことこの上ないが大丈夫、思いっきり足を振り上げたとしても中身は――。

「スパッツ装備なのでご安心を!!」

義父だったシリウスさんのところへ引き取られた短い間で、私のお転婆ぶりに頭を悩ませた彼が『木登りも禁止したりはしませんが、せめて中に見られても困らないものを履いてください』と言われたので、それ以来中にはきちんとスパッツなどを履いている。

「てめぇのパンツなんぞ、誰得だよ」

「うっさい、スパッツだっつってんでしょ!」

失礼なことを言いつつもカピバラ様はしっかり仕事をしてくれていた。

私の蹴りは大したダメージにはやっぱりなってない。だがそれは想定内だ。彼の注意を一瞬だけ私にそらせればそれでいい。だって、ラクリスさんはカピバラ様の攻撃を避けるのに余裕を見せてギリギリのところを交わしていたんだから。

そりゃあ、一瞬でも隙ができれば。

「せいっ！」

カピバラ様の前足がラクリスさんの顔面を踏みつけた。

私の魔法で攻撃力と速度が飛躍的に上がっているカピバラ様の一撃はすさまじく強い。ガードも間に合わなかったラクリスさんは面白いくらいに吹っ飛んだ。

衝撃でリングを転がりながら、倒れこむ。

「よっしゃ！　どうだ」

手ごたえがあったのか、カピバラ様は嬉しそうにリング上に着地した。

ガードゼロでの攻撃だ、私の蹴りと違ってかなりの痛手のはず。……でもなんだろう、背筋を這う寒気は一層増したような気がする。

「ふ、ふふふ……」

リングにあお向けに転がったラクリスさんから愉快そうな笑い声が漏れた。

「ああ……嗚呼、血……血か。また己の血を見ることになるなんて……やはり君は素敵だね。できれば、獣ではなく君に傷つけてほしかったよ」

ぞわりと、全身の毛が粟立《あわだ》った。

気持ちの悪いセリフではある。けれど私が感じた寒気はそれだけのせいではない。ゆっくりと立ち上がった彼の……。

「目……が……」

ラクリスさんの黄金色に輝いてた瞳が、いつの間にかほの暗い赤に変わっていた。

この色を見たことがある。血のように真っ赤で。

光を宿さない、死んだような赤。

まさか……魔人……なの？

そういえば、リーナが言っていた。

ラクリスさんにはオーラがないのだと。オーラのない者にろくなやつはいないと思ったけど、そういうことなの？

じゃあ魔人の目的はなに？　まさか、この会場の人間……。

「さあ、遊ぼうか聖女様。大丈夫、私が遊びたいのは君だけだから……君以外の心配はいらないよ」

彼は私の気持ちを読むようにそう言って笑った。

魔人の姿を現せば普通の人間はそれだけで死に至る可能性もある。ルークも、リーナも、レオルドも。まだまだ実力不足だったとはいえ、リーナはあの時には力を覚醒させていたし、二人は訓練を受けていた。だから、生きていられたんだ。

けれど、ここには一般市民が――幼い子供やお年寄りだっている。

下手をすれば、魔人の魔力圧に押しつぶされて命を落とす。

「じゃあ……なぜ」

彼の言葉を信じるなら、彼は魔人の姿を現すことをする気はないようだ。

魔人は、人間を皆殺しにするものだと勝手に想像していたが違うのだろうか。

「『遊びに来た』んだよ。こんなに楽しそうな催しがあるのに、ただ仕事だけして帰るなんてつまらないじゃないか」

「……？」

言っている意味を掴み損ねる。

彼はどこか愉快犯てきなノリがあるから、『遊んでいる』のは事実なんだろう。

——じゃあ、彼の言う『仕事』って……？

「……カピバラ様」

「ああ……くそ、マジかよ。でもこれはこれでチャンスだな。あの時の魔人野郎を倒せなかった汚名を挽回してやるぜ!!」

……返上じゃないかな。

言うと逆キレされそうなので心の中で突っ込んでおく。

「本気を出せないのがもったいないな……」

彼の指輪が妖しい光を放つ。

人間が持つにはいささかドロドロとした暗い魔力だ。括りで言えば、闇魔法。言葉に分類してしまえばたやすいが、実際は数えきれないほどの、操る人間の数だけ様々な様式があるという魔法だ。

彼から溶け出すように、黒いヘドロのようなものがリングへ広がっていく。

「どうだったかな……？　えっと、こうかな？」

彼が腕を振れば、黒いヘドロが形と動きを変える。

「ああ、そうそう。こうだったたね。……人間のようにふるまうのは難しいな」

どうやら、彼は人間体での戦い方は慣れていないようだ。もしかしたらさっきまでの動きはウォーミングアップだったのかもしれない。

「ったく、ふざけた野郎だぜ」

「そうね、でも魔人の姿を現さないだけいいわ。修業したとはいえ、勝つのはたぶんまだ難しい相手だし——会場の人間を守るなんて到底できないもの」

いつかは倒さなければならない相手だが、まだまだ分が悪いのは確かだ。

遊んでいるなら結構。

すみやかなる退場が、私の勝利条件だ。

「カピバラ様、あれ——お願いできる？」

「……あぁ、分かってる。あの野郎がここにいて、拒む理由もねぇよ」

私は深呼吸をして、息を整えた。

全身に聖なる魔力を集めていく。カピバラ様も集中を深め、その茶の毛色を徐々に光のように変えていった。

修業の中で習得した、私とカピバラ様の連携技。

あのふざけた魔人の、ただのお遊びで私が倒れるわけにはいかない。

古の聖女だけが、使うことができたというその古代の技を——！

一ヵ月ほど前、ラミィ様の元で修業していた、とある日のことだ。

「シア、お前に技を教える」

「技？」

ラミィ様に嵌められる形で、カピバラ様と過去の記憶の世界を旅した後、カピバラ様にも心境の変化があったのか、私を名前で呼ぶようになったのと同時に一緒に修業もしてくれるようになった。

まあ、他の人よりも当たりが強いのは相変わらずなんだけどかなりの進歩といえよう。

修業の中で、カピバラ様は多くは語らなかったけど、古の聖女と共に戦った記憶を辿るように私との連携の仕方を教えてくれていた。カピバラ様いわく、古の聖女よりも私は我が強いから無理に合わせようとはせずに互いのタイミングを体で覚えて自然に動く方がいいとのこと。

我が強いのはカピバラ様もだと思うけどね。

言い合いながらも、何度も失敗を繰り返してようやく修業の日程終了ギリギリで仕上げた技。それこそが、カピバラ様と古の聖女が使っていた聖獣と聖女による連携必殺である。聖女はもともと、支援や回復を主に扱い、直接的な攻撃手段を持たない。常に誰かのサポートに回らなくてはいけない為、単独行動は直接的な死を意味してしまうのだ。そんな聖女の為に、女神ラメラスは聖獣を遣わした。

それがカピバラ様なのだ。

古の聖女の死後、自暴自棄となったカピバラ様は以降の聖女に力を貸してこなかった。ゆえに、聖女の死亡率はかなり高かったらしい。後の記録を調べたところ、聖女が二十歳を越えて生きた例は少なかった。古くから勇者と婚姻関係を結ぶことがほとんどだった聖女だが、実際に勇者と結婚し子を持った記録はほぼない。

勇者と聖女の血筋を残すことを女神が忌避《きひ》している。そう説を唱える者もいたが、時の権力者達は、勇者や聖女の血筋から強い戦士が生まれ、再び滅びの世で新たな勇者がその血の流れに現れると妄信するものがほとんどだった。己の国で勇者を誕生させる。そんな野心があるからこそあんな古臭い婚姻が残っていたのだ。

私がそれを知った時、うすら寒い思いだったが、そう簡単に死んでなるものかと強化魔法と防御魔法は極めつくすほど鍛えた。だからこその高速多重掛け強化が可能になっている。聖女の力もあるから、その性能は極めて高く、他の追随を許さないだろうと自負しているし、世辞など絶対言わない司教様も『お前のバカみたいな強化魔法を破るのは、俺でもちと時間がかかるな』といわしめている。

ちなみに宮廷魔導士と呼ばれる魔導士の中でもエリート中のエリートが防御魔法《シールド》を展開したとしよう、司教様は――拳で割ります。ええ、いとも簡単に。宮廷魔導士様、泣いてたな……懐かしい思い出だ。

あの人、本来は魔法剣士じゃなかったっけ。魔法剣士ってなんだっけ……ゲシュタルト崩壊しそう。

話が脱線した、元に戻そう。

聖女を守る為に作られた技は、多岐に渡るらしいが私が身につけられたのは数種類だけで必殺的な大技は一つだけ。


「――ったく、おめぇはよぉ……古代の聖女《メグミ》が最後にしか覚えられなかった超攻撃必殺を最初に覚えるとか聖女のくせに超攻撃《アサルト》型かよ」

「なに言ってんの。相手のHPをゼロにすりゃKO勝ちじゃない」

「気絶や捕縛の頭はねぇーのか」

「相手にもよりますねぇー」

もちろん現在、敵のあの男は超攻撃《アサルト》対象です。気絶や捕縛など生ぬるい。そんなもんはおそらく効かないだろう。場外吹き飛ばしが一番勝ち目がある方法だ。

「へぇ……すごいなぁ。これが聖女の力……眩しい光の魔法か」

魔人ラクリスが楽しげに笑う。

聖女の力というと少し違うのだが、そんなことを説明してやる義理はない。

「《あなた》にとって聖女の光の力はどんな魔法よりも効果抜群よね?」

「そうだね。特効だろうね」

彼の足元に流れ出ている闇の魔力のヘドロのような液体が金切り声を上げながら少しずつ霧散している。霧散するときに立ち上る影がまるで死者の顔のようで、耳をつんざく金切り声といい……

なんなんだろう、あの不気味な闇魔法。

「……シア、あいつの黒いヘドロには触れるなよ。一気に死者の世界に連れていかれるヤバいやつだ」

「うへぇ、悪趣味」

聖なる獣であるカピバラ様は、闇の魔力の感知能力が高いようだ。

そう言っているわずかな間で、私達の準備は整った。カピバラ様は黄金の光の包まれ、その体を大きくしている。といっても形は相変わらず可愛い動物なのだが。カピバラ様いわく、本来の姿はもっとでかくて神々しくて威厳のある獣なのだそう。

「行くわよ、カピバラ様!」

「おうよ!」

私達を中心に暴風が巻き起こる。魔力の奔流だ、レオルドやアギ君達もそうだったけど大きい魔力が動く時は、風の激しい流れが生み出される。

「……すごそうだけど、射程範囲がまるわかりじゃないかな?」

確かに、今から大技放ちますよ、と言ってるようなものだしカピバラ様の構えからして型は突進技というのが見て取れる。真っすぐに放たれる技ならば射程範囲外に避ければいい。

――確かに、私達の必殺技は大砲みたいなものだ。真っすぐにしか飛ばない。

でもね。

「避けてみればいいんじゃないですかね」

「避けられんならな!」

爆発的な光の粒子が閃光となってはじけ飛び、日が落ちた空に明るい光をばら撒いた。

「ライトニング・イグニッション！」

宙に撒かれた光の粒が雷のような姿を宿し、カピバラ様を包み込むと爆発的な威力で敵前方へと猛進した。彼が予想した通り真っすぐな軌道。けれど、避けられるはずもない軌道。

耳朶がいかれるくらいの轟音が轟き、誰もがその威力に目をつむる。

次の目を開けた時には――。

『――えぇーっと、会場のみなさま鼓膜は無事でしょーか？　俺かなりじんじんしてるよ』

『シアさんは、治癒術士《ヒーラー》兼召喚士《サモナー》だと思っていましたが、すごい威力でしたね』

『めちゃくちゃっすよー、かなり丈夫に作ってるはずのリング――今ので半分なくなりましたね』

視界が開けた先、リングの半分が吹き飛んでいた。

そう、カピバラ様との連携必殺技『ライトニング・イグニッション』の射程は真っすぐだが範囲は広い。巨大な大砲を放つような感じで、全方位とはいかないがリング上という限定的な場所ならば逃げ場はほぼない。

「やったか!?」

「やめてそれフラグだからカピバラ様」

オタクで異世界知識も豊富な三つ子姫の末っ子エリー姫が言っていた。

やったかは、やってないのフラグだと。

「さすがにあれは避けられないなぁ」

だから言ったのに、カピバラ様がフラグ立てるから。

ラクリスさんはまだ立っていた。けれどリングは吹き飛んでなくなっている。地面に足がついていれば場外負けで、私の勝ちとなる。だがそれも違った。

「なにあれ」

ラクリスさんの足元には黒いヘドロが広がり、死人の顔をしたお化けみたいな人形が彼を支える感じで展開していたのだ。人形の足は、地面についているけど。

『反則じゃないですね、選手の足が地面についてないのでセーフです！』

ということらしい。

扱いづらそうにしていたのに、咄嗟にうまく闇魔法を形成できたようだ。といってもカピバラ様との連携技が効かなかったわけでもなかったようで、彼の体はかなりボロボロの状態、顔の右半分は血まみれになっている。それでも笑顔を崩さないところがかえって不気味だ。

「この身じゃ、もう動けないかな」

「それじゃ棄権しますか？」

「それでもいいんだけどね。まあ――」

ぞわりと寒気が背筋を這い上った。

まさか魔人化するんじゃないかとヒヤリとしたが、そうではなかった。

「シア!!」

カピバラ様の怒声が飛んだが、私がソレを目視した時には遅かった。黒いヘドロが手のような形を成して私の目の前に現れ、襲いかかろうしていた。

一気に死者の世界へ連れていかれるヤバいやつ。

カピバラ様はそう言っていた。触れたらお陀仏。ギルド大会だから、正体が魔人とはいえ騒ぎを大きくしようとはしていないようだから、規定通りおそらくは死にはしないだろうが地獄は見る気がする。

それよりなにより、ルークも戻ってきていないのにここで負けるわけには！

無意識に防御魔法《シールド》が展開した。訓練のたまもので、身に危険が迫ると自動発動する。しかしこの自動発動防御魔法《シールド》は性能が低い。黒いヘドロは防御魔法を食い破り勢いは止まらない。重ね掛け、そして強化。詠唱を破棄して発動しようにも意識の回転すら間に合わない。

——当たる！

思わず身を引いた瞬間だった。

胸のあたりから眩しい青い光が溢れだし、ヘドロを吹き飛ばしたのである。

「……え？」

自分でもなにが起こったのか分からなかった。ぬくもりを感じた胸の部分を探ると、出てきたのは青い宝石のついたペンダント。

——ベルナール様からもらったペンダントだ。

ちょっと呪われていたりとベルナール様の少々悪戯が込められた物だが、守護石だというから、言われた通り装備していた。まさかこの場面で威力を発揮するとは。

ベルナール様に助けられたようでなんだか癪《しゃく》だが助かった。後で手作りケーキワンホールお届けしておこう。ハッピーバースデイ。そういえば、もうすぐお誕生日ですねおめでとうございます。

「おい、シア！　思考ぶっとばしてる場合じゃねぇーぞ」

「は！　そうだトドメ！　トドメささなきゃ」

「アホ、トドメさしたら永久追放だぞ。あいつの意識を飛ばせ！」

相手が相手なので頭の中が殺伐としてしまったが、彼の足元にはなにもないのだから落とせば勝利だ。あと一発でもカピバラ様を突撃させれば崩せる。闇魔法は厄介だけどラクリス本体は先のダメージで動けない状態だ。

一歩踏み出して、だが視界がぐらりと揺れた。

――なに？

「シア？　どうした」

「いえ、なんでも……」

違和感が少しあったが、真っすぐにラクリスさんに視線を向けた。彼は変わらず笑っていたが、どこかつまらなそうな感情もうかがえた。

「仕方ない……ここまでかな」

ドロドロと闇魔法が崩れていく。彼の負ったダメージのせいか形を保てなくなっているのだろう。私に仕掛けたあの一手が最後だったのだ。闇魔法が崩れ去り、彼は地面に転がった。

『三戦目、シアVSラクリスは、暁の獅子、シアの勝利!!』

アナウンスの勝利宣言に、私はほっと息を吐いた。

☆17　良い試合にしよう

決勝は夜八時半から。

ということで、私達は決勝までの二時間ほどを英気を養う時間とする為に、割り当てられた大きめの個室で自由に過ごすことにした。

「決勝進出、おめっとさーん！」

バーンとノックもせずに扉をあけ放った人物がいた。

女性らしくしなやかなラインを保ちつつも立派なシックスパックを惜しみなくさらけだしたアマゾネス戦士。彼女は確か……。

「紅の賛歌のセルビアさん？」

「そう！　おお、天使ちゃん会いたかったよ～」

ぎゅーー。

突然のセルビアさんの登場に一同ぽかーんとしていると、リーナにロックオンしたセルビアさんがリーナを軽々と抱き上げて抱きしめた。

「むぎゅぅ……か、かたいです」

「あっ、ごめんね！　装備も筋肉もカッチカチなもんで。ああ、でも天使ちゃんはぷにぷにしてて柔らかいなぁ。良い匂いもするよ」

「にゅーにゅー……」

リーナからは言葉にならない声が漏れる。可愛がられているのは分かるけど彼女のスキンシップはかなり力強い。リーナがKOされる前に、私は慌ててセルビアさんの肩をタップしながら白いタオルを投げた。

「セルビアさん、ストップストップ！　リーナが窒息しちゃいますよ！」

「――あ」

「きゅうぅ」

くてっとしてしまったリーナを見て慌ててセルビアさんはリーナを放した。ふわふわした足取りのリーナをレオルドが支える。

「ごめんね！」

「ったく、お前はよぉ……自分の腕力をいつも考えろって言ってるだろ」

呆れたようなため息を吐きながら部屋に入ってきたのは、バルザンさんだった。仲間を叱りつつも顔は嬉しそうにニヤけている。

「よう、レオ――そして暁の獅子、決勝進出おめでとう。まあ、お前らならやってくれると思ってたがな！」

「バルザン師匠！　あの、お体は……」

「だぁーれに言ってんだ。そっちの治癒術士《ヒーラー》のお嬢さんのおかげでもう万全よぉ。すぐにお前と二回戦できるぜ？」

「あはは……それは遠慮しときます」

メノウちゃんとの試合は負けてしまったレオルドだったが、力をあまり使わなかった分、体力の方はだいぶ回復してきている。けどバルザンさんとまた勝負なんてしようものなら今度こそＨＰが０だ。そして建物ももたないだろう。

「お前とは美味い酒が飲めそうだ。決勝終わったら久しぶりに飲もうぜ。優勝祝いに」

「え、優勝？」

「なんだレオ、勝負挑みに行くのに負けるつもりかぁ？」

「ああいえ！　違いますよっ」

決勝の相手はあのＡランクギルドで勇者までいる。それにおそらくは彼らもアギ君達が敗北した試合を見ているだろう。それでもバルザンさんは私達が優勝すると言ってくれた。

私もリーナも、レオルドも。目の前の試合でずっといっぱいいっぱいだったけど、いざ決勝戦を間近に控えると体が震えそうなほど緊張してくる。勇者はもうぶんなぐってやりたい気持ちではあるものの、それが難しいことであることも分かっている。でも、私達は強くなる為に修業を積んできた。バルザンさん達との試合は確かに、私達に自信をつけてくれたのだ。

Ａランクギルド、そして勇者に勝つことも不可能なんかじゃない。

「レオおじさんはさ、ゴツイわりに優しすぎるんだよな」

私が心の中で拳を握っていると、扉には今度はアギ君が立っていた。千客万来だな。

「アギ君……えっと、大丈夫？」

前の試合での話は聞いている。なんて声をかけるべきか迷ったが、結局は気の利かないセリフしか出なかった。しかし、アギ君はそんな下手な私の問いにも不機嫌な顔はしなかった。

「大丈夫だけど、まだ気分は悪いかな。腹立つからさ、あの子ちょっとしばいてきてよ」

「し、しばくです？」

たぶん、アギ君の試合の話を聞いて一番ショックを受けただろうリーナが青い顔をしながら言った。アギ君は部屋に入ると、リーナの頭をぽんぽんと軽く叩いた。

「そうだ。ああいうのは一回痛い目みるのが一番いいよ。命の大切さを長時間にわたって講義するよりずっとね。俺がやりたかったけど、相性が悪くてさ。魔獣を殺すのは簡単。でも生かすのは難しい。俺もまだまだ修業不足だな」

「……りーなは」

きゅっとスカートを両手で握って、リーナは顔を伏せた。

「のんちゃんが、だいすきです」

「うん」

「だから、そのこにも、なかよしになってほしいです」

「うん」

ぽつぽつと言葉を紡ぐリーナにアギ君は、ひとつひとつ返事をした。リーナの頭を撫でる手が優しい。ルークもリーナにとっては良いお兄ちゃんだけど、アギ君とはもっと年が近いからか感じるものも似ているのかもしれない。

「よぉーっし、決勝の前に軽く夕食にしようぜ！　ほら、セルビア」

「じゃじゃん！　決勝前でも胃がもたれにくい試合前食だよ」

セルビアさんの腰に巻かれていたのはどうやら夕食セットだったらしい。そこそこ重量のありそうな夕食がテーブルの上に並べられた。ライラさん達には昼食までは用意してもらっていたけど夕食はどうなるか分からなかったので注文でもしようかなと思っていたところだった。

さすがに戦士の食事だけあって、食べた後でもきちんと動けるように考えられたメニューだった。脂っこいものは胸やけがしてしまうから避けられており、さっぱりでもしっかり食べられるもの。

「うわあ、こんなに……いいんですか？」

「もちろん！　あたし達に勝ったんだからシアちゃん達には優勝してもらわなきゃ」

「せっかくだから皆で食おう。俺ら用に作ったようなもんだから量がハンパないしな！」

……確かに、この量を三人で食べろと言われたら吐いてしまうな。ルークがいればもっといけるんだろうけど。ちらりと時計を見た。すでに陽は落ち、夜になっている時間。彼はギリギリ間に合うとか言っていたけどこのぶんだと無理かもしれない。もしかしたら道中でなにかあったのかも。少し心配ではあるけど、まずは自分のことを心配せねばなるまい。

「坊主、お前も食ってけ」

「え、いいのか？」

「お前んとこのマスターが怒らなきゃいいぜ」

「うちのマスターが本気で怒ったところとか、こっちが見てみたいよ」

苦笑しながら首を振ってアギ君は、『うまそー』と言いながら皿を手に取った。人数が多いので椅子はあるけど立食だ。

「シアちゃん達、決勝進出おめで――あれ？」

「あ、エドさん」

またもや来客だ。ライラさん達はきっと訪ねてくるだろうと思っていたけど、でもあれ？

「エドさんだけですか？」

後ろを見てみてもいつも一緒にいる、というよりエドさんがいつも一緒という感じだけれど……ライラさんがいない。

「うん、えーっとみんな来たがったんだけどね。あんまり大勢で押しかけるのもあれだろうと思って」

歯切れの悪い言い方だったが、エドさんがおかしな嘘をつくとも思えないので特に突っ込んだりはしなかった。

「そうですか、わざわざありがとうございます。エドさんも夕食ご一緒にいかがですか？」

「美味しそうだね。でも、遠慮しておくよ。ちょっと野暮用もあるから」

なんだか少しそわそわしているエドさんを不思議に思いながら、去っていく彼を見送って賑やかな決勝前の夕食を味わった。

――まさか、この裏で色んなことが起きていたことなど、私達は今、知る由もないのだけど。

ドン、とどこからか地響きが聞こえてきて危うくのんびりとお茶を飲んでいた手から茶器が落ちるところだった。

「なに？」

「花火にゃ、早いよな？」

私が言葉を漏らすと、バルザンさんが訝しげに周囲を見回した。

花火は、大会の最後に盛大に上げられるんだそうだ。閉会式から次の朝方まで観客も選手もそろってお祭りのように騒ぐのが恒例なんだとか。

「セルビア、ちょっと行くか。なんかこう背中がムズムズする」

「あたしもだよ、おやっさん」

二人が険しい顔で振り返り、アギ君もお茶を置いた。

「坊主も付き合うか？」

「うん、レオおじさん達の試合が見られないのはすごく残念だけど」

私もどこか背筋が冷える感覚がしている。この会場には魔人がいる。少し考えれば分かることだけど、ラクリスというのは十中八九偽名というか、なりすましだろう。じゃあ、なりすまされた本物のラクリスはどうなったのか。とか……いまいち彼の目的も見えていない状態だ。

「バルザンさん、私も――」

「なに言ってる。お前らは決勝に出ろ。なぁに、レオには負けちまったが俺はまだまだ現役だからな。任せておけ」

ドンと少し力強い気合を背中に入れてもらい、私は彼らに深く頭を下げてから、すっと顔を上げた。

「決勝、勝ってきます！」

『おう！』

私達は笑顔で別れると、決勝戦で割り振られた選手席に行った。

対する選手席には、すでに決勝戦で戦うAランクギルド『古竜の大爪』のメンバー。そして――。

金色の少し癖のある髪に、好戦的な光を宿した翡翠の瞳――勇者クレフト・アシュリー。ギラギラとした殺気を纏う彼の姿は、以前と少し違う気がした。私は彼とはかなり印象の悪い別れ方をした。でも勇者としては満足の別れ方だったはずだ。

彼の態度は少し疑問に思う。

いつだって彼は自己中心的で高い鼻っ柱から人を見下す。仲間だった彼女らに裏切られてその鼻を折られたといっても、私を目の敵にするのはなぜなのか。適当にあしらって切り捨てた地味な女のギルドがのさばっているのが気に入らないのだろうか。だとしたらかなり狭量だ。

――それにしても。

彼はいつ、私がギルドを作ったことを知ったのか。

いつかは知ることになったとしても、タイミングが早すぎる気がしている。王様達は、どちらかといえば私の味方だと思う。面倒なことになるのを避けて、私の詳しい状況は伝えなかったのではないだろうか。

誰が、教えた？

知るのが遅れれば、勇者がギルド大会に出ることはおそらくなかっただろう。

言いしれない不気味さに、唾を飲んだ。


『いよいよ、ギルド大会も佳境！　夜も更けてきたけど、盛り上がりは最高潮だーー！　大会決勝に挑むのは、王都に連なるギルドの中でも間違いなく強豪の一角。Aランクギルド、古竜の大爪！』

大きな歓声の中にも、半分くらいのブーイングが混ざる観客からの声にも、まったく怯む様子のない堂々とした顔で古竜の大爪のメンバーである四人がリングに立った。

決勝戦は、メンバー紹介からするようだ。

『おおっと、さすが悪役《ヒール》もこなすギルドだけあって観客からの印象はあまりよろしくないようだ！　けれど、その実力は誰もが認めるところ。さあって、決勝に挑む古竜の大爪のメンバーを紹介させていただこう！　まずは、その小さな体で巨大な魔物も魅了し使役する、可愛い顔して魔物の調教には超シビア！　小悪魔魔物使い、チュリー・ベルモア！』

最初に紹介されたのは、古竜の大爪メンバーの中でも最年少だろう、可愛らしい顔をした美少女だった。見た目は十歳前後だろうと思われる。けれどその表情には酷薄な笑みが浮かび、その子がただの可愛らしい子供ではないことを感じさせた。

魔物使いということは、彼女が例のアギ君が言っていた『痛い目みてほしい』子だろう。隣でリーナの表情が強張るのが見えた。

『続いて、身長二メートル越えという驚異の肉体を持つ巨人、振るった戦斧でなぎ倒したものは星の数。近距離物理戦士として、間違いなくトップ10には入るであろう驚異の重戦士、ブラドラ・グルース！』

本当に人間か、と疑わしくなるほどの巨漢が雄たけびを上げる。

鼓膜を揺らすその声に思わず耳を塞いだ。人間というより獣に近い。レオルドも立派な体躯だけれど彼ですらブラドラを見上げないと顔が見えないだろう。

『三人目は、老体の見た目で判断すると痛い目を見るだろう！　かつて栄華を極めた王宮魔導士で最強の名を欲しいままにした、大陸でも十二人しかいない《大魔導士》の称号持つ、ラグナ・レゾン！』

黒いローブを纏った小柄な老人が、静かに礼をした。見た目は、普通の御老人。だけどここからでも感じられる、ラミィ様と同じ《大魔導士》の称号を得るだけの強い魔力の存在を。

『そ・し・て！　皆様、お待ちかね。どうしてここにいるの⁉　と大きな疑問を振りまいた、ラディス王国の生んだ、魔王を倒すべくして現れた英雄。聖剣に選ばれ、大陸の文字通り希望の光となった勇者クレフト・アシュリー！』

古竜の大爪で最後に紹介されたのは、人会でもオオトリと言えるべき存在。魔王を倒す旅を続けているはずの大陸の希望、勇者クレフト。彼が、自信ありげないつもの尊大な笑顔で片手を上げれば、ついさっきまで巻き起こっていたブーイングが収まり、歓声の方が勝る。

誰もが憧れる、強き英雄。

多くの民が知らない、勇者の裏の顔。

勇者としてこの大会に参加する意義はまるでないし、彼が仲間に選んだ古竜の大爪は悪役《ヒール》としても名高い。ともに戦うにしては印象が悪くなるけど……そういえば彼は以前、勇者に選ばれる前は古竜の大爪に所属していたことがあった。そういう関係なんだろうか。

『勇者がなぜこの大会に参加したのかは、こちらも不明ですが。今回は、古巣であるギルドのメンバーとして参加しているようです。まあ、大いに盛り上げてくれるなら大歓迎ですけどね！――さて、そんな強豪揃いのギルドに挑戦するのは！　誰が予想できただろうか、まだまだ駆け出しといってても過言ではないEランクギルド『暁の獅子』！』

名前がコールされたので、私達は立ち上がった。

そしてリーナの手を引いて、私達三人はリングに立つ。

『並みいる強敵を倒し、見事決勝進出した新進気鋭のギルドです！　まず最初は、その愛らしい天使のような姿で周囲の大人顔負けの戦いぶりを披露した、天使な魔物使いリーナ・メディカ！』

リーナの名前に大きな歓声が沸く。リーナはすでにその可愛らしい容姿と存在感、そして戦士としての実力を示したことで多くの観客のハートを鷲掴《わしづか》み済みだ。本人的には、なぜこんなに大きな歓声が上がったのか分からなかったのか、少しびっくりしている様子だった。その姿に不謹慎にも笑顔が零れてしまう。

『次に、その強靭な肉体の巨漢でおっさん魔導士かよ⁉　という突っ込みを禁じ得ない《筋肉魔法》という意味不明な魔法を使用する、見た目は筋肉、中身はインテリな見た目詐欺！　筋肉魔導士レオルド・バーンズ！』

俺の紹介、酷くないか？　と、レオルドが苦笑いしながら右拳を振り上げれば野太い歓声が轟いた。どうやらおっさんは、熱い男達に人気のようだ。一気に会場の熱気が上がったような気がしてクラクラする。

……あれ、ちょっと足元ぐらつくな。

「おねーさん？　だいじょうぶです？」

すぐ隣で手を繋いでいたからか、私がわずかに傾いだのを感じてリーナが不安そうな瞳で見上げてきた。

「大丈夫よ。会場の熱気にちょっとあたっただけだから」

準決勝で、ラクリスを倒す際に魔力を大きく消費したが倒れるほどではない。夕ご飯も食べて休憩もしたし、問題ないはずだった。

『えーっと、暁の獅子の三人目は……ん？　この人、まだ大会に出てないよな？　剣士ルーク――あれ、家名……ああ、孤児でストリート出身なのか。しかしこんな境遇にもかかわらず不屈の精神で這い上がり、かつての王宮騎士であるとある方に師事しているとか！　期待が高まるね！』

なぜいない人間の名がリストにあがっているのかは、アナウンスは意図的にスルーしてくれた。

大会にエントリーできる人数は八人。トーナメントに参加するのは三人で、補欠一名。私達はメンバーが四人だけなので、全員をエントリーさせている。

ルークが間に合えばいいけれど、無理なら補欠もなしでやるしかない。

『そして最後、暁の獅子のマスター。地味で清楚な大人しい、癒し系治癒術士――だと思った⁉ 残念、中身は超攻撃型の殴りヒーラー！　蹴りあり、策あり、悪戯あり！　一周回ってハイセンス！　黒い微笑みの回復《ヒール》の威力を知り給え！　シア・リフィーノ！』

よし、あの実況者、あとでご挨拶に行こう。

『――うん！　今、俺の寿命がマッハで短くなった気がするな！　大会が終わったらすぐに雲隠れするけど気にしないでね！』

――チッ。

内心舌打ちしつつも、一戦目のメンバーを選出する為、私達は一度選手席へ戻る為に互いに背を向けたのだが。

「シア」

聞き慣れ過ぎて、もはや間違いようもない、思い出すたびに神経を逆なでする声で彼は私の名を呼んだ。無視しても良かった。だけどそれはそれで負けな気がして、振り返った。

黄金の癖のある髪が夜の冷たい風に揺れる。王都で見ごろのライラノールの花の匂いでわずかに甘い香りが漂っていた。けれど私にとってその花弁の匂いは少し、嫌な記憶も呼び起こす。

才能だけで選んだ男。聖剣にも選ばれて、間違っていないと思いたかったあの瞬間。勇者の後ろでただ、花吹雪を撒いていた自分。

責任をとらないといけないと思っていた。最初に勇者の候補にこの男を上げたのは私だから。

――けれど、限界はいずれ来ていた。

彼を終わらせるのも、また責任の一つだ。

私に、彼をどこまで止める力があるかは、分からないけど。

自滅すればいい、勝手にすればいい。私は彼に切り捨てられた身だ。その気持ちも事実。責任と、感情の間で揺れる気持ちは、自分で思うよりもどうやら複雑なようだった。

「――良い試合にしよう」

爽やかな振りをして、私を蔑むその翡翠の瞳は、綺麗なはずなのにどこか淀んでいる。羨ましいほどの才能、整った顔立ち、手に入れた称号。

――そのすべてを無駄にする内面。

「……そうね。良い試合にしましょう」

人のことを棚にあげて、自分の性格が良いなんて言えない。私だって誰かを憎んだり恨んだりするし、時には殺したくなるような激情も持ち合わせる。そんな私の元に集った、稀《まれ》なる仲間。彼らと胸を張ってこれからを仲間として、家族として共にいようとするならば。

私も、覚悟とけじめはつけないといけないだろう。

険しい顔をしたまま選手席に戻った私に、リーナは駆け寄った。

また、リーナも覚悟を決めたような顔だった。

「おねーさん、りーなはあのこと、たたかいたいです」

リーナの青い大きな瞳が真っすぐ私の目を見る。私は一度、目を閉じてからゆっくりと敵陣を見やった。小悪魔と称されたあの少女が、にっこりと微笑む。

「……そうね。どうやら向こうもそれをお望みのようだわ」

選手を出すときは、同時だ。不利な相手とみて、途中で選手を変えないように。けれど、小悪魔チュリーは、そんなことを気にする子ではなかった。彼女はするりとリングに上がると。

「天使ちゃん、悪魔のおねーさんと遊びましょ♪」

挑発よろしく、笑いながらリーナを指名してきたのである。

レオルドは心配そうにリーナを見たが、リーナは怯んだりしなかった。

「いってきます！」

「いってらっしゃい！」

心を決めたリーナの意思を変えるのは、ものすごく難しい。それは、リーナが母親と共に行くことを決めた時に知っている。この後、どんな残酷なことが待っていると知っていても、止める術はない。

『りーなは、つよく……なりたいのです』

大会前に、リーナがこっそり私に言った。

甘やかされるのも、大事にされるのも、リーナにとっては素敵な経験。だけどそれだけでは、ダメなのだとリーナは理解していた。

時に厳しく、見守っていて。

リーナがここまで決意しているのに、保護者が折れてどうするのか。

魔力が強かろうが、聖女の力を持っていようが、精神的に強くならなくては真に強いとは言えないだろう。これは、私にとっても試練である。

レオルドも同じような心境なのか、唇を噛みしめながら両腕を組んで耐えていた。

私は、小さな背中を押すように見守った。


決勝第一試合、リーナVSチュリーの戦いが始まった。

双方、契約した魔物と共に戦う魔物使い。魔物使いの特徴として、その右腕にはまった黄金の腕輪。腕輪には六枚の花弁が彫られている。そしてよくよく見ると薄く他にも花の形をしたマークがあるのだが、これは腕輪の持ち主のスペックを現しており、一人で契約、使役できる魔物の限界数を示す。

以前、リーナに見せてもらった時に確かめられた数は、六体。これは平均より多い数だ。普通は四体までのことが多い。

私はチュリーのスペックをこっそり覗くことにした。聖女の力なら、腕輪が見えなくてもだいたいのスペックが判別可能だ。試合前に力を使い過ぎるのもよくないので、限定的にして彼女の魔物使いとしての項目だけ見る。

それによると、彼女の限界魔物契約数は――――十!?

かなり多い。少なくとも私が知りえる中でトップの数だ。

そうなると、契約できる魔物自体のスペックは総じて低くなるものだけど……。

魔物使いの魔力にも限界というものがある。あまりにも高スペックの魔物と契約するとそれだけでキャパシティを越えることになってしまうのだ。だから契約できる魔物の数が多くとも、考えて契約しないと弱い魔物としか契約できなくなってしまう可能性が出る。

リーナの場合は、限界数六体で最初の契約魔物が、ぷちすらいむの『のん』ちゃんだ。正直、ぷちすらいむのスペックは最低のFである。特訓の成果で、ぷちすらいむとしては、かなり高性能な能力を発揮してはいるけど、もともと備わっている能力値の差は明らかで、それは育てれば育てるほど顕著になってくる。

だからこそ魔物使いは強くなってくると魔物の選別なんかもはじめるんだけど。

……リーナは、そういうことできなさそうなタイプだ。

と、そんなことを今、考えている場合じゃない。

「天使——えーっと、リーナちゃんって呼んでもいい？」

「いいです。りーなは、あなたのことをちゅりーさんとおよびしてもいいです？」

「チュリーさん、なんて礼儀正しくてお堅い子ね！　チュリーちゃんでも、ちゅちゅちゅちゃんでも、なんならおねーさんでもいいよ？」

リーナはちょっとぷくっと頬を膨らませた。

「……ちゅりーさん」

「あは！　可愛くない！」

呼び名なんてなんでもいい、的な感覚で言っているがチュリーは、リーナが自分の言っていることに従わなかったのが気に入らなかったらしい。笑顔だけど、酷薄な印象がのぞく顔に背筋が震える。

「いじめがいがありそうだけど、チュリーあんまり夜更かししたくないんだ。残念だけど」

チュリーの腕輪が彼女の魔力に反応し、輝きを放つ。

「チュリーのお気に入りの子で、さっさと泣いて帰ってね！」

チュリーの前に召喚されたのは、漆黒の闇のオーラを纏った人形《ドール》。可愛らしい白黒調のゴスロリドレスを纏った美しい顔の魔人形で、体は不死の人形、その中に生前非業の死を遂げた死者の魂が彷徨《さまよ》ってとり憑いた魔物とされている。

廃村とか、無人の館とか……そういうホラーなところに沸く典型的な魔物だけど、不死系《アンデット》の魔物はテイムしにくい。もともと彷徨う魂と意思疎通することが難しいこともあって、契約が困難な為だ。しかし不死ゆえに、契約できればかなりの戦力になる。主な使い道は囮《デコイ》か、先兵。普通なら瀕死になるような場面でも時間がたてば自己再生するから、無理もきく。

無茶な使い方をするらしい、チュリー向けの魔物だろう。

「不死の子ってね、本当に可愛いんだよ。チュリーの為に尽くしてくれるの。体がボロボロになって、あちこちとれちゃっても、痛いとも酷いとも言わないの。死なないし、健気だし、意思疎通はできないけど鞭《むち》さえあれば、言うこともちゃんと聞くんだよ。ほら」

チュリーが装備していた黒い鞭がうなり、魔人形の背を打った。小柄な美少女が振るったとは思えない威力があるのか、魔人形の口から黒い液体が飛び散り、綺麗なドレスが破れる。

自身の魔物に手荒いとは聞いていたけど、いざ目の前にするとチュリーという外見の可愛さと相まって酷く不自然な光景に映る。

リーナの腕の中におさまったままだった、のんちゃんがぶにゅっと潰れた。リーナが思わず力を込めてしまったんだろう。のんちゃんは、心配そうにリーナを見上げた。

リーナはどうする気だろう。

アギ君の話が本当なら、リーナが優勢になったとしても精神的な負担でこちらが追い込まれる可能性が高い。

私とレオルドの心配そうな視線に気が付いたのか、リーナが少しだけこっちを見て、それから顔を強張らせながらも、ゆっくりとチュリーを見た。

「りーなは、きずつけません」

「……はあ？」

リーナは深く息を吸って吐く。

「ほんとうのしんけんしょうぶは、ちがいます。ちゅりーさんと、せるびあさんは、ぜんぜんちがうのです」

「あの筋肉おねーさんと一緒にされてもねぇ」

白けた様子で、チュリーが鞭を地面に叩きつけた。

「戦わずに棄権なの？　わずかな楽しみもくれないの？　ほんっと、可愛くないなぁ」

「いいえ、きけんはしません。りーなは、りーなのたたかいをするのです！――のんちゃん」

「でばんですのー！」

呼ばれて、のんちゃんがリーナの腕から飛び出した。

「意味わかんなーい。でも、そんなよわっちいぷちすらいむちゃんじゃ、チュリーの可愛いお人形ちゃんに勝てないよ」

もう一度、鞭うたれた魔人形は、なんしもいえない悲鳴をあげながらリーナとのんちゃんに向かっていく。

「のんちゃん、ぼうぎょけいたい《ぐるぐる》！」

のんちゃんの体が変形し、魔人形の体に絡みつく。魔人形はなんとか脱出しようともがくけれど、スライムの特性上、力を入れれば入れるほどはまっていくことになる。

「ああん、もう！　なにやってるのよ。そんな最底辺の魔物に後れをとらないで、チュリーに恥をかかせる気⁉」

チュリーは何度も魔人形に向かって鞭を奮った。のんちゃんにもあたっているが、不定形であるのんちゃんには、打撃系武器はききにくい。しかしダメージをくらわないわけではないので、リーナは歯を食いしばった。のんちゃんも怯んだりはしない。

なるほど、のんちゃんで相手の動きさえ封じられれば相手の魔物を傷つけずにすむ。けど、拘束技はずっとは発動できないし、チュリーをダウンか場外にしない限り勝負もつかない。時間がたてばたつほど、リーナが不利だ。

リーナは緊張した面持ちで前に進んだ。

魔人形の目の前まで来ると、頑張って笑顔を作る。

「きこえて……いますよ。だいじょうぶです、りーなにはずっときこえていますす」

その言葉に目の錯覚かもしれないが、魔人形が反応したように感じた。

「きがついたら、りーなには、ひとのおーらとか、そこにはいないなにかのこえとか、きこえてました。おかーさんは、きみわるがって、きらってました。りーなも……こわくて、いやでした。でも、いまは、きこえることにかんしゃしています。あなたの、ほんとうのきもち、おしえてくれて、ありがとうです」

『――ア、アアァ』

リーナが人の内面のオーラが見えることは知っていたけど……。声なき者の声も聞くことができたんだ。そういえば、時々、なにもないところをじぃっとリーナが見ていた時があったけどあれって……。

うん、気にしないでおこう。私、ホラーだけは苦手なの。

リーナには聞こえたらしい、魔人形に宿る死者の魂の声に、魔人形は人形の身でありながら涙のようなものを流した。ドス黒く、綺麗なものじゃなかったけれど死者の魂の嘆きが見えるようで胸が痛む。

人形に宿る魂は、この世に未練を残し、死んでいったものだ。多くが意思すら失って、衝動のままに行動する魔物と化すが、リーナにはその魂事態に訴えかけるなにかがあるのかもしれない。

「しばられて、くるしかったですね。でも、もういいと、りーなはおもいます。きこえますか？　ずっとたかいところから、あなたをよんでいるこえがあります。もうずっときっと、あなたをまってますよ？」

魔人形は導かれるように天を仰いだ。もう暗く、夜のとばりが降りているが、瞬く星々がまるで魔人形を呼んでいるような錯覚に陥る。

それは魔人形にとっても同じだったのか、すぅっとその体からなにかが抜けるように人形の体ががくんと落ちた。それから朽ちるように灰となって風にさらわれていった。

予想していなかった展開に、会場は唖然とし、自分の魔物が成仏してしまったチュリーもまた唖然としていた。

「リーナが霊的な能力が高いことはおっさんも気づいてたが……」

「ああ、レオルドも分かる方なんだっけ？」

「そうそう、まあおっさんホラー系ぜんぜんダメだから、鈍感なルークと悪いものまったく寄せ付けない強力な守護霊ついてるマスターがめちゃくちゃ羨ましいが」

え？　そうなの？　私の守護霊って誰だろう。

疑問が顔に出ていたのか、レオルドがちょっと脇を見てから。

「イケメンじゃねぇーかな。はっきりとは見えないけど」

なにそれ、ぜひお会いしたい。

先祖？　ご先祖様？

ホラーはダメだけど、私を守ってくれている存在まで怖がったりはしない。孤児だから先祖代々のお墓の場所を知らないのが残念だ。

「――はあ⁉　ちょっと、なに人の魔物勝手に成仏させてんのよ⁉」

ようやく事態を飲み込めたチュリーが、頭に血をのぼらせ顔を赤くしながら叫んだ。

「かえりたいひとを、しばりつけるのは、よくないです。だれだって、たいせつなひとのいる、あたたかいばしょに、かえりたいです」

「うるさい！　あれはチュリーのものよ！　人のものをとるのってよくないよね⁉」

もう頭に来た！　とチュリーは、呪文を唱えはじめた。召喚に呪文を要する魔物はかなり高レアリティ、高スペックの魔物である可能性が高い。

「もうチュリー知らない！　リーナちゃんなんて、バラバラになっちゃえばいいんだ！」

癇癪を起した子供のような言動で、なのに呪文は完璧な彼女の高い能力を示すかのようにその魔物は召喚された。最初に感じたのは、大きな羽が羽ばたいた衝撃で生まれた強い風。ついで聞こえたのは、鼓膜を揺らす大きな咆哮。

魔力を感じられる人間は、すぐさま身の竦む思いをしただろう。聖女の力をもってしても、完全には防ぎきれない圧倒的な悪意を持った痛烈な魔力。

「う、嘘でしょ……」

会場の人間すべてが思ったであろう、ギルド大会に現れるべきではない魔人を除外すれば最悪といっていいほどの存在。

「ブラック・ドラゴンーー！」

大陸でも多くが恐れる、魔物の頂点にして最大級の災厄ともいわれる破壊者。

それが、今、リングの上に降り立った。


ドラゴンの咆哮が耳をつんざく。

大きな両翼から生み出される豪風に体が持っていかれそうだ。

あまりにも唐突な、誰も予想できなかったであろう魔物の登場に会場中が震えあがっている。パニックになりそうな場面だが、運営委員の魔導士達の結界もあってあまり被害は出ていない。しかし恐ろしくなって慌てて逃げ出す人はそれなりにいた。普通、ドラゴンが現れたら避難するものだが、今回はチュリーの使役魔物であり、凶悪な存在だとしても、よくよく見ればドラゴンの首元には頑丈そうな首輪がつけられていた。

ドラゴンを使役する魔物使いは、存在しないわけじゃない。

けれどそのほとんどが対等な契約を交わしている。ドラゴンが力を貸す代わりに使役者の方もなんらかのものを差し出しているはずだ。そうでなければ契約すら叶わない。そういう魔物である。ドラゴンに首輪をつけて使役するなんてありえない。プライドが高いドラゴンがそんなことを許すはずもないのだ。

おかしいと思う部分はそれだけじゃない。ドラゴンは知能が高い生き物だ。人の言葉を操ることも造作ないと聞く。なのに、今目の前に現れたドラゴンはただの獣のように咆哮を上げるのみである。言葉も、自由も縛り付けて、チュリーはドラゴンを使役しているのだ。本来ならありえない形態……。でも、実際に彼女はそれを行っている。

誰もが顔を青ざめ、目の前の光景を受け入れられないでいる中――。

「……ねぇ、勘違いかもしれないけど……リーナ、ぜんぜん怖がってないよね？」

「うーん、むしろ……嬉しそうだな？」

大人でも腰を抜かすドラゴンを目の前に、棄権となってもリーナを助けに行こうと身構えていた私達は、リーナの姿を見て動きを止めた。

なんというか、すごーくキラキラとした瞳でドラゴンを見上げていたのである。

リーナは、緊張したり、人見知りしたりもする。けど、ここぞというときにどっしりと構えていられる度胸も持ち合わせていた。でなけりゃ、司教様に気に入られるわけないのだ。威圧感的なものに鈍い質なのか、それとも自分にとっていいものと悪いものの区別がつくのか。

「パパがチュリーの誕生日プレゼントにくれたドラゴンのクロちゃんよ！　ぜんぜん言うこと聞かない悪い子だからいっぱい縛り付けてるけど、リーナちゃんみたいな、ちっちゃい子、一瞬でぽいよっ！」

「わー！　すごいです、これがどらごんさん!?　おっきいです、かっこいいです！」

「ちょっとー！　チュリーの話、聞いてる!?」

興奮しているリーナは、チュリーの言葉が耳に入らないみたいだ。

「のんちゃん、とくしゅけいたい『飛行《バタフライ》』！」

「あい！」

のんちゃんを飛行モードにしたリーナは、のんちゃんの上に乗って高く舞い上がった。上空は、リングの範囲内ならば場外にならない。

リーナは、空に上がって何をしようというのだろう。

しばらく見守っていたが、リーナがドラゴンの顔の部分に近づくので、いつぱっくり食べられしまわないか冷や冷やすることになった。チュリーが施している拘束を解こうと暴れているのか、ドラゴンの動きは乱暴で激しい。リーナを直接的に狙っているようには見えないが、近づけば巻き添えだ。

リーナもただ、無邪気にドラゴンに近づいたわけではないようで、たくみにのんちゃんの形態を変えながらドラゴンの周りを縦横無尽《じゅうおうむじん》に飛んでいる。

ここからだと、リーナがドラゴンに向かってどんな言葉をかけているかは分からない。なにか、対話を試みようとしているような気はするんだけど。言葉を拘束されている以上、会話はできない。けれどリーナなら、声にならない訴えも聞こえるかもしれない。

最終的に、リーナがとった行動は。

「えーっと……あの眩しい輝き。見間違えじゃなければ……」

「ああ、最強無敵のシアモードだな」

リーナは、無理やり従わされている魔物に対して、傷つけるようなことはしないだろう。形態シアは必殺技みたいだけど、リーナは一体何を……。

「ファイアーー!!」

放たれた白い閃光は、真っすぐとドラゴンに向けて放たれた。

そして。

――バキン！

音を立てて崩れたのは、ドラゴンの首にはめられていた首輪だった。それがリーナの攻撃の衝撃でボロボロと崩れ去る。それと同時に、リーナはリングの上に着地した。もう全部、終わったと言わんばかりに。

「馬鹿じゃないの⁉　首輪を壊したくらいでクロちゃんは――」

「でも、くびわだけでいいんだって、どらごんさん、いいました」

「え？」

「やっかいなのは、くびわだけ。あとは――」

瞬間、ひときわ大きな咆哮が上がった。

「こんな、かんしゃくむすめの、ちゃっちいじゅつなど、てきとうにやればやぶれる」

ドラゴンは勢い良く舞い上がると一気に、体中の拘束具を引きちぎり、破壊する。粉々になった部品が雨のように降ってきて、のんちゃんは咄嗟にリーナの頭上を守った。

『まったくもって不愉快である！　貴様ら親子ほど、虫唾《むしず》の走る生き物もあまりおるまい。人に情けをかけると仇しか返らん事、重々承知した。本来ならば、国一つ落とさねば気が晴れんところだが、金の娘には借りができた。面倒な男もおるし、仕方がない――ここは引いてやろう。二度とその面、我の前に出すでないぞ！』

人の声帯から出る言葉ではなかった。頭に直接、響いてくるような声。念話だ。この会場の人間に聞こえるようにドラゴンが発しているものだろう。言葉が言えたということは、どうやら完全にチュリーの拘束を振り切ったようだ。

ドラゴンはそう言い捨てると、ふんっ！　と、鼻を鳴らして豪風と共に空へ消えていった。しかし私達がその消えていくドラゴンの姿をしっかりと目にすることはできなかった。なぜなら、ドラゴンが最後にならした鼻息のせいで、リングからその周辺が竜巻みたいな風にあおられたからだ。

「きゃあ⁉」

誰ともつかない悲鳴が響いて、目を開ければ……リーナもチュリーも場外に吹き飛ばされていた。

リーナはのんちゃんが咄嗟にかばっており、怪我はなさそうだ。

今回の試合は、本当に予想のつかないことばかりだったけど。この結末は、リーナにしか導き出せなかっただろう。

「な……んで……？」

リーナが無事でほっと息をついていると、ふらりとチュリーが立ち上がった。その目はどこか虚《うつ》ろで、なにが起こったのか理解していないようだった。

「チュリーの可愛いお人形さんも、パパから貰ったプレゼントも……」

「そうだなぁ、チュリー。可哀そうに、全部あの子に、とられてしまったな」

「とられた……？」

茫然自失のチュリーに優しく声をかけたのは、勇者だった。慰めるように優しい顔と声色を作って、語りかける。

「君の可愛い可愛いトモダチは、天使の甘い言葉にたぶらかされてしまったんだろう。時に、天使は悪魔より残酷だ」

「とった、とった……天使《リーナ》が悪魔《チュリー》のモノ、盗った！」

一瞬の殺気。それを感じた瞬間には、すでになにもかもが遅く、チュリーはリーナの目前にいた。その瞬間は頭の処理が追い付かなかったが、後から考えればそれはチュリーの魔物のスキルだった。空間転移で一気にリーナの場所まで跳んだ彼女は、激高と殺意を隠すことなく鞭をしならせた。

彼女の頭の中には、もはやルール違反もなにもなく、リーナへの恨みを晴らすという衝動だけで動いていた。

「――りっ」

リーナの名前を呼ぶ余裕もない。私は、聖女の力を持っているが先見の力があるわけじゃない。戦士でもないから咄嗟に動ける反射神経も乏しく、自分に術をかけても意味がないのだ。歯を食いしばって、数秒先に訪れる最悪の状況を見るしかない。でも、コンマ数秒単位で思考を回すなんて無理な話で、無意識化の私は、無理、間に合わない。とかそういう処理をしなかった。

気が付いたらリーナのところまで跳んでいて、その小さな温かい体を抱きしめていた。

想像していた痛みは訪れない。やっぱり、間に合わなくて、ただ狂気が襲った後だったのかもし

れないと、恐る恐る目を開けると。

リーナが驚いたような顔で見上げていた。

私を見ていたわけじゃない、前方の、上の方を見つめている。つられるように私も見上げれば、そこには大きくたくましい背中が立っていた。

「……お嬢ちゃん、戻んな」

レオルドの静かな声が聞こえる。レオルドは、チュリーが振るおうとした鞭を素手で掴み、チュリーごと宙ぶらりんさせていた。

「え……なんで……」

チュリーの顔が憎しみに歪んだ顔から、驚愕に彩られていた。リーナへの逆恨みより、レオルドがここにいる驚きの方が勝ったようだ。

「なんでだろうな……気合かな。おっさん頭ぷっつんすると、意外と思考が晴れるみたいだ」

「ちゅ、チュリーの邪魔しないで」

「子供の喧嘩はビンタまでだ。それ以上は、おっさんと三者面談して有効な解決策を導き出す。お嬢ちゃんの言い分も聞いてやるから、反省する気があるなら後で生徒指導室に来なさい」

……生徒指導室ってどこだろう。

レオルド、冷静に見えて頭のネジが一本飛んでいる気がする。短い教師時代の流れが口に出ている。

レオルドは、そっとチュリーを下ろすと鞭を放した。ボタボタと真っ赤な血がレオルドの手から伝って地面に落ちる。

「れ、レオルド、怪我⁉」

なんでレオルドが間に合っているんだろうとか、そういうのは後でいい。治療をしようと手を伸ばすと、彼に制された。

「まだいい。痛みがある方が、冷静でいられる気がする」

冷静じゃないよ。

そう言いたかったが、口出しできるほどレオルドの纏う空気に余裕がなかった。チュリーもレオルドと問答するのは嫌だったのか、一度リーナを睨んでから控え席の方へ戻っていった。

「あ、あの……りーなは、まちがえましたか？」

チュリーに襲われたことが、ショックだったのかリーナは不安そうな目を向けた。

「リーナは、間違えたと思う？」

リーナは少し考えて首を振った。

「なら、いいんじゃない。私やリーナが間違ってないと思ってても相手は違うのかもしれないし。分かりあいたい相手だったなら、レオルドの言う通り、生徒指導室でみっちり話し合ってもいいしね」

ただ、まあ個人の感想としてはチュリーと話し合うのはなかなか骨が折れそうだけど。

ドラゴンの脅威が去り、ハプニングもありながらも進行を続けようとするアナウンスは本当に肝が据わってると思う。一戦目のリーナVSチュリーの結果はドローとなるようだ。

二戦目は。

「俺が行く」

「本当に怪我、治さなくていいの？」

「大丈夫、かすり傷だ」

鞭を素手で受けてかすり傷なわけない。皮膚が裂けているだろうから痛みも相当だと思うんだけど。あのいつも穏やかなタレ目の目元がぜんぜん笑ってないので、私は手を引っ込めた。

そういえばレオルドが本気で怒るとこ、まだ見たことがなかった。

意外と怖いもんだな、普段穏やかな人が怒るのは。

レオルドはそのままリングの上に上がった。対する相手は、ラミィ様と同じ大魔導士の称号を持つ老人、ラグナだ。

「ほっほっほ、なかなかユニークな魔法を使うようじゃな。なかなか楽しめそうな――」

「そちらの躾はどうなっているんだ？」

「は？」

「幼い子供がギルドにいる場合、親と共に子を躾、教育し道徳を育てる責務が発生する。で、誰が主にお嬢ちゃんの躾を担当していた？」

どこからかゴゴゴゴという地響きが聞こえてきそうなレオルドの問いかけに、ラグナも恐れを感じたのか少し身を引いた。

「さ、さてどなただったか……」

「しかし、あなたは年功者。担当でなくとも少しは世話くらいしているだろう？」

「い、いやぁ、わし……子供はあまり……」

「そうか――苦手ならば仕方がないな」

「は、ははーーなかなか若い子は年寄りの言うことなど聞かなくて――」

ひゅっとラグナは言葉の途中で喉が鳴って言葉に詰まった。大魔導士の称号を持つほどの人物だ、魔力の高まりに気づかないはずはない。

「あまりこの言葉は好きじゃないんだが、近くにありながら改善をはからず、見て見ぬふりをしていたことに関しては反省すべきと、考える」

灼熱の魔力がレオルドの体を、筋肉を覆っていく。

バルザンさんとの戦いで見せた、あのマグマのような魔力だ。しかしあの時よりも一層、熱く、のしかかるような重い魔力圧も感じた。

その力をぐっと右拳に込めたレオルドは一度、拳を後ろに下げ、腰を落とした。

「連帯責任」

「ちょ、ちょっとまっ！」

ラグナの言い訳など口に出させる時間も与えず、レオルドは凄まじい一撃を叩きこんだ。といっても彼がしたのは拳を前に突き出しただけだ。それだけで右拳にため込まれた魔力が真っすぐにラグナを襲い、彼を場外へとはじき出していた。ぷすぷすと焼けこげる臭いが漂う。ラグナは茫然とした様子で、へたりと背をぶつけた壁に寄りかかって尻餅をついた。

ラグナが大魔導士で、その実力に見合った防御壁《シールド》を展開していなかったら死んでいる一撃だ。

『しょ、勝者レオルド!!』

一瞬の勝負に、思考が追い付かなかった観客達は、そのアナウンスでようやく我に返った。という私もそれで我に返った。

……レオルドを怒らせないように気を付けよう。今日一つ、教訓ができた。

勝負があっという間について、レオルドがこちらに戻ってきた。

まだ怒ってたらどうしようかと、ドキドキしていると。

「リーナぁ！　大丈夫だったかぁ⁉」

情けない声が響いて、巨体がリーナを抱きしめた。

「怪我はないか⁉　おっさんもう、心配で心配で」

「だ、だいじょうぶですぅ」

あ、戻ってる。おっかないオーラも出てない。タレ目も帰還。ほっと胸を撫でおろしてから、レオルドの腕を引いた。

「はいはい、いい加減、治療させてよね」

「あ、ああ……そうだった」

ようやく手を出してくれたので治療する。

「そういえば、レオルド……どうやってリーナのところまで行ったの？　空間魔法とか習得してないよね？」

「え？　あ、ああ……そうだな」

レオルドはしばらく考えるそぶりを見せてから、うんと頷いた。

「分からん！」

「え⁉　わかんないの⁉」

「気づいたら、飛んでた。それからは無我夢中で記憶があんまない！」

生徒指導室うんぬんのくだりを覚えていないのか。本当に無意識だったんだな。

火事場の馬鹿力、とはよく言ったものだ。魔法に関しても判明していない部分も多いし、気合や気持ちで魔力が飛躍的に上がる実例もある。可能性はゼロじゃないにしても、レオルドの怒りは下手したら天変地異ものだぞ。

「……そろそろ、三回戦だな」

「そうね」

レオルドの言葉にちらりと会場の出入り口を見る。

待ち人来ず……か。

まあ、勇者とは因縁があるし、ここは私が片をつけて――。

「……あれ？」

ぐらり、と地面が歪んだ。

思わず体が傾いで、慌ててレオルドに支えられた。

「マスター⁉　どうした」

「な、なんでも……」

ない、そう言おうと思ったけど、眩暈《めまい》が治まらない。

どうして。魔力はまだある。体力だって無理した覚えもない。なのに、どうして魔力の枯渇したような症状に見舞われているんだろう。

「ここまでずっと出ずっぱりだったし、疲れが出たんだろう」

「かも。でも、あと一戦。勇者に勝てば終わりなんだから、もうひと踏ん張り」

よろよろしたが、気合を入れれば少しはマシになった。

「心配かけてごめん。でも大丈夫！　勇者に勝って戻ってくるから」

手を振れば、二人は心配そうに手を振り返してくれた。あと一戦。勇者と決着をつければ終わりなんだ。私が、がんばんなきゃいけないやつ………だ。

リングに上がると、勇者が待っていた。

笑顔で、人の好さそうな顔で。今から、私を奈落に叩き落すのが楽しいと目が言っている。

「楽しい余興のはずが、なかなか面白いことをしてくれるじゃないか、シア」

「そう？　全部台無しにしたの、あなただと思うけど」

「相変わらず、ブスなことしか言わないな」

「ごめんなさいね、あなたの大好きな美女じゃないんで」

こいつの前で、ふらつくとか冗談じゃない　負けるのも、冗談じゃない。

可愛くない？　頑固？　反抗的？

上等だ。

ここで息が止まろうが、それはこいつが倒れて意識を失ってからだ。

私が、がんばんなきゃ――いけないやつ。

杖を握る手に力が入る。変な汗が出てるけど、気にしない。滑らなきゃいい。

「今度こそ、教えてやるよ！　お前みたいなやつに、居場所なんかないってことを！」

私の居場所を奪うものを、大切なものを壊すものを、倒す。

それは、私の――がんばんなきゃいけない――やつ――。

「ちょっと待ったーー!!」

大会優勝者を決める、大勝負。その戦いが今、まさに始まろうとした瞬間だった。突如、響いた声に誰かが反応する前に。

――ひひぃん!!

馬のいななきがすぐそばで聞こえて、一陣の風が舞った。

一瞬、目を閉じてすぐに開けば。

「馬」

馬がいた。リングの、私と勇者が対峙するちょうど真ん中に、馬がいる。真っ白な見事な白馬で、毛並みが綺麗だ。しかし、馬が単独でこの場に乗り入れられるわけがない。絶対に、騎手がいるはずだ。

視線を上に動かせば、やはり人間が跨っていた。短く切られた赤い髪。背が高いのかすらりとした四肢だけれど、筋肉もほどよくついていて綺麗な体型と姿勢をしていた。腰には立派な剣を佩《は》いていて、衣装もどこかの軍服に胸当てをつけていたので一瞬、どこの騎士様かと思ったが。

「シア！　間に合ったか⁉　俺、めちゃくちゃ必死にやったんだが、妨害が酷いわ、運が悪いわで！　なあ、間に合った⁉　間に合ったって言ってくれ！」

せっかくカッコよかったのに。

いつもの感じと、懐かしい声と顔に思わずほっとして。

「――ルーク‼」

泣きそうになった。

☆18　なんの為に

遅刻ギリギリ――いや、ギリギリアウトみたいなタイミングでやってきた、その男。炎のように赤い短髪は、髪質的には剛毛な部類でサラサラ感はないけれど清潔に整えられていて、美しさではなくしなやかさを感じさせる。きりっとした目元と黄金の瞳は意志の強さを現し、すらりと伸びた長い手足とピンとした綺麗な姿勢は彼の真っすぐな性格を素直に示している。体つきもがっしりして、異国の騎士服であろうそれも見事に着こなし、まるで本物の騎士様のようだ。

それに合わせ、乗ってきたのはこれまた見事な白馬という。

彼のことをよく知らない人は、彼を白馬の騎士と勘違いしても仕方がない。それくらいよくできた演出だった。

白馬に乗って乱入というイケメンにしか許されぬ行為をした我がギルドメンバー、ルークは身軽な動きで白馬から降りた。

「ありがとな、シュタイン」

白馬をねぎらうと、言葉が通じるかのように白馬シュタインは一声鳴いて、リンクの上から降りて会場内へと走り去ってしまった。

「え？　あれ、大丈夫なの？」

「大丈夫だ、賢い馬だし、ライラさんが待機してるはずだから」

なんでライラさん？

意味が分からなくて首を傾げたが、ゆっくりと問答している暇はなかった。

「ずいぶんとド派手に登場したな。でも、よく見たら普通の男じゃないか。恰好で飾り付けてもその貧乏臭さは消えないな。平凡地味同士、お似合いじゃないか」

「……どうも」

不躾にルークを見回した勇者は、見下した態度で笑った。ルークはちょっとだけ勇者の目を見て、すぐにそらし私を見返した。

「なあ、今からでも選手交代可能か？」

「え……あ、どうだろう……」

対戦相手が顔を合わせた時点でおそらくは変更がきかない。分が悪い相手と、咄嗟に交代するのは相手に不利だからだ。私と勇者はすでにリング上に上がっているから、ルークへの変更は無理かも……。

「なんだシア、お前が戦うんじゃないのか。逃げてもいいぜ、お前を地べたに這いずり回せないのは残念だが俺はお前のギルドをボロボロにできればそれはそれでいいしな」

む。この男に背を向けるなんて、私の矜持が許さない。それに私は私でケリをつけたい部分もあるし、この男との決着はきっちりつけて二度と私にちょっかいかけられないようにするのは、私のけじめ。

「ルーク、ギリギリアウトで来てもらって悪いけど、私にはやんなきゃいけないことがあるから」

「……ふぅん？　あれ、お前ちゃんと飯食ったか？」

はい？　今、私けっこう重要でかっこいいこと言ったんだけど。返事がおかしくないか。

「食べたわよ、しっかりと」

「そのわりに、顔色が悪いぞ。ん？　待て待て、お前それ以前に痩せてないか？　ギルドの予算が乏しくてリーナとおっさんを食べさせる為に、自分が我慢したんじゃないだろうな⁉　お前、そういうところあるからな！　いいか、恥を忍んででも食わなきゃいけない時もある。でないとお前、さらにまっ平になっちまうぞ⁉」

「私の断崖絶壁は生まれつきだあぁぁぁ‼」

しまった。長年のコンプレックスが自動発動してしまった。あえて彼は、どこがまっ平なのか言わなかったのに！　グーでルークの顔面を殴り倒してしまった。

けど。

「……やっぱ、体調悪そうだな」

大したダメージもなく、普通に立ち上がった。修業で鍛えてきたんだろうことは一目で分かる。けれどそれでも私のさっきのパンチには力がなかった。

どうして、なんでこんなに眩暈がするの。

「大丈夫、よ」

「俺の目ぇ、見て言ぇ」

ちらりとルークの目を見た。真っすぐでキラキラ輝く綺麗な黄金。少々不愛想で切れ長で、一見すると少し怖いお兄さんだ。でも中身の八割が優しさでできている、頭痛に良く効きそうな性格である。それでもその純粋な目で見られると、汚い自分が見透かされるようで苦手だ。

「大丈夫、大丈夫なの。私が勇者と戦って、完膚《かんぷ》なきまでにぶっつぶすんだから」

「それ、お前がやんなきゃダメなのか？」

「ダメよ。因縁は私が抱えてるんだから。これからのギルドの安定した未来の為にも必須だから」

ルークの目は見られない。唇を噛んで目をそらす私の姿はさぞ滑稽《こっけい》だろう。角度的に勇者の視界に私の姿が映ってないであろうことだけが救いだ。

私は強がることができる。他人に気取られることなくはりぼてを演じて、必死に努力して楽に勝ったように見せかけるのも得意だった。昔から味方のいない環境だ。私は強い。そう周囲に認識させるのがなによりも大事なことだった。今は聖女の力もあって、力の使い方も覚えて、無理を重ねる必要はなくなったけど、それでもいつだって自分の実力以上のものにぶつかる時もある。

あの時は運よくカピバラ様がいた。

勇者との戦いは絶望的なんかじゃない。あんな天狗になった男なんか、今の私なら余裕なはずだった。なのになぜこんな時になって体が不調を訴えるのか。

……誰かにはかられた？

考えたくはないけれど、どこかでなにかを仕掛けられた可能性はある。

でも、それでも私は私とギルドを守る為に、勇者と戦って勝たなくちゃいけない。

譲りそうもない私の態度に、ルークはちょっと困った顔をしてから、なぜか背を向けた。

「シア、俺の背中に寄りかかれ」

「はあ？」

「あ、背中合わせにな」

親指で背中を指す彼の意図が読めなくて首を傾げたが、怖い顔で急かされたのでわけがわからないまま背中合わせに彼に寄りかかった。

「うん、うん……そうか、やっぱ小さいな」

「ねえ、なんなの？」

うろん気な顔でルークを見上げると、彼は一転して笑った。

「なあ、シア。お前の背中にはなにがある」

「えぇ？」

「答えろ。お前の背中にはなにがある」

「る、ルーク？」

「そうだな、俺がいる」

だからなんだ。

「俺達のギルドは小さいよな」

「そ、そうね？」

「戦うときはいつだって少人数。強敵と対峙するときは、背中合わせもあるよな」

「そ、そうね？」

「お前の背中の男は、お前の背中を預けられる男か」

合わせた背中が、熱くなった気がした。

「自分の命も、信念も、矜持も、全部、信じて預けられる男か」

ルークの顔は見えない。背中合わせだ、見えるわけがない。

それでも、駆け抜けた一陣の風は、どこまでも心強い感覚を味合わせてくれた。

応えるように、私は全身の体重をルークに傾けた。まったく動じないその大きな背中はレオルドとも違う。だけど絶対的な安心感があった。

そっか。私の重い荷物、ルークに持ってもらっても大丈夫なのか。

「なあ、勇者。シアはここまでの戦いで疲れてる。代わりに俺と戦わないか？」

勇者は、うっすらと笑った。

「いいぜ。シアって奴は、自分が叩きのめされるのには強い癖に、トモダチが傷つくのには弱いらしいからな」

奪うなら、仲間から。底意地の悪い顔をしているのが、ここからでもよく分かる。

勇者が選手交代を許したので、アナウンスもメンバー変更を伝えた。最終決戦は、ルークVS勇者。私はルークから離れてリングを降りる時に、一度だけ彼を振り返った。

背ばかりが高くて、ガリガリで、目元まで見えないボサボサの髪の浮浪の青年。そんな面影すらもう見えないくらいに、彼は誰かを守れるような戦士になった。少なくとも、私の気持ちは軽くなっている。

ルークは私が離れる瞬間に、こう言った
「大丈夫だ、これは――『俺達』が頑張るやつだから」

目頭が熱くなるだろ、馬鹿野郎。

いつからそんなクサイこと言えるようになったんだ。あとで教育的指導だよまったく。

ああもう、まったく！


試合開始の合図と共に、ルークは腰の剣を抜いた。大きい剣だったけど、もともとルークは背が高いし、鍛えて体もできているから、剣に遊ばれるようなことはなさそうだ。同時に勇者も勇者の証である聖剣を抜く。綺麗な赤い宝石がはめられた見事な剣。その剣自体に純度の高い魔力が宿っている。

「ベルナールでも、リンス王子でもない。なにものでもない平凡な地味男。俺が負ける要素なんてこれっぽっちもない」

「そうかよ」

口数少なくルークが返事をする。

「おにーさん……おこってますね」

「そう?」

リーナの零した言葉に反応してしまった。ルークって不愛想だから普段からちょっと怒っているようにも見えてしまう。だからあれが普通なんだと思ってたけど。

「だがま、我を忘れるような怒りじゃなさそうだ。それよりも怒りもコントロールできてるみたいだな」

興味深そうにレオルドがルークの様子を語る。

リーナは頷いた。

「おこっているのに、すごくすきとおってて、きれいで、おうごんのきらきらで……?」

言葉の途中でリーナは不自然に止まった。青い瞳をいっぱいに開いて、驚いたような顔をしている。

「リーナ?」

「……です」

「え?」

「どらごんさんです。おにーさんの、せなかに……どらごんさんがいます」

ドラゴンは、チュリーとの戦いで見たけど……ルークの背中にいるっていうのはどういうこと？考える間もなく、戦いの火ぶたは切られた。剣士同士の戦いだ、最初は相手の出方を窺うような剣戟がくり広げられる。剣士の動きには詳しくないが、競技場でベルナール様やリンス王子の剣術大会などを観覧したことはある。ベルナール様は圧倒的で、他の追随を許さない強さなのですぐに『強い』と肌で感じられたが……。

今回も同じ鳥肌が立った。

勇者の実力は知っている。天狗だろうが、なんだろうが実力的には申し分ない奴だ。強いといって差し支えはない。驚いたのはルークの方だ。

「……嘘だろ」

「寝てんのか、嘘かどうか自分の体に聞いてみろ」

半年前に彼は、王国騎士団の平団員からなんとか一本とれる程度だった。といっても王国騎士といったらエリートだから、そんな人達から一本とれるだけすごいことではあるのだけど、それだけでは到底、勇者に太刀打ちはできない。日で、空気ではっきりとルークの成長が感じられた。

「くそっ」

予想外のルークの実力に焦ったのか、勇者の動きが繊細さを欠け始めた。試し打ちのような戦いから、激しい剣戟へと移り変わっていく。はじめのうちは勇者が押しているように見えた、だけどしだいに拮抗へ、そして勇者が押され始める。ルークはひとつひとつの相手の動きや癖を確かめるように剣を合わせている。

これは、ベルナール様とリンス王子が練習試合をしていた時に見たことがある。

実力は明らかにベルナール様の方が上で、リンス王子は彼に勝つ為に冷静に相手を見極めていた。そういう戦いと今が似ている。でも、あの練習試合のリンス王子よりもルークの勇者の剣筋を見極めるスピードが速い。すぐに順応して対策する。だからどんどんとルークに押されていくことになる。しまいには、強打をくらい勇者は聖剣を手放し尻餅をついてしまった。

己の無様な姿に勇者の顔色が青くなる。

「なんでだ、俺は――勇者だぞ!?　聖剣に選ばれた、ベルナールよりも王子よりも優れていると証明された！　なのになぜ、こんな貧民なんかに！」

怒鳴りながらも勇者は懐からナイフを取り出して投げた。だが、それはいとも簡単に弾かれる。

「こんな、こんなところで負けるとかありえない……俺は勝者だ。選ばれた者だ。無能を笑って踏みつけて、見下していいのは俺だけだ――聖剣！」

大きな一声に、聖剣は応えた。離れても傍についているのが勇者の聖剣だ。ほとばしる魔力が風を起こす。ルークには魔力がない。だから魔法を防ぐ力が乏しい。それに比べ勇者は魔法を扱う能力もある。

「凡人が！　思い知れ！」

魔力を重ね掛けされた聖剣がルークを襲う。それでもルークは一歩も引かずに迎え撃った。激しい暴風が逆巻き、視界を悪くする。耳にだけ、絶えず剣戟の音が届いた。

ぶつかり合う衝撃は、とどまることを知らず、地を揺らす。勇者と激戦を繰り広げる知名度ゼロの男の名を会場の観客が叫んだ。熱気が会場中を支配する。

「なんだ、なんなんだ！　なんで魔法が通じない⁉」

「俺の弱点なんて最初っから分かってるからな。足りない部分が多すぎて、努力してもしても追い付かないが……まあ、形にはなった」

魔力の風が収まると、肩で息をする勇者と、平然と立っているルークという対極な姿が見えた。勇者は実力はあっても鍛練はさぼりまくっているから、体力はゆうにルークが上なんだろう。

「俺が苦戦だと？　――ふざけんな！　お前は、お前らは俺にぶざまにやられて、泣いて土下座して謝ればいいんだ。もう二度と身の丈に合わないことはしない、二度と俺の前に面を見せないと」

「身の丈？」

「そうだ！　そもそもギルドは身分がしっかりした人間でないと作れない。シアは卑しい身でありながらも家名を得て平民になった。本当ならルール違反だろ、生まれが卑しいんだから。その仲間も、浮浪者、犯罪者の子供、借金まみれの無能な魔導士だ。まともな人間がいないじゃないか」

その言い草に怒りが体の中で暴れる。だけどレオルドもリーナも黙って見ていた。ルークも感情をむき出しにはしない。確かにギルドを作るには身分証が必要だ。私は運よく、シリウスさんの養子になっていたから身分証を貰えていた。生まれは卑しい。そこは反論しない。

……だけど。

「……お前は違うって？」

「そうさ、当たり前だろ。俺の生まれは地方だが貴族ではある。だが不幸にも俺の愚鈍な両親と兄弟は俺を認めなかった。少し毛色が違う、母親の身分が低い……愛妾なら仕方がない、それは理解できた。だが何度俺が、あいつらよりも有能なのだと知らしめても、一向にやつらは俺を認めなかった。だから、俺は勇者の選抜に参加したんだ。思った通り、俺は選ばれた。ようやく家族は俺を認めたよ……俺が勇者だと、選ばれた輝かしい存在だと認めた！」

聖剣がリングに突き刺さる。勇者の感情の高ぶりを現しているかのようだ。

「突き落としてやったよ。愚鈍な両親も無能な兄弟も。お前達がどれだけこの世のクズか教えてやった。泣きながら命乞いして、俺の栄光と財を求め、這いつくばった。痛快で、愉快で、笑いが止まらなかった」

はじめて聞いたな。

勇者の身の上話なんて私の人生において一番不必要なものだった。興味もない。彼の性格の悪さがどこからきているかなんて、知ろうとはしなかった。

歪むには、確かに理由は存在していたんだろう。だからといってそれで気が晴れるわけないけれど。

「選ばれれば、認められれば復讐も容易い。あとは自由に生きればいいだけだ。俺の道にもう不幸なんて転がってない。邪魔をするな」

ルークは、少し気の抜けた顔をした。ひとつだけため息を吐いて、頬をかく。

「あんたは、生まれの不幸を聖剣に選ばれることで越えたんだな」

「そうだ！　聖剣と俺のこの復讐心さえあれば、どこまでだって強くなれる。聖剣は俺のこの心を認めてくれたんだ。この復讐心が勇者として何者よりも強くなれる可能性を秘めると！」

復讐による、自己の強化。

たしかに負の感情が、強ければ強いほど、仮想敵が大きければ大きいほどその反動は強くなる。

聖剣は、それを勇者の力になり得ると判断したのだろうか。聖剣は人格を持たない。心を持たない。武器として魔王を倒せる勇者を選ぶ。それに勇者の質の良し悪しなど介在しない。

「……俺は、さ。浮浪児だった」

そんなことは知っている、と言いたげな勇者を制してルークは続けた。

「ここに壁があるとする。この一枚の壁の向こうは、とても暖かい。暖炉がある。燃やす薪がある。そしておいしいご飯がある。優しい母親が家族の為に腕を振るった料理だ。家族は会話をする。今日なにがあったか、なんてことはない日常の、面白みもなにもない会話だ。それを笑顔で語ってる。するとそこからは楽しそうな笑い声が生まれるんだ」

でも、とルークはその壁の手前を指さした。

「俺はずっとこっちだった。外は寒くて、固いパンの一つもない。一枚壁の向こうには俺の欲しいものが全部あるのに、俺はこちら側で寒さに震えながらゴミを漁っている」

ルークは、怪訝な顔の勇者を見つめた。

「知っているか？　欲しくて欲しくてたまらないものをずっと諦めていたものを手に入れた時の感動を。あの時の気持ちは言葉になんかできやしない。でも、それと同時にそれを奪われる恐怖も生まれた。一度、その恐怖を目の当たりにした。……俺も実は、結構狂気的なんだなって……思った」

剣が勇者の喉元を狙う。

「大切なものを、手に入れた宝物を奪われる恐怖心と、そこに居ていいんだと胸を張っていられる自信の証の為ならば、俺はどこまでも強くなれる」

ルークの剣が光を帯びる。ルークに魔力はない、けれどそれは聖剣のような眩さを放った。

「勝負しよう、勇者。あんたの復讐心か、俺の恐怖心か。誰かの為にとか王道でかっこいいことも言えない、どちらもみっともない、けど正直な心だ。人間なんかぜんぜんできてなくても、目の前の居場所にいられるだけの見栄を張らせてくれ！」

彼の気迫に、私には見えないはずの彼の黄金に輝くドラゴンの幻影が見えた気がした。

勇者の顔には、すでに余裕もなにもなかった。ルークに対する侮りも、見下した態度も掻き消えて、顕わになるのは焦りと恐怖。この顔を私は以前、一度だけ見たことがあった。


勇者が勇者に選ばれて、私が彼と彼の選んだ仲間と旅立つことが決まった夜。旅の始まりを女神に告げる祭りが王都で行われた。私は聖女として、そんなに興味も持たれていない勇者の傍についていなくてはいけなくて――あの頃は、まだ彼の仲間になることを諦めていなかった。私は邪険にされながらも、料理をとってきたり、身の回りの世話を焼いていた。今思えばただの雑用係だ。そんな風に、祭りも楽しめずに忙しく動き回っていた私の元へやってきたのはベルナール様だった。

「シア？　なにをやってるんだ？」

「あ、ベルナール様。……えっと、勇者がエルベの赤ワインが飲みたいと言うので運んでいる途中で――」

お盆に五人分のワインを乗せながら私が答えると、ベルナール様は眉間に皺を寄せて目を細めた。

「二人分……じゃないな。仲間の分もか？」

「えーっと……」

実は今、三往復目です……とは言えない。勇者と仲間の分でもあるが、それ以外にも勇者が色々ひっかけてきた女性達の分も入っている。当然のことながら私の分はない。お酒はまだ飲めないから、この中に私の分がないのは一目瞭然だろう。

「シア」

「っ！　はい！」

ベルナール様とは二年ほどの付き合いだ。大聖堂から居住を王城に移してから、彼が私の護衛を勤めていた。最初は、ものすごいイケメンの優しいお兄さんだと思っていたけれど、それがただの仮面であることはすぐに分かった。昔から人の顔色を窺うことだけは達者な私だ、間違うはずはない。優しい人だけど、それだけじゃないことはもう分かっていた。

だから、いつもは仮面の下に隠している彼の怖い部分が滲みでた低い声音に私は自然に背筋が震えた。司教様のせいで肝だけは据わった性格になったと思ったけど、彼に対してはもう永遠に耐性がつかないんじゃないかと思っている。

ベルナール様は、青ざめる私に綺麗な笑顔を向けた。

「重いだろう？　俺が運んでやる」

「い、いえ！　滅相もないです！」

ベルナール様が怖いのもあるが、彼は正真正銘の貴族である。聖女とはいえ、卑しい身である自分が貴族を使ったと知られたら後が怖い。しかしベルナール様は、問答無用だった。私からお盆を取り上げると、勇者の元まで案内するように言ったのである。ほぼほぼ強制だ。

私はもうすべてを諦めて、彼を勇者の元まで連れていった。そして今まで生きていて一番、生きた心地のしなかった出来事が起こった。

「クレフト・アシュリー」

「……勇者って呼んでくださいよ、クレメンテ卿」

「跡継ぎでもないし、ただの一介の騎士だ。君こそ俺のことはベルナールと呼んでほしいな」

笑顔なんてない。猛烈なブリザードが吹き荒れる感覚に、雪も降ってないのに体が寒くなった。

「で、ベルナール様がいったい俺になんの用ですか？」

不遜《ふそん》な態度ではあるが、ベルナール様の方が身分が上の為、勇者の口調は丁寧だ。ベルナール様は、腰にある剣の柄を叩いた。

「なに、盛り上がっているし、余興でもどうかと思ってね」

「余興？」

「ああ、俺と腕試しをしようじゃないか」

つまりは勇者の門出に、ベルナール様が道化になって民衆を楽しませようというのだ。この腕試しは、ベルナール様が勝ってはいけない。勇者に花を持たせるのが目的のものだ。元々、勇者はベルナール様を苦手としているのか、あまり近づかない。彼の目論見が分からなくて怪訝な顔をしたが、周囲にはやし立てられてベルナール様の提案に乗ったのだ。

そして勇者は、その件でトラウマを負うことになる。

見た目は、普通の腕試しだったように思う。だが、それは剣技に対して私がド素人だったからだ。後から聞いた話だと、少しは剣に覚えのある騎士や戦士の目には、地獄が映っていたらしい。

『ベルナール様とは絶対に戦いたくない』

『この国で一番怒らせたらヤバイ人』

『もう夜、一人で寝られない』

『今日は、悪夢』

屈強な男達が口をそろえて言ったのだから、相当なんだろう。私は、ベルナール様が勇者と腕試しを終えて戻ってきた時、すっきりした顔をしていたので、ほっとしたんだけど……。

余談だが、あの余興を見て、司教様は大爆笑していた。あんなに笑っている司教様を見るのは初めてだったから、ちょっとビビった思い出。そういえばあの頃から、司教様は伝令にベルナール様を使いだした気がする。

──話がそれたけど、ルークと戦う勇者の目が、あの時の……ベルナール様に地獄を見せられた腕試しの時と同じなのだ。ルークはベルナール様ほど怖くない。真っすぐで、どちらかというと分かりやすい。不愛想だけど純粋な優しさが見える男だ。ベルナール様みたいに、器用に仮面をかぶれないだろう。ものすごい気迫は感じられるけど、正直あの時のベルナール様ほどの怖さはないのだ。

「――っ、ベルナー」

「違うぜ、勇者。しっかり見ろ」

ルークの一撃が、再び勇者の手から聖剣を引き離した。飛ばされた聖剣は回転しながら離れたところに刃を突き立てる。

「俺はあの人みたいにかっこよくない。あの人みたいに高潔じゃない。あんたの目の前にいる男は、ただただ失うのが怖いだけの臆病者だ」

ルークの剣の切っ先が勇者の喉元に突き付けられる。

「俺が本当の強さを手にするのは、きっともっと後だ。死ぬほどの努力をした向こう側だ。けど今、負けるわけにはいかない……だから」

青ざめる勇者の顔をあまり見ないようにするように、ルークは思い切り勇者を蹴った。修業の成果か、彼の蹴りはかなりの威力があり、勇者の体は宙に投げ出されてリングの外へとはじき出された。

一瞬の静寂の後。

『き、決まったーーーー!! 勝者、暁の獅子ルーク！ この結末を誰が予想できただろう！ 遅れて現れた白馬の騎士は、とんだダークホース！ 白馬だけどダークホース！』

強張っていた体は、アナウンスの声にようやく緩んだ。緩み過ぎて隣にいたレオルドの肩にもたれかかってしまった。

「大丈夫か？ マスター」

「ええ、大丈夫」

よろりとしながらも、私はリングの上に堂々と立つルークをみつめた。精悍な顔立ちになった彼の横顔は、どこか痛みを押し殺しているようにも見える。彼なりに勇者に対して思うところがあったんだろうか。それでも立派に勝ってくれた彼の姿に、目頭が熱くなった。視界が滲む。

「そ、そうね！」

「おねーさん！　おにーさんをおむかえにいきましょう！」

ルークが戻ってきた上に、勇者に勝つことができてリーナもとても嬉しそうだ。ルークに早く会いたくてうずうずしているリーナの手をとり、私達はリングへと駆け出した。

「おにーさん！」

「ん、うおっ⁉」

少しぼーっとしてたルークは、リーナの突撃にちょっとよろけたが転びはしなかった。しっかりとリーナを支えて、そのまま抱き上げる。

「リーナ、元気にしてたか？」

「はいです！」

「そうか……あれ、ちょっと背が伸びたか？」

「さんせんち、のびました！」

「おお、成長期だな」

可愛い兄妹の再会シーンを邪魔すまいと、ちょっと離れて見守っているとルークと目が合った。

少しばかり見つめあってしまうと、彼はハッとして視線を逸らす。頬が若干赤い。照れ屋なところがあるのに、恥ずかしいセリフも言えるんだから不思議だ。

そんな彼の様子を見ていると、どんどんと『ああ、帰ってきたんだな』という実感が沸いてきて、胸の奥が熱くなっていく。急いで涙をひっこめたというのに、また視界が歪みだした。

「ルーク!!」

「うおっ、お前もか!?」

自然とルークに突撃していた。右腕でリーナを抱えているのに、私の突撃にもひっくり返らなかった。

「お帰り、お帰り!　もう、すごい待ったよ!?　焦らしすぎでしょ!　ルークのくせに生意気だ!」

「悪い、悪かったって!　おいこらシア、頭で胸部をぐりぐりするな!　地味に痛いっ」

頭の上から非難する声が聞こえたので、ちらっと見上げれば、文句を言っているわりには嫌な顔はしていなくて、びっくりするほど赤面した顔があった。

お・も・し・ろ・い・な!!

悪戯心が疼く。頭ぐりぐりが痛いならば、頬ずりに変えてやろう。

「シア!　お前、ぜってぇ面白がってるだろ!?」

バレている。

これ以上、くっついたらどういう反応が返ってくるのか試してみたかったが。

「るぅーーくぅーー!!」

「おおう!?　ちょ、おっさん!　おっさん待った!　さすがにおっさんは無理――」

感極まった巨漢のレオルドが、涙と鼻水を垂らしながら猛突進してくるという、もはや恐怖しか沸かない光景。どうすることもできず、私ともどもルークは崩れ落ちた。さすがにレオルドまでは支えきれなかったようだ。

けど、ルークはリーナと私に怪我がないように死守してくれた。彼自身は背中を強打である。

「成長したなあ、ルーク！　おっさんは、おっさんは嬉しいぞおおおおーー!!」

「あ、ああ、ありがとおっさん。いいから早くどいて——ぐっ、抱きつくな！　骨、骨が折れるぅ！」

ルークのことを年の離れた弟みたいに思っている節のあるレオルド、愛の抱擁なんだろうけど嫌な音が響いている。ボキボキ軋む音が聞こえてる！

ルークの腕から脱出したリーナは、近づくと危険と判断したのか少し離れた。私もちゃっかり避難している。

慌ただしい再会となってしまったけれど、これほど嬉しいこともない。ルークが戻ってきて、勇者を倒せて、ギルドは大会初参加にして優勝だ。おめでたいことしかない。帰ったら、なにをしよう。ルーク帰還記念に奮発してどこか美味しいものでも食べに行こうか。それともライラさん達がなにかやってくれるつもりかもしれない。

そんな楽しいことを考えていた。

勇者がどんな奴かを私は十分に知っていたはずだったのに。

悲鳴が聞こえたのは、そんな緩みきった油断をしている最中だった。その声に跳ねるように反応すれば、そこには。

「ありえない、現実じゃない、俺が、俺が負けるわけない。全部、おかしい。なにもかも」

どこか虚ろだった。なにかに操られるかのように彼は、勇者は幽鬼のごとく立っていた。


――リーナの首元に聖剣の刃を突き付けて。


血の気が引いた。

リーナの喉元には、本来なら人々を救う希望の光が宿っているはずの聖剣の刃。勇者は、すっかり気を緩めてしまっていた私達の隙を尽き、リーナを乱暴に抱えて人質にとったのだ。

会場内は、シンと静まり返った。

誰もが勇者の凶行を信じられない目で見つめていた。

私は震える足に叱咤しながら真っすぐに立ち、勇者を睨んだ。ルークとレオルドも事の大きさにすぐに気が付いて、身を起こす。

「ちがう、ちがう、ちがう……」

勇者の翡翠の瞳は、なにも映していないかのように濁りきり、うわ言のような言葉が口を伝って出ていく。ルークに負けたことで、正気を失ったのだろうか。それにしては少し妙だが……。

「勇者、あなたのことをいい人だとは思ったことないけど……子供を人質にとるほどゲスだとは思わなかったわ」

「ちがう、ちがう、オレは……選ばれた。負けない、勇者は、誰にも」

こちらの言うことが聞こえていないかのように、返答にはならない言葉の羅列が聞こえてきた。

錯乱？

なんだか気味が悪い。さきほどから感じている体の不調が増してきている気がした。ぐるぐる、ぐるぐると気分の悪さが渦のようになって回っている。

異様な雰囲気は、ルークも感じられているようで彼は慎重に前へと足を踏み出したが。

「う、動くな！」

私の言葉にはまったく反応しなかった勇者が、ルークの動きには敏感に反応した。リーナを拘束する腕の力が強まり、リーナが呻く。ルークはその場から動くことができなくなった。

「そうだ、オレは、弱くない。この世界が間違っている。この時間が間違っている。やり直そう、やり直せる。ぜんぶぜんぶ、巻き戻して、やり直して。だが、その前に」

にたぁっと勇者は薄気味悪く笑った。

「シア、お前、土下座しろ」

「……は？」

「俺に恥をかかせたんだ、当たり前だろ？　こいつの飼い主はお前なんだ、きっちり責任を果たせよ。みじめったらしく膝をついて、額を床にこすりつけて、泣いて謝れよ」

もはや狂気の沙汰だ。

言っていることが意味不明過ぎる。勇者の精神状態がおかしなことになっていることは、よく分かる。彼は昔からメンタルは弱い方だ。けれどやはり、これはどこかおかしい。

勇者には悪態つきたい気分だが、リーナが人質にとられている以上、下手なことはできない。

……仕方ないな。

私は、勇者に悟られないように精神を集中した。

『ルーク、ルーク、聞こえますか？　今、あなたの心に直接語りかけて――』

「え!?」

『口で返事しない！　平静を装って。念話よ、これかなり魔力使うんだから無駄打ちさせないで！』

『お、おう……すごいな、お前こんなこともできんのか』

『……数年前に司教様をビビらせようとして習得した悪戯魔法の一つ』

『あぁ……失敗して、司教様に吊るしあげられてるシアの姿が目に浮かぶわぁ……』

『んなこたぁ、どうでもいいのよ！　いい、同じような内容をレオルドにも伝え済みだから、ルークもそのつもりで作戦に参加どーぞ』

『え？　どうするんだ？　俺の場所からリーナを助けようとするとどうしても勇者の方が早く動けちまうぞ』

『そんな君に、私とレオルドからとっておきのプレゼントよ！』

簡単な作戦を伝え終わると、私は念話を強制終了させた。体内の魔力が安定していない今、これをやるのは無茶だったが、勇者に悟られずにこちらの意図を周知させるにはこれしか手がなかった。

あとはタイミングだが、それは問題ない。

「ルーク!!」

「ルーク!!」

私とレオルドがリングに両手をついたと同時にルークは走り出した。それはまったくの同時だ。

『よーい、どん』なんてわかりやすい合図はない。私とレオルドは互いの魔力の流れを感知して、それとなくタイミングを合わせた。ルークは魔力感知なんて芸当はできないので、ほぼほぼ野生の勘だ。一緒に生活した期間は半年ほど。それだけだけど、私達の息はいつの間にかぴったりになっていた。

私とレオルドの魔法は、同時に発動した。

『おいコラ、俺様を呼ぶときはカッコイイ召喚呪文を唱えろって言ったろ!』

「非常事態でしょ!」

『けっ! リーナの為だ、このカピバラ様がひと肌脱いでやるぜ、ありがたく思えよ赤髪!』

カピバラ様から眩い魔力が放出される。それと同時に短い脚でルークの背を蹴った。かなり容赦のない蹴りだ。ルークから、げふんっという可哀そうな声が聞こえたがここは我慢してもらおう。カピバラ様の渾身の魔力のこもった蹴りと、レオルドの爆風でルークは一気に勇者と間合いを詰めた。

まさか、こんな唐突に距離を縮められるとは思わなかっただろう勇者は、それでも聖剣を自分の守りに引き戻した。

激しい音と共に、ルークの剣と勇者の聖剣がぶつかり合う。片手では対応しきれないと判断した勇者はリーナを放り投げた。それをレオルドが上手く受け止める。

ほっと息を吐いたが、ルークと勇者の戦いは続いていた。

「……なあ」

小さく、ルークは勇者に言った。

「あんた、なんの為に勇者やってんだ……？」

その言葉に勇者は目を見開き——。

ピシッ。

亀裂音が響いた。

ピシッ、ピシッ、ピシッ。

それはどんどんと大きく広がっていき……。

最後には、バキンと大きく音をたてて折れた。

「……は？」

勇者から、感情のこもっていない声が漏れる。なにが起こったのか、まるで分からないと言いたげに。

けど、私はなんとなく察していた。聖剣には確かに、心はない。人格もないから情もない。ただ、魔王を倒せる素養があるかどうか、はかる為だけの道具にすぎない。

そう、時に聖剣という道具は、なにより非情な面を映し出す。

——聖剣が折れた。

それが意味するのは、勇者が勇者としての意味を、資格を喪失したということだ。

勇者の素行の悪さでもなく。

勇者の悪行でもなく。

すべては、彼自身から魔王を倒せるだけの力がないと聖剣が判断した。

聖剣は折れると、新たな主を見定めるまで聖剣の間で眠りにつく。勇者の選定をやり直すことになる。それはライオネル殿下が望んでいた結果だった。まさかこのような形で叶うことになるとは誰も思わなかっただろうけど。

歓声は、あがらなかった。

静かな、静かな、耳が痛くなるほどの静寂の中、息を殺すように警備の人間が勇者を捕らえ、引きずっていった。このような醜態を晒したのだ、勇者の資格すら失った彼がどうなるかは、法が決めることになるだろう。


——優勝を称える花火が、虚しく夜空を彩った。


無理やりテンションを上げたアナウンスの中で、表彰式が行われ、私達は優勝のトロフィーと賞金を貰った。混乱と沈んだ気持ちを忘れようとしているかのように観客達に祝福されながら、私達は会場を後にして……。

「で、なんでこんなところにいるんですか？」

「いちゃ悪いか」

なぜか司教様がいた。そしてこれまたなぜかイヴァース副団長もいた。不可解なことに司教様は無傷なのにイヴァース副団長以下、ベルナール様達第一部隊の人やアギ君達に至るまで全員ボロボロの装いだったのだ。

よく見れば、会場内のあちこちが壊れているんだが。

「もしかして、司教様……酔っぱらって暴れました？」

「馬鹿が、俺が酔うか。掃除を手伝ってやったんだろうが」

「掃除⁉　司教様が⁉　はたきを持たせたら、大聖堂中の窓ガラスぶちやぶった司教様が⁉」

驚愕のあまり昔の記憶が蘇った私に司教様は渋い顔をした。そしてそのまま私に近づいて胸倉を掴まれた。司教様は怖いが、無暗に女子供に手をあげる人じゃない。なにかやっちゃったんだろうかと冷や汗をかいていると、ポケットを探られた。

「ああ、これか」

「それは……」

クレメンテ子爵がくれたお守りだ。それを司教様は顔色一つ変えずに握り潰して割った。

握り潰して割っ⁉　ちょ、待って握力どうなってんの⁉

「……あれ？」

人さまから貰ったお守りになにをするのかと怒ろうかと思っていたのに、急激に起こった体の変化に驚いた。

「どうだ、体が軽くなっただろ」

「え、あ、はい」

さっきまであっただるさや眩暈などがすっかり消えた。

「スィードから貰ったんだろ。あれは呪言を吸い取る魔道具だ。念のために仕込んでおいたが正解だったな」

呪言……やはり、あの不調は誰かに呪いをかけられたからだったようだ。

「あ、ありがとうございます……」

「別に……あーくそ、無駄に動いた。イヴァース、馬車用意しろ。そして酒に付き合え」

「断る。俺はこれから殿下達を迎えに行く」

「ちっ、付き合い悪ぃな。じゃあ、ベルナールでいいや」

「なんですか、そのやけっぱちな誘い」

心底嫌そうな顔でベルナール様が肩を落とした。ベルナール様が負けるところを見たことがなかったので、彼がこれほど身を汚している姿を見るのは初めてかもしれない。

「あの、なにかあったんですか？」

「ああ……まあ、事情の説明は後でな」

言いにくそうにしているので、あまり楽しい話ではなさそうだ。

「シアちゃん達ーー！　優勝、おめでとーー！」

少し重い空気になっていた場に明るいライラさんの声が響いた。ライラさん達、ご近所さんがぞろぞろとそろい踏みでこちらに笑顔で手を振ってやってくる。

色々と思うことの多かったギルド大会だけど、今夜だけは優勝のめでたさに酔いながら騒ごうと思う。

「ねえ、ライラさん達が明日一日パーティー開いてくれるみたいなんだけど、今夜はどうする？　レオルドはおっさん組で酒盛？」

ライラさんと話している途中でレオルドがおっさん組に無理やり絡まれていた。ベルナール様は上手く逃げたみたいだ。

「うぅーん、メンバーが司教様とジオさんとジュリアスさんと師匠ってだけでもう頭痛がするんだが……」

レオルドが頭を抱えてしまった。このメンバーだとレオルドが一番若いのか。気を回さなくちゃいけない役回りになりそうだ。それに司教様は永遠に酔わない底なしだ。あっさり潰されて床に転がされてる可哀そうな光景しか想像できないな。

「よし、ならば私が代わりにその酒盛りに付き合おうじゃ……」

「あ、ごめんねシアちゃん！　司教様とシアちゃんが一緒だと国中のお酒がなくなっちゃうからパスね。出禁になりたくないもの」

誘われて集まってきていたジュリアス様に笑顔で却下された。ラミィ様からの私のお酒に関する情報はすでに出回っているらしい。

えー、そこまで空気を読まないようなことは……。

「俺と飲み比べできなくて残念だったな！」

「私の方が飲めると思いますけどぉ？」

ああ、ダメだな。司教様と一緒だと喧嘩腰になって負けず嫌いが発揮されそうだ。撤退しよう。

「どうしようどうしよう」

レオルドが檻に入れられた熊みたいにぐるぐる回っている。

「リーナとルークはどうする？　どこか食べに行こうか？」

リーナはちらりとルークを見上げた。ルークは唸りながら少々考えて、答えを口に出す時は恥ずかしそうに顔を半分手で隠した。

「……食べたい」

「え？　なにが食べたいって？」

「し、シアの飯が食いたいって言った！　三ヵ月ぶりだし！」

お……おおう！

変なところに空気が入って咽《む》せた。

ええ、なにそれ可愛い！

「ふふふふふ、ほほう、私の手料理が食べたいと？」

「なんだよ、いいだろ別に」

「もちろんいいわよ。なににしようかなぁ、ルークが好きなのはハンバーグ、牛筋の煮込み、ポトフ……うぅーん材料足りるかな！」

冷蔵庫の中を思い出しても足りなさそうだったので、夜遅くまで営業している商店へ駆け込んで買い物をした。結局レオルドも私のご飯が食べたいからと司教様との酒盛りを逃げてきた。

まあ、今晩はギルドメンバーだけで宴もいいだろう。

明日も楽しみだ！

Side：？？？＊

「勇者の処遇、決まったって？」

牢番をしている兵士が、同僚に聞いた。先日のギルド大会で勇者でありながらも凶行を働き、今までにも多くの耳が痛くなるような話もあって、勇者の資格を失ったクレフトは牢に放り込まれていた。といっても犯罪者達よりかはいくぶんかましな牢で、いわゆる普段は貴族の身分を持つ人間が入れられるようなところだ。

食事も掃除も行き届いている。

それでも色々うるさいかもと思っていた牢番達だったが、意外にもクレフトはずっと静かだった。思えばここに運ばれてきた時も、どこか虚ろな表情だった。

「ああ、国外追放って感じになるみたいだ。色々問題行動も多かったし、ギルド大会では小さい女子に刃を向けて人質にしたっていう話だ。処刑できないなりに、臭いものに蓋をする形にしたんだろうよ」

牢番達はほっとしていた。クレフトの扱いについては、二人とも困っていたのだ。腫物をつつくようなもので、どう接していいのかも分からない。とっとと、この牢から出ていってもらえれば、ありがたい。

そろそろ食事を持っていく時間だったので、彼らは盆を持ってクレフトの牢を訪れた。

「おい、食事だぞ」

ノックをしたが返事はない。

まあ、いつも通りだ。ため息をつきながら、牢番は扉を開いた。

「――うっ！」

扉を開いた瞬間、異臭が鼻をつく。まさかと、牢番は部屋の奥へ視線を向けると――。

おびただしい量の赤い血が床に広がっていた。

まさか、自殺……そう思ったが、彼が凶器を持つことはできない。それに……。

「死体が……ない？」

残っているのは血液だけ。

そして……。

「……文様？」

血で描かれた、不思議な文様が壁一面に広がっていた。

☆書き下ろし番外編

裏方の騎士達

シアの元護衛であり、現在は一部隊の隊長を務める騎士、ベルナールの朝はそこそこ早い。陽が昇ってすぐに起き出して、身支度を整え朝稽古を始める。寝起きはいつもいいので、朝が弱い兄を辛抱強く起こすのも彼の仕事の一つであった。

使用人に任せるのもいいのだが、一度寝起きが悪い兄に使用人が物を投げられて危うく怪我をしそうになったことがあったので、それ以来は彼がやっていた。だが、そろそろ自分も家を出ていく頃だし兄には早く見事な起こし方をしてくれるお嫁さんが来てくれないだろうかと縁談《えんだん》を眺める日々である。

ベルナールは稽古を終えると、腕時計を見た。六時半、兄を起こす頃合いだ。稽古用の剣を片づけ、汗を拭いつつ屋敷に戻ると。

「……兄上？」

「おはよう、ベル君！」

窓際に一際麗しい兄が立っていた。キラキラとした朝日を浴びて、一層目に痛い輝かしい姿だ。一見、女神のように線が細く美しい兄だが、中身は結構男前でおおざっぱである。虫も平気だし、賞味期限切れたご飯も大丈夫だし、なんなら野宿も平気でどこでも寝られる。本当に貴族として育ってきたんだろうかと疑われても仕方のない頑丈さだ。

（兄上、見た目はいいのに先入観で勘違いされて女性が離れていくタイプなんだよな……）

それで何回、縁談がダメになったか数えるのも面倒くさい。

などと、自分のことは棚に上げて思う。

「珍しいですね、兄上が自分で起きてくるなんて」

「もちろんだよ、なんていったって今日は我が人生でとても大事な一日だからね」

ニコニコと機嫌が良さそうな笑顔を浮かべる兄に、ベルナールは首を傾げた。彼の今日の予定を事前に把握しているが、いつもの仕事が詰まっているだけでとくに特別なものなどないはずだ。

「ふふ、分からないという顔だね。なんでも理解が早い弟の珍しい顔にお兄ちゃんは大満足だよ」

「別に兄上の特別な何かなんて知らなくてもいいですけど」

「むくれないで、ちゃんと教えるから」

「手短にお願いします。俺、今日も仕事入ってるんで」

「あれ？　ベル君、非番だったんじゃ？」

なぜか残念そうな顔をされた。

「緊急任務です。まあ、といっても有事に備える的なものなので半仕事、半プライベートですが」

騎士団の重要な情報源となっている影と呼ばれる組織がある。彼らは騎士ではないが、王国を影から支える者達でもある。得体の知れない連中だと、毛嫌いする騎士は多いがベルナールは使えるものは使う主義だ。そんな影からもたらされた情報により、彼は秘密裏の任務を負い警護と称して部下を伴いギルド大会の行われる会場に入る予定だった。

「ふぅん？　なら、仕方がないか。私一人でシアの勇姿を応援に行くのは忍びないけど」

「……は？」

兄から聞き捨てならない単語が聞こえて思わずドスの効いた声が出た。

「今日はギルド大会の日でしょう？　シア達も参加すると聞いているから、応援に」

「兄上、仕事があるでしょうが⁉」

「もうキャンセルしてある。一日非番！　有給万歳！」

貴族の有給とはこれいかに。

「私も仕事尽くしだったし、そろそろ休んでもいいよーとは言われていたんだよ。タイミングがなかっただけで、今日くらいいいじゃないか」

「はあ……他の方々に迷惑がかからないならいいですけどね……」

頭が痛いが、確かに兄はずっと仕事ばかりで忙しそうだったので強くは言えない。

（だがそうなると……）

「ベル君の分もこの兄が一生懸命応援を――」

「その必要はありません」

「え？」

まさかこうなるとは思わなかったが、一貴族である兄の護衛を増やすのも面倒だ。他の観客にも迷惑になる。

「兄上、付き添いますよ。俺の今日の仕事場は――ギルド大会会場なので」

呆然とした顔をしていた兄だったが、みるみるうちに笑顔を取り戻した。

はしゃいだ様子の兄と朝食を食べる為に共に食堂へ向かいながら、ふと窓の外を眺める。

（――大変な一日になりそうだな）

晴れ渡った青い空を鳥が悠然《ゆうぜん》と羽ばたいていった。

（どうしてこうなったんだ!!）

ベルナールは胸中で毒づいた。兄の護衛もかねて会場まで来たというのに、その護衛対象がどっか行った。子供の頃からふらふらと興味のある方へ行ってしまう人だが、まさかいい年した大人になっても、まだその癖が抜けていないとは思わなかった。

（まあ……兄上、ああ見えて実は俺より強いからな……）

護衛なんてただの飾りだ。小さい頃から美少女みたいな顔をしているから誘拐されかけたことは星の数ほどあるが、ほとんどは兄自身が全部片づけている。ベルナールが攫われそうになった時はまるで英雄みたいに助けてくれたものだ。

今から兄を探すのはさすがに骨が折れる。ベルナールは、兄のことはさっさと諦めて仕事をすることにした。警戒態勢だけとはいえ、仕事は手を抜かない。プライベートとしてはシア達のギルドを応援したい気持ちだが。

「隊長～」

甘ったるい声に、ベルナールは眉をひそめた。

「ミレディア……なんだその恰好」

王国騎士団第一部隊の副隊長を務めているはずの女性騎士、ミレディアは仕事をしに来たとは思えない恰好をしていた。ちなみに観戦向きの格好でもない。体のラインを強調した露出度が高めの赤いドレス姿だ。

「今日この後、夜会なんです～」

「仕事が先だろ」

「でもでも、私本来は非番ですしぃ」

「俺も本当は非番だ」

「だから、私と隊長は非番で一緒に遊びに来たんですよぉ。そういう設定ですよー」

そのままシなだれかかってきて、大きい胸を押し付けてくるところまで通常運転。これでも同性好きなので、ベルナールとのボディタッチは彼女からすればからかいを含めたコミュニケーションの一つである。彼女はベルナールが、こういうことをしても特に面倒なことにならないことを知っているからやるのである。

ベルナールは強めにミレディアの顔面を掴んで、引っぺがした。

「隊長のいけずぅ」

「仕事、仕事」

「仕事人間は、乙女にモテないですよぅ」

「生まれた時からモテないことをありったけの気持ちを込めて願ってきている」

ミレディアにブーブー言われながら、ベルナールはもう一人の部下を探した。今回は、三人で組むことになっている。

三人目である部下、ランディはすぐに見つかった。ミレディアと違って目立たない青年だが、仕事はきっちりしているので待ち合わせ場所を間違えることはそうそうない。

合流した後は、適当に会場内をぶらぶらした。あまり緊張感があっても不審がられる。三人とも私服だから、騎士のような振る舞いをするのはよろしくない。

一時、ランディとはぐれた時にシアと偶然遭遇してしまった。一瞬でこの状況に嫌な予感がしたが、案の定シアはドン引きな顔をしてくれた。

（……全部ミレディアのせいだ。あいつ面白がりやがって、後で覚えてろよ……）

殺気のこもった視線を送っておいたが、ミレディアはニヤニヤしただけだった。同い年の幼馴染にはどうあがいても敵わないのは分かっていたが、認めたくない事実。

とりあえず、ベルナールはミレディアの頭を叩《はた》いておいた。

シアと別れた後は、ランディとも再び合流し、観客のふりをしながら異常はないか確認していく。時折、騎士の制服を着た者達ともすれ違う。彼らは通常の警備要員だ。影の情報は伝えているが、観客の安全が第一なので行動は別である。

ベルナール達は、自分の仕事を全うするべく王宮騎士ジュリアスお手製の魔道具を使って不審な魔力がないかを探していく。途中でランディが何度か魔道具を壊すというアクシデントもあったが、おおむね何事もなく終わりそうだった。

しかし。

「隊長、あの……これ」

ランディが戸惑い混じりの声をあげた。

「どうした？」

「反応——ってほど強くはないですけど、なんか波形がおかしいなって」

確かにランディの持つ魔道具からは不思議な波形が現れている。しかし、ベルナールの手にある魔道具は静かなままだ。

「ミレディア、お前はどうだ？」

「ぜぇんぜん、反応なしでーす」

（なんで、ランディのだけ反応しているんだ？）

おかしな状況だが、反応が少しでもあるなら確認が必要だ。取り越し苦労ならそれでよし、懸念材料をつぶしていくのが今のベルナール達の仕事である。

それにランディの母親はとても特殊な人だ。

《悪魔》《アルベナ》と呼ばれる病にかかりながらも、齢四十を数える今日まで無事に生きている。それゆえに備わった、異質な魔力。彼女は大陸最強の魔女と呼ばれるクウェイス卿、ラミィをもしのぐとも言われる。しかし、病により体が虚弱な為、表舞台には一切出てこない。悪魔と称される白い髪と赤い瞳の容姿もあって、外にもあまり出ないのだと副団長が心配していた。

ランディも子供のころから『悪魔の子』と陰口を叩かれたりもしている。悪魔に対する偏見は昔から強いものなのだ。実際、悪魔なんてものはいないし、髪と目の色が変質するのも病気のせいである。

(――バカバカしい)

そういえば、報告にシア達が遭遇した魔人の姿が記されていた。

白い髪に血のように真っ赤な瞳。それはまるで《悪魔》のような姿だったと。

シアの話によれば、彼はその問いに『そうでもあるし、そうでもない』というどっちつかずの反応を返している。

実は、魔人という生き物の生態は、いまだに判然としない部分が多い。魔王と共に現れ、魔王が倒されると魔人の土地は封印される。時折、はぐれとなった魔人が人里に降りて人間と混ざったりもするがかなり特殊な例で、研究材料も少ない。混血児からサンプルを採ろうにも非人道的な行いとして親から隠されるケースが多いのだ。

ランディの母親、セラ・テイラーとベルナールは面識があった。

とても美しく、儚げで――深い愛情を持った優しい人だった。魔女という呼称が似合わない人だと思ったし、ましてや悪魔など馬鹿げている。普通の、子を持つ人間の母親だ。

不思議な力はあれど、ランディだって普通の人間の青年だ。父親に似て頑固なところがあって、母親に似てとても愛情深い男だ。

もしも、もしも悪魔が魔人になるような場合があるのだとしたら、それはどういう――。

「隊長?」

「あ、どうした？」

「なんかぼーっとしてたんで。波形はこっからたぶん出てますね」

「そうかすまない、考え事をな」

「もぉー、仕事中ですよぉ？」

悪い、と呟きながらランディが扉に手をかけた。そこは会場の中でも奥まったところにあり、迷子になって長時間うろうろしなければ偶然でも入り込むような場所ではないような所だった。

第十番倉庫と書かれているので、会場で使われる備品がしまわれている場所なのだろう。

三人は、警戒しながら扉を開けた。最初に、ランディが部屋に入り続いてベルナールが突入する。ミレディアは外で控えて、緊急事態に備えた。

部屋は薄暗かった。埃臭く、あまり使われた形跡がない。そのはずだが、なぜかなにかを引きずったような跡が奥に続いているのが見てとれた。

「なんすかね、これ」

携帯用のランプをつけて、ランディが首を傾げる。

「荷物でも運んだのか？」

だが、この埃のつもり具合からしてものを片付けるにも不自然だ。

あまり使われていないからこそ、使われたのではないのだろうか。

跡を辿っていくと、先には大きく重厚そうな金庫のようなものが置かれていた。罠に警戒しながらもランディがノブを回してみると。

「……鍵、かかってないっすね」

「ランディ、下がれ俺が開ける」

選手を交代し、ベルナールが扉に手をかけた。緊急時に咄嗟に反応できる運動能力はベルナールが上だ。なのでランディは素直に少し離れて次の動作に移れるよう態勢を整える。

一呼吸置き、ベルナールが扉を素早く開けると。

ドサドサドサ。

なにか、重いものがいくつか落ちた音がした。視界が悪いため、すぐにはそれがなんだか分からなかったが。

（――酷い、異臭。血の臭いか？）

扉を開ける前にはしなかった血の臭いが立ち込める。ランディが急いでランプでそれを照らすと。

「っげ！」

思わずランディが呻いた。

それもそのはず、それらは――無残にも体をバラバラにされた人の遺体だったからだ。人の死に顔を見る頻度が人より高い騎士職とは言え、こういう猟奇《りょうき》的な死体は見れば吐くこともある。ランディはよく、堪えたほうだ。ベルナールですら、吐きそうだった。しかし、ここに遺体がある以上、軽く検分はしなくてはならない。こういうのは、だいたい騎士がまとめてやるのだ。

（身元が分かるものは……）

死体を探ると、ころりとなにかが手元から落ちた。

それは、カードだった。拾って確かめてみると、どうやらカードはよく見かけるギルドカードと同じものだった。これなら身元もすぐ分かる。そう思って、中身を検め——ベルナールの表情が固まった。隊長の異様な空気にランディは、口元を抑えながらも問いかける。

「どうしたんっすか？」

「……馬鹿な」

ベルナールの呟いた言葉がよく聞こえなくて、ランディが『え？』と聞き返した瞬間。

「！　ランディ、戻るぞ。今すぐ部屋を出る！」

「隊長!?」

ベルナールの動きは速かった、死体を放り出し出入り口の方へ身をひるがえして走った。

——だが。

「扉が!?」

二人が出る直前に、扉が勢いよく閉まったのだ。

「ミレディア!?　大丈夫か!?」

ベルナールが叫びながら扉を叩いたが、外から反応がない。

「副隊長——なにが……」

「……はめられた」

「隊長、いったい……カードにはなにが書かれていたんっすか」

ベルナールは無言でカードをランディに寄こした。

ランディはカードの文字を急いで追って。

「なん……すか、これ……」

カードにはこう、書かれていた。


『Bランクギルド＊闇夜の渡り烏。

マスター＊ラクリス・シルヴァエイル』

「じゃあ今……シアちゃん達が戦っているのは――」

ランディが言いかけて、扉の外側から聞こえた剣戟の音に体を震わせた。扉の外にはミレディアがいる。彼女が何者かと対峙したのは明白で、十中八九この状況に陥れた敵だろう。

「扉、蹴破《けやぶ》ります！」

ランディは、思い切り扉を蹴った。彼は背も高く体格がいいので、格闘戦も得意だ。多少の強化扉でも彼なら蹴破れる。しかし、それほど頑丈にも見えない扉はびくともしなかった。

「扉に防御魔法《シールド》がかけられているな」

「そ、そんな……」

三人の中で魔術に明るいのはミレディアだ。ランディはまったく才能がないし、ベルナールも手習い程度である。魔法解除などできるわけもない。

「……狼狽《うろた》えるな。それほど強い魔術じゃない。ランディ、少し下がれ」

ベルナールはランディを下がらせると、扉の前に立ち剣を構えた。魔法には明るくなくても彼は第一部隊を率いる隊長まで上り詰めた実力がある。ベルナールにも軽い魔法を使えるくらいの魔力は備えており、それを増幅させ強化する機能を剣に付加させている。その効果で、魔導士が使うような技をマネたようなものを一瞬作ることくらいは可能だった。

「――はっ！」

剣を振るえば、風のような衝撃が走り扉を切り裂いた。防御魔法ごと叩き切った扉は無残に真っ二つになり崩れ落ちる。

「さすが隊長」というランディの少し間抜けな声が漏れたが、ベルナールは間を置かずに廊下に走り出た。

「ミレディア！」

最初に目に飛び込んできたのは、彼女の綺麗な金色の髪だった。しかし、波のように揺れた彼女の髪は、重力に引き込まれるように地に落ちる。同時に、体が床に叩きつけられる鈍い音が響いた。

ミレディアの自慢の剣も、刃が砕かれて散らばり、星のように輝いていた。薄暗いはずの廊下は、今は少し青白い光を放っている。それは魔法のようだった。

遅れて飛び出してきたランディは、ハッと息を呑む。ミレディアは普段からふざけているが、実力は誰もが認めるところだ。彼女が剣で負けたのは、イヴァース副団長とベルナールくらいで、それ以外の者に敗れた姿を見たことがない。相手の実力が計り知れず、ランディは震える手で剣を構えた。

ベルナールもまた、真っすぐと敵を見据えた。

その視線の先に、漆黒のドレスを身にまとった少女が佇んでいる。その姿は異様で、ドレスと同じ漆黒の長い髪は艶やかに床まで届き、赤い薔薇《ばら》の髪飾りだけが赤黒くて気味が悪い。

そしてなにより、一番目を引くのが……黒い革製の目隠し。彼女は目が見えないのだろうか。顔の全容はわからないが、そのたたずまいはとても美しかった。

「何者だ？」

「……男だ……面倒くさい」

まだ若い娘の声音で少女がそう言うと、興味を失ったように背を向けた。

「待て！」

怒気を含んだ声でベルナールが静止をかけると、少女は不機嫌そうに振り返った。

「イヤ。そんなに怒らなくても殺してないわよ。私のせいじゃないもん……仕返ししたいなら、ジャックにしてよ。えーっと……なんたらリスってのに化けてるから。じゃ」

吐き捨てるように言うと、そのますぅっと暗闇に溶けて消えていった。しばらく二人は警戒していたが、気配がなくなったことで剣を収めた。

「副隊長！　大丈夫っすか⁉」

ランディは、跳ねるようにミレディアの元へ駆け寄った。彼女の無事を確かめるようにどこか怪我がないか見ている。時折、彼女のうめき声が聞こえたのでベルナールは大丈夫だろうと思った。

昔から、その辺の男よりも頑丈なのだ。声で無事かどうか分かる。

（それにしても、ジャック……か）

その名前には覚えがあった。よくある名前ではあるが、得体の知れない少女の口から出た名だ。一般人ではあるまい。となれば、シア達が遭遇した魔人のジャックである可能性は極めて高い。

そして、先ほど目にした男のバラバラ死体。出てきたギルドカードを信じるならば、あの死体の主はラクリスだろう。少女もジャックはなんとかリス――おそらくはラクリスのことを言っていたのだろうと考えられた。

なにが目的かは分からない。わざわざ他人に化けてギルド大会に出場する意味。シア達を殺しに来たのだろうか。それにしては回りくどく大人しい。観客は一般市民、虐殺など容易い状況で、そのようなことはしない。

「隊長。副隊長、命に別状はないみたいっすけど早めに医者に診てもらった方がいいと思います」

「そうか。ランディ、お前はミレディアを連れてここから離脱しろ」

「……隊長は？」

「俺は、仕事を全うする」

「了解です。お気をつけて」

ランディは、軽々とミレディアを抱き上げると走り去った。

少女の気配は消えたが、会場内のあらゆる場所から嫌な魔力の気配がする。少女が消え、ランディが行ってから、大会のものではない爆発音も聞こえた。

騒ぎになりそうなものだが、そこはリンス王子が先に手を回していたようで観客に音が聞こえないように仕掛けを作っていた。といっても時々、漏れているがそれは大会の演出と言い訳している。裏方は裏方で終わらせるのが一番いい。万が一のことを考えて、避難用の転送魔法も用意しているらしい。

王宮騎士団団長であるリンス王子だが、まだ前線には立たせられないので貴賓席へ戻ってもらい、現場の指揮はベルナールがとることとなった。

「……で、あなた方は？」

「そう邪険にしなさんな、美形な騎士様よ」

立派な体躯でニヤリと笑うのは、ギルド大会に出場していたバルザンという男だった。彼の他にもギルドのメンバーらしい女性と少年もいる。

「騎士がコソコソしてんのは分かってたが、ギルドと騎士団は棲み分けが大事だろ？　突っ込むべきじゃねぇーとは思ったが、正直暴れたんなくてよぉ」

「なんか手伝えるなら手伝わせてよ。どーせもう負けて暇だしさ！」

いかにもこちらの二人は、戦闘狂ですし言わんばかりの笑顔だ。

「邪魔はしないよ。いらないならいらないって言えばいい」

大人の二人に対してこちらの少年は冷静だ。

騎士団とギルドは時折、縄張り争いをしたりすることもあるので対応は慎重になる。協力要請がある場合は別だが、そうでない場合の棲み分けはとても大事なことだ。

「そうだな……緊急事態ではある。俺の指示に従ってくれるなら、手を貸していただきたい」

ベルナールは、戦力は多い方がいいと判断した。この三人が、良からぬことを企むとも思えなかったのもある。純粋に大人二人は脳筋のようだし、少年の方はわきまえている。

「「よっしゃあ!!」」

脳筋二人は、意気揚々と腕を振った。


ジャックを見つけたのは、シア達が決勝を戦い抜いている間だった。決勝戦のアナウンスを耳にしながら、彼女らのことが気がかりだったが騎士として隊長として務めを果たさなくてはならない。ジャックは思いのほか、簡単に見つかった。彼はラクリスの死体があったあの場所にいたのだ。

「……あーあ、クイーンは本当に片づけが下手だね。躾ようとは思わないけれど、困ったものだ。──そう思わない?」

壊れた扉と散らばった刃の破片を踏んで、ジャックはうすら寒い笑顔を向けた。シアの報告にあった、白髪の髪に赤い瞳の異様な男。不気味な魔力は、こちらを委縮させるほど恐怖を覚える。

「ジャック……そしてクイーンか。まるでトランプのようだな……もう一人、仲間がいるだろう?

廃砦の黒騎士」

「ああ、エースだね。彼は仕事熱心だから、今どこにいるかは知らないけど」

やはりトランプで揃えられた名前なのだろうか。だとしたらこれも偽名なのかもしれない。

「なぜここにいる？　どうして大会に出場した？　お前達の目的はなんだ？」

「質問責めは止してくれ。男に迫られる趣味はないよ……まあ、今回はただの遊びかな。特に意味はないよ。私はシアと遊べればそれでよかったから」

（シアと？　なぜ？）

自分の名前を呼ばれたわけでもないのに、ベルナールの背は悪寒に震えた。蛇に睨まれた感覚と、気分の悪さが胃からせり上がってくる。

「ああ、そうそう。どうしてここにいるか、だったね。クイーンが上手に片付けられるとは思ってなかったから……というのもあるけれど、本音はね――」

ジャックが言いかけて、ベルナールは咄嗟に剣を抜いた。

刃がぶつかり合う高い音が鳴る。少し離れた背後で待機している騎士達がどよめいた。それだけ二人の動きは速かった。

「嫌だなぁ……これじゃダメか」

ぶつかり合った刃の間から、ブスブスと嫌な音と異臭がした。慌てて引いて間を空ける。剣が溶け、どろりと液体が床に落ちた。そこから紫煙が立ち上る。

「くっそ――毒か！」

「ニンゲンには苦しいだろうね。私は平気だけど」

楽しそうに笑うジャックの表情と言葉には、あからさまな敵意が滲み出ていた。しかもベルナールに対しての。

「げほっ――随分と分かりやすい敵意だな。魔人にとって人間は敵なのだろうが、俺個人に恨みでもあるのか？」

ジャックの情報は知っていても顔を見るのはこれが初めてだ。だが、誰が見ても分かるくらいに彼はベルナールしか見ていない。

「恨み？　それは別にないかな。ただちょっと腹が立っただけだよ」

ジャックの顔から貼り付いたような笑顔が消えた。心底、気に食わないと言ったような駄々をこねる子供のような顔だ。

「ずっとお前の気配を感じていた。シアの傍にずっと……それに気配を通して魔力で攻撃もしてきたよね」

（ああ、あれか……）

シアに渡した、ベルナールの魔力が込められたペンダントだ。守護石だからお守りに装備しておけと脅すように言ったからか、シアはきちんと戦いの場にはつけていくようにしていたようだ。一度、ペンダントに込めた魔力が発動したのを感じだが、それが彼にとって気に食わないことになったようだ。

「なんだろう、すごく気持ち悪いんだ。――殺していい？」

殺していいかと殺気を込めて聞いてくるわりに、その顔は無垢な子供みたいだ。まるで自分の感情が理解できないかのような物言いだった。

ベルナールは彼の問いには応えずに声を張った。

「総員、攻撃態勢！　生け捕りがベストだが、討伐覚悟で構えろ！」

魔人戦で一対一などありえない。ベルナールが指示を飛ばすと、待機していた騎士達が一斉に動き始めた。そこで初めてベルナールの他に人間がいたことに気づいたようにジャックは目を丸くした。

「うわ、いっぱいいる。今日は遊びに来ただけで、仕事じゃないのに……殺したら怒られる？　でも殺さないと私が危ないよね。殺していい？　殺していいよね？」

ブツブツと自問自答の独り言を言うジャックが不気味だ。シアが『イカレているのは確か』と言っていたが、どうやらそれは本当らしい。

なんとか生け捕りにして尋問したいが、おそらく無理だろう。ここで討伐できればいいが、それも難しいかもしれない。前の黒騎士《エース》の時はイヴァース副団長がいたからなんとかなったものの、ベルナールはまだ彼と同格には上り詰めていない。

（ここから追い出せればと思っていたが、個人的に敵意を持たれたみたいだしな……）

いざという時は、自分が囮になるしかないかと頭で考えながら体は戦っていた。だが、やはりというか魔人戦は苦戦を強いられた。少し魔人としての力を開放されただけで、手も足も出なくなる。

せめて、隊長格がもう一人でもいれば連携が取れるのだが。

手当てが必要になるくらいの手傷を負わされながら、ベルナールは立ち続けた。

「他はどうでもいいけど、遊びの手土産にその綺麗な顔でも持って帰ろうかな」

ジャックの手がベルナールの首を狙っていた。分かってはいたが、体が動かない。多少の傷をジャックにつけることはできたが、彼は特にそれを気にする様子はなかった。痛みを感じないのだろうか？

疑問に感じたが、次の瞬間に頭はもう別のことを考えていた。

(勝つ……というか、なんとかする方法はある。あるっていうか、あっちから来てくれたと言うか……)

絶体絶命だったが、ほとほと自分は運がいいらしい。ベルナールは、近づいてくる恐ろしくも頼もしい気配に向かって、盛大な音を立てた。魔力爆発。小さくてもぶつければ大きな音を立てるが、殺傷能力はほとんどない見掛け倒しだが居場所を知らせるだけなら、役に立つ。

ジャックは、一瞬怯みそのわずかな隙で背後に迫った男への対応が遅れた。

「よぉ、楽しそうじゃねぇーか。俺も混ぜろや！」

激しい打撃音が響き、ジャックが吹き飛んだ。壁に激突し、ずるりと背を預けたまま崩れ落ちる。

背後からジャックを素手でぶん殴った男は、実に楽しそうに笑っていた。

「……司教様、なんでいるんですか……」

「いちゃ悪いか。ってか、来なかったらお前死んでんぞ」

それはそうだのだが。仮にも司教という地位の人がふらふらと用事もないのに来ていいんだろうか。

彼の後ろからはギルドのバルザン達がついてきていた。別行動をとっていた彼らと先に司教様は合流していたようだ。

そして少し遅れて、イヴァース副団長までもが現れた。

(これは……あがりかな)

王国最強の布陣が今ここに。イヴァース副団長と司教様のチームとか勝てる気がしない。ジャックもそう思ったのか、振り返った時には彼の姿はどこにもなかった。

司教様は暴れたりないのか、ジャックと戦えなかったことが不満そうだったが、イヴァース副団長に怒られて大人しくしていた。


そして、決勝戦でシア達のギルドが初出場で優勝を飾ったアナウンスが流れ、どっと気が抜けた。

魔人と戦うには、まだまだ実力不足を感じながらベルナールは剣を収める。

王国に確かに潜む、黒いモノ。

騎士として、どれだけのものが守れるか。

少しずつ前に進み、強くなっていくシア達の輝かし笑顔を眩しく見つめながら、ベルナールは祝福の言葉を伝える為に歩き出した。


「優勝おめでとう、暁の獅子」

あとがき

　どうも、白露雪音です。この度は、本書をお手にしていただき誠にありがとうございます。ネット小説投稿サイトにて趣味で書いて掲載していたものを縁あって本にしていただき、それだけでも奇跡的ですが、無事二巻目を発売することができました。ネットで読んでくださっている方も、本書をお手に取っていただいた方も、この本に関わるすべての方に感謝を。

　二巻は、ネット小説投稿サイトにて掲載されている二章にあたる話になります。掲載時では、ごちゃごちゃと視点も変わっていて読みづらい部分も多かったので読みやすさを考え、少し修正をしております。大きく削った部分もありますが、大きな部分は書き下ろし番外の『裏方の騎士達』で補完しておりますので、ぜひお楽しみください。

　二巻のメインは、シア達の戦力増強やシアの過去、そして一巻冒頭からちらりと登場していた勇者との戦いです。ラストのシアの心情の変化は気合を入れて書いたシーンでお気に入りでもありますね。

　今回もイラストレーターＩＣＡ様による、可愛くてカッコよくデザインいただいたキャラクター達がいきいきと描かれておりますので目でもお楽しみいただけます！

　二巻で新たにデザインしていただいたのは、勇者とラミィ様とアギ君、そしてラクリスです。勇者の鎧の色の話で派手な金と落ち着いた銀、どちらがいいですか？　となったとき、迷わず

「え？　勇者が落ち着いてるわけがない」と金を即答した私です。勇者は出オチ感が激しいキャラですが、登場時から色々と設定を練っているキャラでアレだけでは終わらないので、今後の彼の活躍にご期待ください。

ラミィ様は美しく、アギ君は活発な可愛い男子で描かれていて個人的にテンションの上がったデザインです。特にアギ君はメインにも多くかかわってくるキャラですので、動かしていて楽しいです。この見た目で中身は冷静な頭脳派ですから、若干の見た目詐欺は仲良しのレオルドと同類。

本編に登場する予定もないような細かな設定も考えるのが好きな人なので、キャラシートは日を追うごとに追加され、すごい文章量になってたりしますが、頃合いをみて掲載していけたらと思ってます。

それでは、今日も可愛いにゃんこ達に邪魔されつつシア達の物語を綴ってまいります。二巻もお楽しみいただけたら幸いでございます。

聖女、勇者パーティーから解雇されたのでギルドを作ったらアットホームな最強ギルドに育ちました。2

2020年5月1日　第1刷発行

著　者　白露雪音

発行者　本田武市

発行所　TOブックス
〒150-0045
東京都渋谷区神泉町18-8　松濤ハイツ2F
TEL 03-6452-5766(編集)
0120-933-772(営業フリーダイヤル)
FAX 050-3156-0508
ホームページ　http://www.tobooks.jp
メール　info@tobooks.jp

印刷・製本　中央精版印刷株式会社

ISBN978-4-86472-953-6